浪漫古典行·唯美卷

承华 著

执子之手

诗经里的深情与植物

长江出版传媒　长江文艺出版社

图书在版编目（ＣＩＰ）数据

执子之手：《诗经》里的深情与植物 / 承华著. --
武汉：长江文艺出版社，2017.1(2025.5 重印)
（浪漫古典行. 唯美卷）
ISBN 978-7-5354-8972-2

Ⅰ. ①执… Ⅱ. ①承… Ⅲ. ①《诗经》－诗歌欣赏
Ⅳ. ①I207.222

中国版本图书馆 CIP 数据核字(2016)第 160603 号

责任编辑：张远林　　　　　　　　　责任校对：程华清

封面设计：周　佳　　　　　　　　　责任印制：邱　莉　胡丽平

长江出版传媒　　长江文艺出版社

出版：

地址：武汉市雄楚大街 268 号　　　　邮编：430070

发行：长江文艺出版社

电话：027—87679360

http://www.cjlap.com

印刷：三河市嵩川印刷有限公司

开本：700 毫米×970 毫米　　　1/16　　印张：19.75　　　插页：9 页

版次：2017 年 1 月第 1 版　　　　2025 年 5 月第 4 次印刷

字数：307 千字

定价：78.00 元

目录

求不得：企慕

蒹葭苍苍，白露为霜。所谓伊人，在水一方。

溯洄从之，道阻且长。溯游从之，宛在水中央。

蒹葭萋萋，白露未晞。所谓伊人，在水之湄。

溯洄从之，道阻且跻。溯游从之，宛在水中坻。

蒹葭采采，白露未已。所谓伊人，在水之涘。

溯洄从之，道阻且右。溯游从之，宛在水中沚。

chapter 01

求不得：企慕

窈窕淑女，君子好逑

关关雎鸠，在河之洲。窈窕淑女，君子好逑。参差荇菜，左右流之。窈窕淑女，寤寐求之。求之不得，寤寐思服。悠哉悠哉，辗转反侧。参差荇菜，左右采之。窈窕淑女，琴瑟友之。参差荇菜，左右芼之。窈窕淑女，钟鼓乐之。

——《周南·关雎》

大音希声，大象无形，大美无言。

《诗经》以一首素朴无华的《关雎》为开端，徐徐打开了人类绚烂悠长绵延千年以至于无穷的情爱画卷。此后，或是浓墨重彩，或是淡笔写意，或是点染，或是工笔，各逞其态，各极其美，却怎么也无法撼动《关雎》——这幅素朴、诚恳的开笔画卷的地位。

它的素朴和诚恳，散发着诱人的气息，让人身不由己地陷入其中，感受着它的宁静与温暖。

也只有这种至诚至简，才能驾驭至繁至复。

几千年前的那名男子，因为目睹了一双关雎的耳鬓厮磨，青春的情愫便不可遏制地萌发了，一道爱情的闪电划破了西周子民原本沉睡粗粝的内心，于是波涛汹涌，于是百转千回，于是第一首情歌随着漂泊的荇菜在古老的河滨荡漾。

汉代的解经者说它写的是"后妃之德"，司马迁说"《易》基乾坤，《诗》始《关雎》"，他认为此诗奠定了人道之大伦。我不想将素朴自然的男女之情纳入伦理纲常之轨，也不想为它罩上神圣的光环，我愿以一颗素朴自然的心来体味它，我宁愿相信它就是一首情歌。

如叶生树梢，如草生堤岸，一切都来得自然而然。

他从容地爱了。因目睹"关关雎鸠，在河之洲"之欢悦，他便萌发了"窈窕淑女，君子好逑"之情愫，带着青春的逼人气息，带着原始的真诚憧憬，他陷入了对伊的单恋之中。

"参差荇菜，左右流之。"荇菜左右流之，漂泊不定。像极了那个神秘却又散发着无法抗拒之魅力的窈窕淑女。他想靠近她，她却瞻之在此，忽焉在彼。距离产生了美，憧憬让他无法平息内心的狂热，寤也求之，寐也求之，夜复夜兮旦复旦，青春的追逐。迈开的步伐，径自循着伊人的芳踪，她是他的指南针。

他从容地陷入求之不得的辗转反侧中。

"求之不得，寤寐思服。悠哉悠哉，辗转反侧。"如急管繁弦般的迫促，打破了前面自然平缓的调子，打破了风度翩翩的优雅相思，真诚地剖开了一颗备受求而不得煎熬的心。虽饱受相思熬煎，却仍然甘之如饴，仍然怀抱着理想之光，青春之光，苦苦求索着。

哀而不伤。

是的，你体味得到他的哀，却绝不至于陷入绝望之中。你能感受到他的痛，却绝不至于陷于虚妄之中。你能感受到他的煎熬，却不至于陷入疯狂撕裂之中。痛并快乐着，连哀伤也是这般节制、优雅。

他从容地生活着。

"参差荇菜，左右采之。"荇菜不再是左右流之，伊左右采之，掬之在手。犹如他掬伊人在手。

如是，"窈窕淑女，琴瑟友之"。视伊为友人，贵在知音。高山流水，琴瑟和鸣。

"参差荇菜，左右芼之。"荇菜不再是飘忽不定。伊左右芼之，捧之入怀。犹如他置伊人于心中。

如是，"窈窕淑女，钟鼓乐之"。视伊为亲人，用我心换你心。钟鼓乐之，庄严而崇高的承诺，他在说，愿执子之手，与子偕老。

乐而不淫。

没有欣喜若狂的失态，没有得意忘形的轻浮。

若你是我的知音，我能做的只是琴瑟友之。

若你是我的爱人，我能做的只是钟鼓乐之。

琴瑟之悠扬谐和，钟鼓之庄重神圣，是我给你的承诺。它很浪漫，也很质实。很飘逸，也很朴拙。朴拙得像子贡植于孔子坟前的那棵楷树，每一笔每一画，都写得那么认真。

有人说，琴瑟友之，钟鼓乐之，只是男子的想象。现实生活中，伊人是否和他一起携手，从容生活，尚未可知。

这是一颗诚诚恳恳的心在憧憬着一个诚诚恳恳的梦。

求之不得的焦虑，求而得之的喜悦，是他在心中上演的一场关雎梦。

一梦千年，至今仍然是粉面含羞。

但听关雎声，常在春风中。

汤显祖《牡丹亭》中的杜丽娘，就因了一首《关雎》开启了春心，情不知所以，生而可以死，死而可以生，与柳梦梅缠绵相顾，历经生死，终成眷属。谁能料到，陈最良的初衷是拿《关雎》向杜丽娘宣讲"后妃之德"呢？掩映在神圣光环下的青春终于以不可遏制的力和美冲破了樊篱，犹如出墙的红杏，终究要摇曳绽放在春风中。

袁枚在《嫁女词》中语重心长地说："姑恩不在富，夫怜不在容。但听关雎声，常在春风中。"富贵荣华如浮云，以色事君者，色衰而爱弛。你要常常听听吹送在春风中的关雎之声，就能明白真正能维系地久天长的，是什么。

民国结婚证书，常常是这种格式：

喜今日嘉礼初成，良缘遂缔。诗咏关雎，雅歌麟趾。瑞叶五世其昌，祥开二南之化。同心同德，宜室宜家。相敬如宾，永谐鱼水之欢。互助精诚，共盟鸳鸯之誓。此证。

诗咏关雎，雅歌麟趾。一切美好的期望与祝福，尽在此中。

是情歌也好，是人伦大德也好，这些都不重要。

重要的是当他们彼此凝视的那一刻，他的世界便立刻变得温暖起来，他的生活也从此呈现出异彩，绽放出光芒。

活着，也因之而有了意义。

他知道自己在生活着，感受着，爱着。

而这种发自内心的温暖与依赖，希望和力量，便是维系着所有人世间美好的根本。

诗经 小站

周南·关雎

关关雎鸠，在河之洲。窈窕淑女，君子好逑。
参差荇菜，左右流之。窈窕淑女，寤寐求之。
求之不得，寤寐思服。悠哉悠哉，辗转反侧。
参差荇菜，左右采之。窈窕淑女，琴瑟友之。
参差荇菜，左右芼之。窈窕淑女，钟鼓乐之。

鱼鹰儿关关和唱，在河心小小洲上。好姑娘苗苗条条，哥儿想和她成双。
水荇菜长短不齐，采荇菜左右东西。好姑娘苗苗条条，追求她直到梦里。
追求她成了空想，睁眼想闭眼也想。夜长长相思不断，尽翻身直到天光。
长和短水边荇菜，采荇人左采右采，好姑娘苗苗条条，弹琴瑟迎她过来。
水荇菜长长短短，采荇人左捡右捡。好姑娘苗苗条条，娶她来钟鼓喧喧。

摽有梅，其实七兮。求我庶
士，迨其吉兮。
摽有梅，其实三兮。求我庶
士，迨其今兮。
摽有梅，顷筐塈之。求我庶
士，迨其谓之。

——《召南·摽有梅》

我感觉，这首诗中所写的梅，一定是青梅。

念到"青梅"两个字，脑子里会浮现李白的诗《长干行》："郎骑竹马来，绕床弄青梅。同居长干里，两小无嫌猜。"青梅竹马，美好的意象，承载着两小无猜——人世间最清纯最无杂质的美好感情。

还有青梅煮酒，这样一个包举宇内，承载了无限历史意味的画面。一个是横槊赋诗、长歌当啸的盖世枭雄，一个是处卑守弱、心怀天下的谦谦英雄，就着青梅酒，纵论天下，试问谁是当今天下真英雄。

至刚与至柔，看似矛盾的两极，却都寄于梅子——这样一枚小小的果子上。

这首《摽有梅》，写的是一种阴柔的美。

暮春时节，梅子成熟，纷纷离开了眷恋的树枝，以义无反顾的姿态投向了大地的怀抱，如此干脆，如此从容，却深深刺激了梅树下面，一个姑娘的心。流光容易把人抛，红了梅子，绿了芭蕉，万物各得其所，各适其性。而这个姑娘，眼望着青春流逝，却嫁娶无期，情意急迫地唱出了这首渴求爱情的歌。

花开堪折直须折，莫待无花空折枝。

如花美眷，怎抵得过似水流年。

朝朝与暮暮，我切切地等候，有心的人来入梦。

整首诗，一唱三叹。时序在诗中流淌，青春在诗中流淌。

站在青梅树下的这个姑娘，眼望着梅子树"其实七兮"，树上果子还有七分，青春繁茂，还等得起。她说"迨其吉兮"，等待着一个好日子，有情郎快快来迎娶，此时的她，尚有从容相待之意。

"其实三兮"，树上的果子只有三分，大部分已经落在地上，绚烂的青春，只剩下一个尾巴。再不抓住，怎么来得及。此时的她，已放下等待好日子的要求了，她说："迨其今兮。"我的好人啊，要娶就在今天了。今天就是最好的日子！此时的她，已满是敦促与焦急。

"顷筐塈之"，树上的果子所剩无几，已经无法装满小小的顷筐了。顷筐是一种前低后高的筐子，本来是极易装满的。《卷耳》中，思念征人的那个女子，因无心采摘而不盈顷筐。这首诗中的女子，因无人采摘，也不盈顷筐。她掩饰不住了，从容与矜持落了一地。她将自己变得很低，低到尘埃里去了。呼喊着："迨其谓之。"什么吉时，什么今天，统统都不重要了。只要你开口，说一声跟我走，我便会如飞蛾扑火一样，只管扑过去，不计任何后果了。

三复之下，闻声如见人。

有人说，这首诗是姑娘眼见着梅子落，而想到自己无主的青春。随着梅子的渐变，她那颗恨嫁的心也一唱三叹。

还有人说，这首诗缘于一种风俗。慢慢减少的梅子，不是指树上的梅子，而是姑娘筐中的梅子。《毛诗序》曰："《摽有梅》，男女及时也。"《周礼·媒氏》曰："仲春之月，令会男女。于是时也，奔者不禁。若无故而不用令者，罚之。司男女之无夫家者而会之。"仲春之时，阴阳交会，万物滋长。人顺物性，在仲春之月，给尚未嫁娶的青年男女特设一个约会的日子，在这个日子，他们可以大胆示爱、求爱。女子示爱的方式就是投水果。

这首诗中，姑娘投的水果是梅子，她筐子中的梅子越来越少，她中意的男子却没有一个有回应。男子若中意投梅子的姑娘，则会回报类似美玉之类的定情信物。如果投梅即有所报，女子筐中的梅子也不会一点点地变少，总是求而无果，才会一次比一

次更焦急地寻找着目标。

梅即"媒",一种传情的媒介,或是指专为男女牵红线的媒人。

姑娘纵然是心内如焚,可她毕竟是个姑娘,万般呼喊,始终盘旋在心中,是无法大胆向男子表白的。

她无法捅破这层薄纸。

只盼望,有一双温柔手,能抚慰我内心的寂寞。

以花之盛衰,喻女子芳华易逝,在中国传统文学中比比皆是。《牡丹亭》中杜丽娘感慨"良辰美景奈何天",《红楼梦》里林黛玉叹惜"花谢花飞飞满天",梅艳芳一首《女人花》更是道尽了天下女子的婉曲柔情。"我有花一朵,种在我心中,含苞待放意幽幽。朝朝与暮暮,我切切地等候,有心的人来入梦。"

万丈红尘中,谁能体会孤芳自赏最心痛?谁能忍受花开花谢终是空?

可偏偏,缘分不停留,像春风来又走。

女人如花花似梦。

这首《摽有梅》并不是以花喻女子,却是以果树喻女子。

花木的盛衰荣谢,承载着种种繁盛缤纷的情思与人事。

有人唱着《折杨柳枝歌》:"门前一株枣,岁岁不知老。阿婆不嫁女,那得孙儿抱。"

有人在苹果树下心思满腹:"秋天是一个成熟季节,姑娘整夜整夜地睡不着,是不是挂念那树好苹果?这些事小伙子应该明白,她说:有句话你怎么不说?"

有人却在梅子树下,唱着:"摽有梅,其实七分。求我庶士,迨其谓之。"

> 青山高　云水长
> 青梅果儿已熟了
> 泪就流满了村边的小河
> 心里唱起思念的情歌

张爱玲说:"这样看起来,倒是朝生暮死的蝴蝶为可羡了。它们在短短的一春里尽

情地酣足地在花间飞舞，一旦春尽花残，便爽爽快快地殉着春光化去，好像它们一生只是为了酣舞与享乐而来的，倒要痛快些。"

原来，殉着春光朝生暮死的蝴蝶，比一个迟暮的美人幸福。

诗经小站

召南·摽有梅

摽有梅，其实七兮。求我庶士，迨其吉兮。
摽有梅，其实三兮。求我庶士，迨其今兮。
摽有梅，顷筐塈之。求我庶士，迨其谓之。

梅子纷纷落地，还有七分在树。有心求我的小伙子，好日子休要耽误。
梅子纷纷落地，树头只剩三分。有心求我的小伙子，到今儿不要再等。
梅子纷纷落地，得使簸箕来收。有心求我的小伙子，只要你开一开口。

愿所有的等待都不会被辜负

江有汜，之子归。不我以，
我以，其后也悔。
江有渚，之子归。不我与，
我与，其后也处。
江有沱，之子归。不我过，
我过，其啸也歌。

——《召南·江有汜》

笑语喧哗，锦衣华服，顾盼流昐，他那边是要多热闹有多热闹。

独立江边，江流滔滔，如泣如咽在倾诉。便做春江都是泪，也流不尽她此时此刻心中的恨与愁。她这边是要多冷寂有多冷寂。

谁知道浩歌狂热之中，她此时的寂。饮恨吞声，遥望着那个又要远走的他，她悲伤得不能自已。

他又要走了，带着的人却不是我。

之子归，不我以，不我与，不我过。心中的怨恨与失落抛洒了一地，却无心收拾。那点幻想随着他远去的身影变得越来越空虚，越来越模糊。直到把自己低到尘埃里去了，也没能换回他留恋的一顾。

开始，她还是抱着希望的。不我以，他不肯带我去，只是不带我去，藕断了，至少丝应该还是连着的。

接着，她的希望动摇了。不我与，他不肯与我相聚，不与我相聚，是怕旧时的温情挡住了他决绝的步子吗？至少，这温情在他心中还是占了一角的。

最后，她彻底绝望了。不我过，他甚至是不见一面就走！一面不见，是想将前尘往事一笔抹杀，彻底断了她所有的念想。原来，在他的心目中，她连过客也不曾是，竟是陌路。

男人如果真的要走，就连多看一眼，也是多余。

一个被辜负了的女子，会做些什么呢？

她只有站在江边，望着江有汜、江有渚、江有沱，把自己站成一块石头，直至被岁月风化。

她只有在心里默默地怨着他：不带我走，你会后悔的。不带我走，你会忧伤的。不带我走，你将来就是要哭，都找不到地。

谁都知道，这些怨中无一不包含着期盼——期盼着他回心转意。

他即使有千般不好，万般辜负，毕竟是我爱过的人。

女人啊，爱就是蛊。无人解，无法解。

有人说，这首诗写的是一个被弃的商人妇。商人重利轻别离，是正常的。商人见异思迁，也是正常的。

有人说，这首诗写的是媵妾。古代诸侯贵族之间有种媵婚制。"诸侯娶一国，则二国往媵之，以侄娣从……"诸侯一聘九女，其中很多是备胎，而她就是类似这样的备胎。朝也盼，暮也盼，命运终归操纵在别人手中，娶与不娶，全凭男方。女子犹如待选的货物，走还是留，全凭挑选者一个心血来潮的眼神。而她这里已经等了千年。

我不知道这个女子到底是商人妇，还是媵妾。也不知道，她到底是哪一点不好，竟然没能入了男子的法眼，只留给她碎了一地的伤心。

我只知道，女子是被辜负了。

身份有异，辜负却相同。

我更相信，这是一对曾经海誓山盟、旧情绵绵的情人。

得知他归乡，她盼他此次能带她走。这一定是他曾经对她许下的海誓山盟。不用细想，那个男子为了博得佳人芳心，是如何鼓动如簧之舌，许给她前程锦绣，许给她比翼齐飞。

就算不能带她走，小聚也是好的啊，女子期盼鸳梦重温。就算不能重聚，哪怕只是见一面也好啊。见一面，万千柔情聊可慰相思之苦。如果这写的是夫妇，简直是匪夷所思，纵是绝情，或是心有别恋，断不至于连表面上虚礼也不做，连家也不回，连

面也不见一下的道理。他毕竟是返故乡啊，家在那里，何人不知，何人不晓？

唯有情人，才会私订终身。

这一个"私"字，他知，她知。所以，她私意以为他要带她走，她私意以为，带不走也会偷偷重聚。她私意以为，重聚不行，偷偷见一面，也算是对前情的一种告慰，一种纪念。

偏偏一切落了空。

狠狠地辜负。

她只能独对江水，她只能在心中咒骂着。她竟然连当着辜负她的人的面，理直气壮地伤心，或是理直气壮地鄙视的机会都没有！

一样地被辜负，杜十娘可以怒沉百宝箱，狠狠地羞辱那个薄情的李甲，女人的坚贞与豪气，只照出薄情男子灵魂中的那个"小"来。

她恨李甲"相信不深，惑于浮议，中道见弃，负妾一片真心"。她说"妾椟中有玉，恨郎眼内无珠"。她带着一箱子珠玉，在那个有眼无珠的负心郎面前，跳进了江里。

那个在江边悔青了肠子的人，是他。

就算是被辜负，也要艳光四射。

这个世界上究竟还有多少爱而不得的人苦等在时光的路口？

又有几个辜负了女子的男子，会在午夜梦回时分，心底泛起丝丝愧疚与温柔的怜悯，哪怕是埋在心底，遥祭那个被负了心的旧人？像纳兰容若一样，至情至性，哪怕斯人已去，哪怕是"十年踪迹"，却依然牢牢牵系着他的"十年心"？哪怕在独立中宵之时，心心念念的是"明月多情应笑我，笑我如今。辜负春心，独自闲行独自吟"，这一点点自责，犹可告慰那一片春心。

被辜负是可怕的。

人在其中经历钻心的痛，蚀骨的寂寞，无望的等待，坚韧的忍耐，委屈的吞噬。

如果一切都过去了，未尝不是一种再生。

最怕的永远面对的是过去，背朝的是未来。

愿所有的等待都不会被辜负。

召南·江有汜

江有汜，之子归。不我以，不我以，其后也悔。
江有渚，之子归。不我与，不我与，其后也处。
江有沱，之子归。不我过，不我过，其啸也歌。

大江自有分流水，这个人儿回故里。不肯带我一同去，不肯带我一同去，将来懊悔来不及！

大江自有洲边水，这个人儿回故里。不再相聚便离去，不再相聚便离去，将来忧伤定不已！

大江自有分叉水，这个人儿回故里。不见一面就离去，不见一面就离去，将来号哭有何益！

士如归妻，迨冰未泮

厉，浅则揭。

匏有苦叶，济有深涉，深则

有弥济盈，有鷕雉鸣。济盈不

濡轨，雉鸣求其牡。

雝雝鸣雁，旭日始旦。士如归

妻，迨冰未泮。

招招舟子，人涉卬否。人涉卬

否，卬须我友。

——《邶风·匏有苦叶》

看到这首诗，不由自主地想到《召南·摽有梅》。那位站在梅树下的女子，反复吟唱着："摽有梅，其实七兮；求我庶士，迨其吉兮。"正像这首诗中的女子所说的："士如归妻，迨冰未泮。"

一样焦躁，一样等着某位男子快快把自己迎娶，让自己有个主。但我个人感觉，梅树下的那位女子，更是着急。因为是哪位男子和自己结缘，尚未可知。茫茫人海，那个人不知道在哪里，八字还没有一撇，怎么不让人着急。而这位站在济水边的女子，明显是名花有主了，只是在等待着一个吉日，等待着男子早日将自己迎娶。

想象中待嫁的女子，会有几分焦躁，几分甜蜜，几分紧张，几分期盼。

鸾车待嫁，对镜贴花，坐立难安，是一般待嫁女子的写照。这些心情，这些场景，这首诗中的女子恐怕温习了不止一次。她甚至是更可爱，小小的闺房已然锁不住她一颗扑扑跳动、七上八下的心，她索性径直走了出去，在男子必经的济河渡口边等去了。一颗待嫁的心，昭然若揭，路人皆知了。

站在济水渡口，她心绪流动，就像眼前的河水，一波未平，一波又起。

深深的济水渡口边。一棵葫芦瓜，在秋风中丰盈成熟了。葫芦？为什么偏偏是它，是在提醒着自己该喝"合卺"之酒了么？可我的另一半，在哪里呢？他为什么还不赶

着车儿，快快来迎娶？是河水太深，路难行么？"深则厉，浅则揭"，怕什么呢，一颗深爱着的心，是勇敢的，一往无前的。水深了，穿着衣服过河，水浅了，提起衣裙过河，总是有法子的呀。要来，什么也挡不住。不想来，什么都成了绊脚石。

是什么声音？岸边一对求偶的野鸡，叫得甚是欢实。让人在心生向往、面红耳赤之际，更是失落。济水茫茫涨得满，这我知道。但水涨得再满，也不会浸过车轴的呀。兀的那对野鸡叫得欢，哪管得了我这边孤单一个难成双。这车儿马儿的，载不动此时此刻我满心的愁、满腹的嗔。

更要命的是，旭日始旦的天空里传来了雝雝雁鸣！西风紧，北雁南飞。雁都南飞去了，冬天的脚步已经逼近。逝者如斯，一个女子的明媚鲜艳能几时呢？有花堪折直须折，莫待无花空折枝。可那个让我盛放的人，怎么还不来呢？"士如归妻，迨冰未泮"，你若要娶我为妻，就趁着这河水尚未结冰，冬日尚未临近的时节多好啊！秋天，是收获的季节，爱情，于此时收获，结成正果，这才是顺应了天时，顺应了人之大伦。

沉浸在波涛汹涌的心理流当中，她忽然被一阵躁动惊醒。

一只船终于驶过来了。望着这个在渡口边站立已久的女子，船夫频频招手："快上船喽！快上船喽！"孰知这位女子，羞红了脸，急急摆手："不，不是我要渡河。我在等我的朋友渡到这边来。"

"人涉卬否。人涉卬否，卬须我友。"别人渡河我不争，别人渡河我不争，我将恋人静静等。

戏剧性的场面，至此戛然而止。

不知道，这位济水河边的女子，还要多少次地"误几回，天际识归舟"？

是女子太急切了，还是男子爱得不够？

爱得不够，才借口多多。

真的不希望，这个女子苦苦等待的结果，最后只是一场空！

如果我们了解了古代人的结婚习俗，就不难了解这位女子急切待嫁的心了。

孔子说："男子二十而冠，有为人父之端。女子十五许嫁，有通人之道。于此而往，则自婚矣。群生闭藏乎阴，而为化育之始。故圣人因时以合偶男女，穷天数也。霜降而妇功成，嫁娶者行焉。冰泮而农桑起，婚礼而杀于此。"

男子二十，可为人父，女子十五，可为人母。过了年龄尚无主者，会是如何心焦，可想而知。所以，春秋之时，在仲春之月，官府会组织尚未婚配的男女约会，想来这种仁厚的浪漫，多么体贴人心，所谓的合人欲于天理，不就是如此吗？

"霜降而妇功成，嫁娶者行焉。冰泮而农桑起，婚礼而杀于此。"春生夏长，秋收冬藏。春是滋生万物的时节，男女之情也应该渲导之，所以便有了仲春之会。秋天是收获的季节，男女之爱该修成正果，所以适宜嫁娶。冬天万物归藏，婚礼应杀于此。所以，这个在秋天等着出嫁的女子，听到了大雁鸣叫，冬日将近，该是何等的惊惶无措！

诗中还有一个值得注意的植物：匏。

它是新人成婚行"合卺"之礼时一个必不可少的东西。卺即瓢，把一个匏瓜剖成两个瓢，新郎新娘各拿一个，用以饮酒，就叫合卺。匏是苦不可食之物，用来盛酒必是苦酒。所以，夫妻共饮合卺酒，不但象征夫妻合二为一，也象征新娘新郎同甘共苦之意。

同甘共苦，同尊同卑。

一个小小的匏，承载了一个大大的愿望，一种让人心生敬畏的仪式感。

诗经小站

邶风·匏有苦叶

匏有苦叶，济有深涉，深则厉，浅则揭。
有弥济盈，有鷕雉鸣。济盈不濡轨，雉鸣求其牡。
雝雝鸣雁，旭日始旦。士如归妻，迨冰未泮。
招招舟子，人涉卬否。人涉卬否，卬须我友。

葫芦瓜有苦味叶，济水边有深渡口。深就垂衣缓缓过，浅就提裙快快走。
济水茫茫涨得满，岸丛野雉叫得欢。水涨车轴浸不到，野雉求偶鸣声传。
又听雝雝大雁鸣，天刚黎明露晨曦。男子如果要娶妻，趁冰未融行婚礼。
船夫挥手频招呼，别人渡河我不争。别人渡河我不争，我将恋人静静等。

一个人的地老天荒

南有乔木，不可休思。汉有游女，不可求思。汉之广矣，不可泳思。江之永矣，不可方思。

翘翘错薪，言刈其楚。之子于归，言秣其马。汉之广矣，不可泳思。江之永矣，不可方思。

翘翘错薪，言刈其蒌。之子于归，言秣其驹。汉之广矣，不可泳思。江之永矣，不可方思。

——《周南·汉广》

　　这世上最真挚、最洁净、最让人心酸的情感就是暗恋。默默地关注一个人，静静地期盼一份可能永远也不会降临的感情，仿佛花期里一朵无名的花，在被忽略的角落里静静绽放。当花枝变得空空荡荡时，期待的踏青者却不曾光临。

　　这首《汉广》写的就是一个普通的樵夫，追求着一份不可能得到回应的爱情。

　　从一开始就注定了这是一份无望的感情，注定了这是他一个人的地老天荒。

　　"汉有游女，不可求思"，他清醒地知道那个在汉水之湄让他心生恋慕的女子，是不可求的。就像"南有乔木，不可休思"，就像"汉之广矣，不可泳思"，就像"江之永矣，不可方思"。

　　隔着汉水，他仿佛看得见对方的身影，却摸不到对方飘动的衣袂，仿佛闻得到对方身上淡淡的芬芳，却不能去轻抚。

　　他依然在痴情地企慕着，清醒地沉醉着。而那汉水呜咽的声音，就是他每日每夜为那个女子唱的深情而绝望的歌。

　　我们不知道他是在怎样的情形下遇到那个女子的，更不知道那是一个什么样的女子，诗中没有只言片语。只知道，他从此以后陷入沉溺、暗恋当中，痴痴的，傻傻的。

　　痴傻到他什么也不顾，只是爱着。

　　他明明知道不可能，还是"翘翘错薪，言刈其楚"、"翘翘错薪，言刈其蒌"，他

砍着荆条和蒌蒿，不是没有意义的。丛生的荆条和蒌蒿可以扎成迎亲的火炬，他幻想着这是为她而点的希望的火炬。古人嫁娶多在黄昏之后举行，因而有燎炬为烛的风俗。

他明明知道不可能，还是幻想着"之子于归，言秣其马"、"之子于归，言秣其驹"，他要喂饱他的马儿，喂饱那些驹儿，随时等着迎娶他梦中的新娘。

心不甘，情难拔，他只好从现实陷入了幻想。

而幻想终归是幻想，一旦睁开眼睛，便更深地跌落于幻灭的深渊。心中回响的依然是那首绝望的歌："汉之广矣，不可泳思，江之永矣，不可方思。"

我们的生命相隔了整整一条长河，无论我怎样努力，也无法泅渡。想给你一个昭然若揭的干净怀抱，只是幻想。

那浮不上来的暗想，那潜滋暗长的相思，只好沉落在深深的湖底，化成荒芜。

《诗经》中陷入这种可望而不可即的企慕之境的人，不止他一个。

《蒹葭》缥缈而迷离。在"蒹葭苍苍，白露为霜"如梦如幻、如诗如画的背景下，那个所谓的伊人，永远是"在水一方"。诗中的男主人公，一定是一个白衣飘飘、玉树临风的美男子。

《关雎》率真而优雅。"窈窕淑女，君子好逑"，求之不得，辗转反侧。求而得之，则是琴瑟友之，钟鼓乐之。诗中的男主人公，是一个在尘世烟火中努力追求诗意浪漫的人。

这首《汉广》朴拙而真诚。若是你能嫁给我，我要砍很多的荆条，很多的蒌蒿，要把婚礼办得漂漂亮亮的。要把马儿、驹儿喂得饱饱的，高高兴兴地迎娶你。诗中的主人公，是一个追求现世安稳、追求踏踏实实过日子的人。

不同类型的人，相同类型的情。

越来越瘦的年华，越酿越深的痴情。

不由得想起埃姆朗·萨罗希的《一千零一面镜子》：

越是逃离
却越是靠近你
我越是背过脸
却越是看见你

我是一座孤岛

处在相思之水中

四面八方

隔绝我通向你

一千零一面镜子

倒映着你的容颜

我从你开始，

我在你结束

我从你开始，我在你结束。深情的表白。不知道哪个铁石心肠的人能招架得住。

是谁说过：在两个人的感情世界中，一锤定音的，不是心有灵犀的睿智，不是旗鼓相当的欣赏，更不是死心塌地的仰望。是心疼，是怜惜。是两难境地里，那一点点无可奈何的舍不得。

死心塌地的仰望，敌不过一点点心疼、怜惜。

诗经小站

周南·汉广

南有乔木，不可休思。汉有游女，不可求思。汉之广矣，不可泳思。江之永矣，不可方思。

翘翘错薪，言刈其楚。之子于归，言秣其马。汉之广矣，不可泳思。江之永矣，不可方思。

翘翘错薪，言刈其蒌。之子于归，言秣其驹。汉之广矣，不可泳思。江之永矣，不可方思。

薁

桑

菅

有棵高树南方生，高高树下少凉荫。汉江女郎水上游，要想追求枉费心。好比汉水宽又宽，游地难似上青天。好比江水长又长，要想绕过是枉然。

　　丛丛杂树一棵高，砍树要砍荆树条。有朝那人来嫁我，先把马儿喂喂饱。好比汉水宽又宽，游地难似上青天。好比江水长又长，要想绕过是枉然。

　　杂草丛丛谁高大，打柴要把芦柴打。有朝那人来嫁我，喂饱驹儿把车拉。好比汉水宽又宽，游地难似上青天。好比江水长又长，要想绕过是枉然。

心悦君兮君不知

简兮简兮，方将万舞。日之方中，在前上处。硕人俣俣，公庭万舞。

有力如虎，执辔如组。左手执籥，右手秉翟。赫如渥赭，公言锡爵。

山有榛，隰有苓。云谁之思，西方美人。彼美人兮，西方之人兮。

——《邶风·简兮》

今夕何夕兮，搴舟中流。

今日何日兮，得与王子同舟。

……

山有木兮木有枝，心悦君兮君不知。

不知怎么的，看到这首《简兮》，不由自主地会想起这首《越人歌》。

"山有木兮木有枝，心悦君兮君不知。"我爱你，却与你无关。

"山有榛，隰有苓。云谁之思，西方美人。"你是长在山顶的榛栗，我是匍匐在山脚下的苍苓，高高在上的你，何曾会低下头颅，对脚下的小草投以温柔的一顾？

最遥远的距离，不是"山有榛，隰有苓"，而是我站在你的面前，你却不知道我爱你。

这首《简兮》和《越人歌》一样，是一个女子爱上男色的故事。

食色，性也。太多的人习惯了男子慕悦女色，而女子慕悦男色，其性一也。只是，在一个男权化了的社会中，女子慕悦男色，会有更多的难以启齿。

思的是西方美人，美人却远去了西方。爱，依旧在心口难开。

这名男子是一名舞者，这名女子，对她的身份众说纷纭，我们猜想，她可能是宫

廷中的一个贵妇或侍女。

在先秦时代，舞蹈大多融宗教气息、社会习俗和艺术表现为一体。《诗经》中的雅与颂，大多数是宫廷宴饮或宗庙祭祀时所用的歌。有歌必有舞，奏的有钧天广乐、六佾，舞的就有这首诗中所说的万舞。《毛诗传》曰："以干羽为万舞，用之宗庙山川。"

万舞，先是武舞，舞者手拿兵器；后是文舞，舞者手拿鸟羽和乐器。想象一下，这舞是集阳刚与柔媚于一体，熔激荡和肃穆为一炉，动静相生，张弛有度，是一场华丽的视觉与心灵的盛宴。

太阳当空，这是一天当中最盛的正午时分。卫国宫廷笼罩在一种庄严肃穆而又热烈的氛围中。上至王公贵族，下至宫女侍者，他们都在热烈地期待着，期待着一场华丽的万舞。

先是武舞。

他是领舞者。棱角分明的脸庞，浓浓的剑眉，炯炯的眸子，散发着犀利而又柔和的光芒。更有那孔武有力的身形，古铜色的皮肤，性感中带着纯净的诱惑。

"有力如虎，执辔如组"，他扮演着一个威猛的力士，手执着盾斧，跳转腾挪，劈挑勾抹。

动作中，蕴藏着一种原始的狂野，一种热情的爆发力，一种冲破一切藩篱与阻碍的激情。他舞蹈动作的节拍与音乐节拍相和，人体的动作与风和海的鼓动相应，一种强盛的冲击力，从舞者的身体中膨胀出来，仿佛与宇宙的节拍吻合。

一切未满足的欲望，一切狂热的企求，一切热情的极点，都浓缩于他的一招一式中，简直，整个世界都沉浸在他的舞蹈当中了。

没有人不会臣服，臣服于这至刚至阳、至原始至神秘、仿佛来自于宇宙的力量当中。

接着是文舞。

喧哗在瞬间归于肃穆。

从铁骑突出刀枪鸣，到涧关莺语花低滑。中间似乎没有丝毫的过渡。

他左手握管，右手拈一根妖娆的野鸡翎。娇媚的舞步，模拟着野鸡求偶的春情。

如织的男色，如春水般的旖旎柔情，直让人魂动魄飞，恍然若失。

如果说武舞，是表现了人与自然的争斗，人在艰难的宇宙间求生、求存的欲望，我猜想，这文舞，表现了人与自然的和谐，人安卧于自然之母的怀抱中，繁衍生息，绵延不休。

舞蹈在静默状态中，停止了。

此时无声胜有声。

一场万舞结束了，一场爱情才刚刚开如。

在无数双注目舞者的眼睛中，你可曾注意到我，那双含情脉脉的眼？早已随着你的身形，神游天外了。

我心有猛虎，在细嗅蔷薇。如虎的阳刚激情，如花如黛的柔情，交织于一身，这样的男子，哪个女子不心动？

这一舞，不知掳获了多少女子的芳心。

但，谁能爱你比我深呢？

就从这一秒钟起，我就爱上了你。我知道，许多女人对你这个宠惯了的人常常说这句话。但我相信，没有一个女人像我这样盲目地、忘我地爱过你。我对你永远忠贞不渝，因为世界上任何东西都比不上女子暗地里悄悄所怀的爱情。它如此渺茫、卑下，却充满热情。

我一头栽进了你的眼神，就像跌进了一个无底的深渊。

从那时开始，我积聚了全部的热情。我心里只有一个人——就是你。

彼美人兮，西方之人兮。

斯人一去无踪影。

"山有榛，隰有苓。云谁之思，西方美人。彼美人兮，西方之人兮。"

绵邈低回的相思与慕悦，一遍遍回响。

山有木兮木有枝，心悦君兮君不知。

如果情感和岁月也能轻轻撕碎，扔在海中，我愿意，深在海底，从此沉默。

谁读懂了这句诗，谁就真正懂得，什么叫寂寞。

邶风·简兮

简兮简兮，方将万舞。日之方中，在前上处。
硕人俣俣，公庭万舞。有力如虎，执辔如组。
左手执籥，右手秉翟。赫如渥赭，公言锡爵。
山有榛，隰有苓。云谁之思，西方美人。彼美人兮，西方之人兮。

鼓声咚咚响不停，万舞马上就举行。太阳恰好当头顶，他是舞列第一名。
身体壮美又魁梧，来到公庭跳万舞。力大无比如猛虎，手把缰绳像织布。
左手拿籥跳文舞，右手雉羽频挥举。脸色红润如赭土，公爷赏酒让他去。
高高山上榛树生，低湿之地长苦苓。朝思暮想竟为谁？西方美人心中萦。美人已去无踪影，远在西方难传情。

洵有情兮，而无望兮

子之汤兮，宛丘之上兮。洵有情兮，而无望兮。

坎其击鼓，宛丘之下。无冬无夏，值其鹭羽。

坎其击缶，宛丘之道。无冬无夏，值其鹭翿。

——《陈风·宛丘》

这一天，他绝早起床，带着虔诚的细致将身上干净的粗布衣服理了再理。

天未亮，夜未央，可是他已等不及了。

蹑手蹑脚地出了家门，他没有听到，里屋假寐的母亲深深的叹息。

即便他听到了又怎样呢？

他必仍是如此，义无反顾地走出去。

他要去的地方，是宛丘。

他是陈国人，他的国家是舜的后代妫满的国家，周武王封舜后妫满于陈，是为胡公，妻以元女大姬。而"妇人尊贵，好祭礼，用史巫"。

因此，举国好祀，热爱巫术，在神秘的月光下与天上诸神共舞是他们的传统。

而今番，月亮之下，宛丘之上，将有一位以巫为职业的舞女翩跹徜徉。

当她第一次戴着用鹭羽制成的舞具出现时，他的心中便生出了无限爱恋。

那时，她全身着青色，衣襟、腰裤均镶彩边，足上一双黑绣花鞋，头上披着黑头纱。

那长长的纱下，是一双明眸。

她是陈国至今最美艳的巫女，然而也是陈国史上最虔诚的巫女，众所周知，她的一生已献给了天上法力无边的神灵。

她在宛丘舞蹈，如蛇委蛇。黑色的长纱在台上舞出无限幻境。所有的人都如痴如醉，并生出无限惶恐与膜拜。

而他，却鬼使神差，生出了眷恋。那种眷恋，如同她的信仰：坚定卑微。

自那以后，她一次又一次，不论冬夏，总用她美轮美奂的肢体为人们祝祷跳舞，那是她的职业。

她跳得极好，每一次，都仿佛将天上的福祉带到了荒凉的人世。因为，自她起舞，陈国的天灾人祸都减少了，甘霖也点点滴滴洒进了干枯的原野。

人们称赞她的魔力，敬她，同时也畏惧她。

他也敬重她，同时还带着悲悯。

因为，他相信她那驱除旱魃的魔力来源于她的真诚。

是的，他看出了她的真诚，他自她曼妙的肢体嗅到了真诚。他爱上了这不祥的巫，和她婆娑的舞姿。

她却毫不知情，只是为了被除旱魃，反复跳着那诡异的祭祀之舞。

她同他根本是不同的，她生于巫，长于巫，终身沉溺于对神灵世界的向往。她在宛丘之上日日舞蹈，企盼着神的降临，全未注意到宛丘之下有人间的男子爱上了她。

她不是普通人，她的一切早已敬献给了天上那无所不在、无所不知的神。

他知道她的无知，因而感到身为人类的失望、落寞，眼里总含着忧伤。

而许多时候，他发现她的眼里含着同样的忧伤。

当然，她的忧伤不为他，而是为天上遥不可及的神灵。

他的爱是无望的，而她的又何尝不是？

两个痴情的人，各自承受着不同的爱情悲剧。

一种相思，两地闲愁。

人巫之爱，神巫之爱，每一个，因为无可慰藉，有着同样深切的悲伤。

"洵有情兮，而无望兮"。

她在宛丘之上舞动着她的迷思，他在台下也被深深迷惑。

她绝望地爱着神，他绝望地爱她。

她的爱是她的信仰。

他的信仰是他的爱。

因而，她的演出，他每场必到。

看时痴迷，看不见时，怅然若失。

他的母亲叹息得更厉害了。

田里已经枯萎，他一次一次奔向宛丘，荒芜了耕作，缸里米已见底。母亲桌上的水碗也常空空如也。

那是多么美丽的水碗啊。上面是飞舞的神鸟，是庄严的红与黑。那种庄严如同她的舞姿一般。

他陷入自己的悲剧里，不闻不问，不眠不休。

他很快形销骨立，站在观看的人群里，容易被淹没。只有一双被希望灼烧的眼睛闪闪发亮。

他期待她终于有一天看见他。

她在宛丘舞动了一生。

他在宛丘等待了一生。

终于，他们都老了。

彼此的信仰也都落了空。

他没有等到她的赐予，她对上天的呼唤也始终没有得到回应。

又一个清晨，他拄着拐杖出发去宛丘。

此前，他缠绵病榻一月有余，不得不终止了坚持了一生的习惯。

母亲早已长逝，他终身未娶，无亲无靠，在守望里即将过完他的一生。

道路好似不再平坦，风尘滚滚，沙粒塞住了他的牙齿。
也许，这是他最后一次去宛丘了，他仿佛感到体力正从身上一点一滴地消失。
一个小时的路程，他清晨出发，到达时已是午后。
远远地，已见那神圣的祭台。他终身的信仰和等待，他的青春、骨肉和灵魂。

然而他愣住了。宛丘空空如也。
那老去的巫女不知所踪。
祭台上，只有那黑色的纱诉说着一生的空洞和消逝。

他颤颤巍巍，平生第一次爬上了那祭台，用苍老的手久久抚之不去。
当第二天的太阳照常升起的时候，在阳光的照耀下，人们发现了躺在祭台上的他。
他的生命消逝了，面容安详，嘴角微微上翘。

天地万物，无生不终，只有怀抱信仰的人才得以微笑着死去。　　　　（何灏）

**诗经
小站**

陈风·宛丘

子之汤兮，宛丘之上兮。洵有情兮，而无望兮。
坎其击鼓，宛丘之下。无冬无夏，值其鹭羽。
坎其击缶，宛丘之道。无冬无夏，值其鹭翿。

姑娘啊轻摇慢舞，就在那宛丘高处。我的情意啊深长，却把希望啊埋葬。
响咚咚皮鼓谁敲，就在那宛丘山脚。不管是寒冬热夏，戴她的鹭鸶羽毛。
敲打起瓦盆当当，就在那宛丘道上。不管是热夏寒冬，鹭鸶毛戴在头上。

青青子衿，悠悠我心

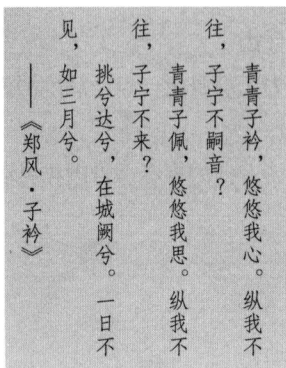

青青子衿，悠悠我心。纵我不往，子宁不嗣音？青青子佩，悠悠我思。纵我不往，子宁不来？挑兮达兮，在城阙兮。一日不见，如三月兮。

——《郑风·子衿》

《子衿》是《诗经》中最珊然可爱的一首，然而它写的却是一名少男不解风情的故事。

少男和少女约好了在城楼上见面。

离约会还有半天之久，少女已经坐立难安了。妆匣被合上又打开，反反复复许多次。脸上娇艳的妆容已经一再地修饰过了，她要以最美好的容颜去见她的爱人。

在焦灼中，少女急急地出了门。

然而她又小跑着回来了，她拿掉了她的荷包。

等她拿走荷包走到半道又折回了，这次是她忘记戴上早晨新鲜摘下的芙蓉花瓣。

来来回回，当她赶到约会地点，时辰已过，她的爱人，久候不至，已经怅然离去了。

少女只好呆呆地在城楼上坐下来，等候她的爱人返身。

然而她的情人却迟迟没有出现。

她怅惘地等待，她的心，如"楼前乱草，是离人方寸"，已然乱了。

悔恨的少女照例是骄傲的，她不禁抱怨情人：纵然我不曾去会你，难道你就这样

断绝音信了吗？难道你就再不来找我了吗？

她怨，然而又急切期待。这种嗔怪也不过是爱吧。

她爱，然而却恨这样没有结果的等待。

等待中，他的影像自她眼中浮现出来—"青青子衿"，青衿是男子父母健在者之服。

他是着青色领襟的衣衫、生机盎然、模样俊俏的少年。

他在她心里青涩而迷人地微笑着，少女想起了很多与他有关的快乐时光。那些小小的甜蜜，如同蓓蕾初放的喜悦。

少女仿佛才明白，那个被她娇叱的少年，竟然这样令人愁肠百结，"一日不见，如三月兮"。

于是，她便在这样的发现里忧心忡忡地等待下去。

这首诗，将一位娇憨的少女面对爱时的嗔与喜写到入木三分。

偏是后世的曹操，拿男子玩弄权术的心来引用此诗，"青青子衿，悠悠我心。但为君故，沉吟至今"。

用求贤若渴之意，在那深谋远虑中竟透出些浪漫来。

钱钟书先生说："《子衿》云：'纵我不往，子宁不嗣音？''子宁不来？'薄责己而厚望于人也。"

钱先生是以男人本色看子衿心上人。

所谓薄责己而厚望于人，说的是少女分明是自己迟到在先，才不得不面对少年的离去。但她不仅不自省，反而责怪那少年不解风情，等不到便放弃。

要说自私，这少女是真自私，她只知索取无限宠爱，却不肯承担爱情的烦恼。真的，很多少女的爱便是这样，蛮横霸道，却也不乏天真。

然而，她是这样的娇憨可人，你怎忍心责怪这初放蓓蕾那透明的自私？何况，她若不爱这少年，又何须为他心烦意乱？

而这少年又何尝不是不知变通，辜负了少女整个早晨的盛装期待？

世情往往这样，解风情的男子，通常是浪子。他既能对你体贴温存，当也能为他人解颐。你觉他善解人意，旁人何尝不做如是想？

倒不如那只呆鹅，不够灵活周全，可是全部心思都在你身上。何况，他若不呆，怎肯忍受你颐指气使的爱？

这一点痴，便值得珍惜坚持。

辜负一次花枝招展的装扮不算什么，心灵美才是真的美。

所以，读过了《子衿》，我们恍然大悟：为什么古灵精怪的黄蓉会拒绝风流倜傥的欧阳克，把个憨实的郭靖当成宝贝。

因为，她知道他的憨实可以依靠。

黄蓉诗卜书画，女工烹饪无一不通，主持着天下第一大帮，能破英姑穷尽一生都无法解除的迷阵，总在紧要关头想出匪夷所思的毒计，聪明可谓一时无二。

然而，黄蓉最大的聪明是选择了郭靖。

郭靖是绝对不解风情的男人，而且超级蠢笨。四岁才会说话，全凭一股傻劲练成了绝世武功。

但郭靖是最专情的男人，明辨是非，绝对不会做对不起爱人的事。

同郭靖生活，当然不会风花雪月，说不定他笨手笨脚，每每毁了你矫揉造作的心。但是，他能给予黄蓉绝对的安心。

心安处即是家。女人要的是安定的爱，不是颠沛流离的风情。　　　（何灝）

郑风·子衿

青青子衿，悠悠我心。纵我不往，子宁不嗣音？
青青子佩，悠悠我思。纵我不往，子宁不来？
挑兮达兮，在城阙兮。一日不见，如三月兮。

青青是你的衣领，长长地挂在我的心。纵然我还不能去，你为什么不寄个音？
青青是你的佩带，长长的是我的想念。纵然我不能去，你为什么不来？
你轻快地往来啊，登在城楼上啊。一天不看见你，如同隔了三个月啊。

弱水三千，只取一瓢

出其东门，有女如云，虽则如云，匪我思存。缟衣綦巾，聊乐我员。

出其闉阇，有女如荼，虽则如荼，匪我思且。缟衣茹藘，聊可与娱。

——《郑风·出其东门》

这一首，是专情的赞歌。男子唱道：虽然身旁美女如云，但心中始终只有你。弱水三千，我只取一瓢饮。

歌子很美，然而并不容易做到。

关于此诗的解释仍然存有分歧：

诗序叙述了此诗的背景："《出其东门》，闵乱也。公子五争，兵革不息，男女相弃，民人思保其室家焉。"

针对这个解释，清姚际恒《诗经通论》曰："小序谓'闵乱'，诗绝无此意。按郑国春月，士女出游，士人见之，自言无所系思，而室家聊足娱乐也。"

所以此诗所展示的，不过是红男绿女于红尘中交错而过的一个场景。

这是充满诱惑的场景：千门如昼，钿车罗帕，嬉笑游冶。

"出其东门，有女如云"、"出其闉阇，有女如荼"。

一干青春貌美的女子施施然而来，红装浅黛眉，眼波流慧，顾盼生姿，"乱花渐欲迷人眼"。

男子当然也被这样铺天盖地的美丽震住。

没有人不被美丽震住。

叹为观止。

然而，叹则叹矣，男子清醒地知道，这些美丽不过是风景。

你达达的马蹄是美丽的错误，"我是过客，不是归人"，因为：

"虽则如云，匪我思存"、"虽则如荼，匪我思且"。

再巧夺天工的美丽，虽然碰巧被我见到了，但不属于我，我又何必沾沾自喜？

何况，男子早已名花有主。他心灵的主人是那位"缟衣綦巾"、"缟衣茹藘"的她。

据朱熹考证，"缟衣綦巾"、"缟衣茹藘"，均为"女服之贫贱者"。朱老夫子在学术上偏爱煞人风景，仿佛不扔出个贫困女子来不足以表现这男人对爱的忠贞：

原来捆绑他心扉的，竟是一位素衣绿巾的贫贱女子。

贫未必贱，素殓的躯壳反而更易绽放清新的心香。在那样的绽放之下，一切艳妆都将黯然失色。

在男子心里，她的好势必胜过那些莺莺燕燕。

他肯把心交给她，总有她的过人之处。这个世界的春天，不只有明艳的桃李。心有灵犀，本与一切无关。

因此，不禁感慨：这个男人，真是个有智慧的男人。

人生的苦恼泰半是由有所欲求而不得满足而来。

佛经说，人生有七种苦难：生、老、病、死、怨憎会、爱别离、求不得。

"求不得"是其中主要的苦恼。

希腊神话里讲坦塔罗斯杀子为羹，款待众神，企图证明众神并非无所不知。

众神为了惩罚他，将他囚禁于水潭中。

水及下唇，潭边有果树，果平于眉。他若是渴了喝水，水位便下降，恒及于唇；他若是饿了去吃果子，果枝便上扬，恒平于眉。

这便是著名的"坦塔罗斯的苦难":求不得。

所以,把握手中的远比遥不可及的向往来得幸福。

弱水,始见于《尚书·禹贡》:"导弱水至于合黎。"孙星衍《尚书今古文注疏》:"郑康成曰:'弱水出张掖。'"按古籍言弱水亦见于《史记·大宛传》《汉书·地理志》《后汉书·东夷传》与毕沅注《山海经》等。

三千,出于佛家三千大千世界,天台宗善言一念三千。

一瓢饮,见于《论语·雍也》:子曰:"贤哉!回也。一箪食,一瓢饮,在陋巷。人不堪其忧,回也不改其乐。贤哉!回也。"

后来弱水引申为爱河情海。最早出现在《红楼梦》第九十一回。

黛玉道:"宝姐姐和你好你怎么样?宝姐姐不和你好你怎么样?宝姐姐前儿和你好,如今不和你好你怎么样?今儿和你好,后来不和你好你怎么样?你和他好他偏不和你好你怎么样?你不和他好他偏要和你好你怎么样?"

宝玉呆了半晌,忽然大笑道:"任凭弱水三千,我只取一瓢饮。"

黛玉和宝玉都是聪明人。

黛玉想见了所有"求不得"的苦难,层层剥离,然而她看得见却挣脱不了,最终还是因"求不得"失了性命。

宝玉看见了解决"求不得"的通途,明心见性直指人心,但他想得到却无力实施,到底落了个"举案齐眉意难平"。

古书记载:通冥界之入口,必经三千弱水。凡世间之生灵入此水者,骨肉无存,魂飞魄散,永世不得超生。

宝黛皆属入而不返者。

尽管凶险若此,许多痴人还是取了一瓢又一瓢,扔掉一瓢又捡起一瓢。爱,就在这捡拾与抛弃中变得不稀罕、不珍贵,也不再动人。

因为稀有,所有难得;因为难得,所以稀有。

历史上有很多弱水三千只取一瓢饮，集万千宠爱于一身的故事。偏偏那些故事多是悲剧收尾。

难道命运便是如此颠倒众生？

还是痴人做梦，自作孽不可活？

千江有水千江月，对智者而言，一瓢之中已知天下。

足矣。　　（何灏）

诗经小站

郑风·出其东门

出其东门，有女如云。虽则如云，匪我思存。缟衣綦巾，聊乐我员。

出其闉阇，有女如荼。虽则如荼，匪我思且。缟衣茹藘，聊可与娱。

走出那东门，有姑娘多得像云。虽则多得像云，不是我想念中人。只有那位白衣青巾，姑且是我喜爱的人。

走出曲城的重门，有姑娘多得像白茅花。虽则多得像白茅花，不是我牵挂中人。白衣红巾的那位，姑且可以同她相配。

有美一人，婉如清扬

野有蔓草，零露漙兮。有美一人，清扬婉兮。邂逅相遇，适我愿兮。

野有蔓草，零露瀼瀼。有美一人，婉如清扬。邂逅相遇，与子偕臧。

——《郑风·野有蔓草》

《诗经》中有悲伤的调子，也有欢乐的调子。无论是悲伤还是欢乐，都掷地有声。没有矫饰，没有虚伪，如出水芙蓉般，闪烁着纯净的光泽，让人不由得心生爱怜。

这首诗，字里行间满溢着喜悦与适意，读着它，心会跟着轻舞飞扬。

一场美丽的邂逅。

点亮了小伙子混沌初开的心，明媚了整个春天的早晨。

邂逅，本身就意味着美，意味着惊喜。没有刻意，却比刻意安排更合了双方的心意。没有约定，却像是在赴一场前世刻在三生石上的华丽之约。

一朝相遇，沉睡的心被唤醒，每根神经都在传达着喜悦："于千万人之中遇见你所要遇见的人，于千万年之中，时间的无涯的荒野里，没有早一步，也没有晚一步，刚巧赶上了。没有别的话可说，唯有轻轻地问一声：噢，你也在这里。"

我们都在赴一场命定的约。还有什么比得上邂逅的美丽，还有什么能如此激荡两颗年轻的心？

他的灵魂忍不住要放歌：

野有蔓草，零露漙兮。有美一人，清扬婉兮。邂逅相遇，适我愿兮。

野有蔓草，零露瀼瀼。有美一人，婉如清扬。邂逅相遇，与子偕臧。

邂逅的地点，是在生满蔓草的郊野——一个天宽地广，适合恋爱的地方。

郊野上绿草如茵
圆润的露珠附上
一个亲吻

露珠与蔓草邂逅，演绎了一段深深的恋情。刚好是这颗露珠，而不是那颗露珠，落在了这株蔓草上，而不是那株蔓草上或是那朵花上。这是最美的相遇，这是注定的缘分。

露珠晶莹，映着蔓草的绿影。蔓草安安静静，克制着内心的狂喜，吮吸着露珠给予的水分，吮吸着生命中甘甜的汁液。

遇上那个人，似露珠在草叶上，有轻轻颤抖的喜悦。

有美一人，清扬婉兮。有美一人，婉如清扬。

她清眉，秀目，清纯明澈得一如草尖的露珠。草在风中震颤，露在草上颤抖，他的心也有颤抖。

爱，有如花冠上的露珠，只会逗留在清纯的灵魂里。

就这样被你征服。

你是否明白，这初遇，清澈如水，而你的睫影，那样馥郁？

你是否明白，这邂逅，甘如美酒，而你的目光，那样清纯？

你是否明白，在太阳升起之前，掬一滴清露在手，再也不放你走？

每个人心中都有一种初遇的情结，如薄雾般飘渺朦胧，像清泉般清纯透明。但不是每个人都如这个小伙子一样幸运，能得到她的回应。

邂逅相遇，适我愿兮。

邂逅相遇，与子偕臧。

你是如此合我心意啊，我不知把你怎么办才好，就像捧着一件珍宝。

我忽然明白，沈从文那段情意绵绵的文字了："这笑里有清香，我一点都不奇怪，本来你笑时是有种比清香还能沁人心脾的东西！你是那花朵上的露珠，我是那么想着，最后便是把那朵牵牛花上的露珠用舌子舔干了。"

如果你是那露珠，我会用舌子将你轻轻地舔干。

像一阵细雨，洒落我心底，那感觉如此神秘。我不禁抬起头，看着你，一句话脱口而出：与子偕藏。

森林还在沉睡，露珠带着冰凉的芬芳，雾气枕着松木的肩膀，一切都美。此时此刻，我只想和你找一个隐蔽而安静的地方，一起把美分享，把爱传递。

露水珠白白胖胖，我要和你一起躲藏。在密林的深处，在山坡的角落，在世界的中心，爱你。

露珠是草尖上跳着舞的精灵，你，是爱的精灵，是美的精灵，是我的精灵。

　　我说过，我会想你。
　　我会像一滴露珠对一棵青草那样
　　想你。从叶片至叶梢，从
　　每一个绿色的细胞里，葳蕤地
　　想你。
　　像一滴露珠那样
　　只需一缕柔风，就会滴落尘土。想你
　　我会一直低到尘埃。

美在发现，在邂逅，是一种机缘。好比凌晨四点钟，看到海棠花未眠。

春之蔓野，邂逅一人，眼波流转，悄然心动。人生中最美好的初见。

不知"与子偕藏"后，他与她会有怎样的收场？如果是聚，祝福他们。如果是散，也不必惋惜。分别不是终点，彼此铭记就已足够，有些时候，一场邂逅，就足够美丽，足够点亮一生的回忆。

郑风·野有蔓草

野有蔓草，零露溥兮。有美一人，清扬婉兮。邂逅相遇，适我愿兮。
野有蔓草，零露瀼瀼。有美一人，婉如清扬。邂逅相遇，与子偕臧。

野地里有草蔓延，露水珠颗颗滚圆。有一个漂亮人儿，水汪汪一双大眼。欢乐地
碰在一块，可真是合我心愿。

野地里有草蔓长，露水珠肥肥胖胖。有一个漂亮人儿，大眼睛水汪汪。欢乐地碰
在一块，我和你一起躲藏。

所谓伊人，在水一方

蒹葭苍苍，白露为霜。所谓伊人，在水一方。溯洄从之，道阻且长。溯游从之，宛在水中央。

蒹葭萋萋，白露未晞。所谓伊人，在水之湄。溯洄从之，道阻且跻。溯游从之，宛在水中坻。

蒹葭采采，白露未已。所谓伊人，在水之涘。溯洄从之，道阻且右。溯游从之，宛在水中沚。

——《秦风·蒹葭》

人类毕生追求拥有，但最耿耿于怀的，却是那在水一方，缥缈如丁香般的得不到的爱情。

少年读《蒹葭》，爱它的靡丽美好，宛若青涩不可实现的情怀与梦境；

青年读《蒹葭》，爱它的哀而不伤，一如曾经沉溺而不可得的感情；

中年读《蒹葭》，爱它的诗意放旷，写尽人生无处不在的丧失却无怨无悔；

老年读《蒹葭》，爱它的荼蘼温婉，是此生已矣，如烟往事俱逝去，立尽斜阳。

《蒹葭》有这样的力量，每个人都从中捡拾自己的眼泪，用诗意面对感情的失却，并获得慰藉。

《诗小序》说："《蒹葭》刺襄公也，未能用周礼，将无以固其国焉。"

《诗沈》中说："盖下游为雒京，士之在周者，如见其在水中央，而不可得也。上游为汧渭，士之在秦者，道阻且长而可致也。"将该诗主旨解为求隐士。

他们读《蒹葭》，如读自己生命中最恐惧难过的失意。因为，《蒹葭》的文字之美、意境之空灵可使每个读它的人震撼，而迷失在它的魔力之中。

然而我情愿它不过是一首最美丽的情诗，因它太美丽。

这个世间，如此不切实际而又无上美丽的，唯有爱情。

《蒹葭》描绘了一场浪漫悠久的寻找。

这是一场贯穿整个人类史的具有普遍意义的寻找。

寻找真理，寻找真爱，寻找心的故乡。寻找风沙过后那些纯真的足迹，寻找黝黑面孔下那些对于爱的领悟。

到最后，梦境已不可考，寻找已经成为唯一有意义的举动。

谁也不知道，谁在寻找谁？

只知那时秋风湿润，芦苇摇曳。那个孤独的追寻者，正一如既往在苦苦地穿越。

这是没有方向的穿越："溯洄从之，道阻且长。溯游从之，宛在水中央。"他似乎看到了那灵光，然而伸出手去，它又自指缝流失，转瞬不见。

他在烟雨中踽踽而行。他在恍惚中徘徊不定。

那个身影若有若无，如雾如电。

有时近在咫尺，他仿佛只要再跨越一步便能靠近。

俟他靠近，佳人又远在那水之滨。

当他停息下来，那召唤又在耳畔悄然响起。

他在这样的若即若离中寻找了一生。

只是寻找，没有停止。

只是寻找，没有悲哀。

正如《人间词话》所说："《诗·蒹葭》一篇，最得风人深致。"这种风致，难以言说，唯有曾经寻找过的人才能恍然大悟。

所有的快乐都在那没有尽头的寻找里。

有人给我讲过一个故事：

佛问一只在寺庙里修炼了千年的蜘蛛："世间什么才是最珍贵的？"

蜘蛛想了想，回答："世间最珍贵的是'得不到'和'已失去'。"

两千年过去了，蜘蛛在庙里昼夜参禅，始终在"得不到"和"已失去"中摇摆不定。

直到有一天，一阵不知从何而来的大风将一滴甘露吹到了蜘蛛网上。
蜘蛛望着甘露忽然觉得很开心，它觉得这是三千年来最开心的一天。

然而，又一阵大风吹来，甘露被吹走了。
从这一刻起，蜘蛛感到深深的寂寞，它爱上了那滴甘露。

于是，佛再次出现了，看到蜘蛛如此哀伤，轻轻摇头。
仁慈的佛对蜘蛛说："我让你到人间走一朝，了此情缘吧。"
蜘蛛激动地俯首称谢。

在佛的安排下，蜘蛛投胎到一个官宦家庭，摇身变成富家小姐珠儿。长到十六岁，婀娜多姿。佛承诺她，将与甘露再续前缘。

这日，适逢皇帝为新科状元甘鹿举行庆功宴，他便是若干年前落在蜘蛛网上的那滴甘露。
筵席上，儒雅的甘鹿迷倒了众多妙龄少女。
珠儿因为有佛做靠山，因此胸有成竹。

始料未及，几天后，皇帝下诏命新科状元甘鹿和长风公主完婚，同时将珠儿许给了太子。
珠儿没想到天生的姻缘也会错失，失望之下不吃不喝，危在旦夕。

太子赶来了，对奄奄一息的珠儿告白：
"我对你一见钟情，苦求父皇才得到赐婚。你若死了，我绝不独活。"
说罢拿起宝剑准备自刎。

佛及时出现了，他对快要出窍的珠儿灵魂说：

"蜘蛛，甘露是被风带到你跟前的，最后也将由风带走的，甘鹿是属于长风公主的。他不过是你生命中的一段插曲。

"而太子草是当年钟灵寺门前的一株小草，他仰望了你三千年，爱慕了你三千年，你却从没有低下头看过它。

"蜘蛛，我再来问你：世间什么才是最珍贵的?"

蜘蛛本有佛性，登时大彻大悟，她对佛说："世间最珍贵的不是'得不到'和'已失去'，而是现在能把握的幸福。"

珠儿的灵魂返回了身体里，与苦候自己的太子相拥而泣。

这个故事，是苦口婆心地劝导，不要去追逐那些缥缈的得不到，要紧紧握住手中渺小真实的幸福。

但是，你知道，我也知道，有些寻找是永远不可能放弃的。

真实的不一定是想要的。

得不到的才是最好。　　　（何灏）

诗经
小站

秦风·蒹葭

蒹葭苍苍，白露为霜。所谓伊人，在水一方。

溯洄从之，道阻且长。溯游从之，宛在水中央。

蒹葭萋萋，白露未晞。所谓伊人，在水之湄。

溯洄从之，道阻且跻。溯游从之，宛在水中坻。

蒹葭采采，白露未已。所谓伊人，在水之涘。

溯洄从之，道阻且右。溯游从之，宛在水中沚。

河边芦苇青苍苍，深秋露水结成霜。我所怀念的心上人啊，就在河水那一方。

逆流而上去找她，道路险阻又漫长。顺流而下去找她，仿佛就在水中央。

河边芦苇一片片，清晨露水尚未干。梦牵魂萦的心上人啊，就在河的那一边。

逆流而上去找她，道路险阻又艰难。顺流而下去找她，仿佛就在水中洲。

河边芦苇密稠稠，清晨露水未全干。苦苦寻觅的意中人中，就在岸的那一头。

逆流而上去找她，道路险阻曲难求。顺流而下去找她，仿佛就在水中滩。

月出皎兮，佼人僚兮

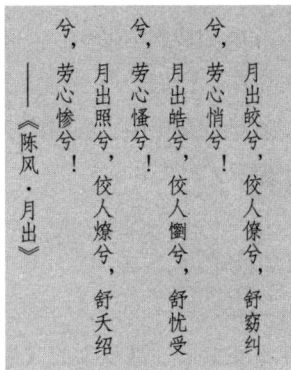

月出皎兮，佼人僚兮，舒窈纠
兮，劳心悄兮！
月出皓兮，佼人懰兮，舒忧受
兮，劳心慅兮！
月出照兮，佼人燎兮，舒夭绍
兮，劳心惨兮！
——《陈风·月出》

白月光，心里某个地方，那么亮，却那么冰凉。

每个人，都有一段悲伤，想隐藏，却欲盖弥彰。

这句歌词用来形容这首诗表达的情绪，颇为适宜。她是他心中的白月光，那么亮，却那么冰凉，可望而不可即。她是他心中的一段悲伤，想隐藏，却欲盖弥彰。忧伤的情歌，在心里唱了又唱。

"月出皎兮，佼人僚兮，舒窈纠兮。"简简单单的句子却活化出一幅月下美人图。

皎洁温柔的月光和满天的星辉，是她出场的布景。她曼妙苗条，步态轻盈，神情端庄华贵。饰有月牙形边的一袭白裙，在夜风的轻拂下掀起了衣袂。

月出皓兮，佼人懰兮，舒忧受兮。

月出照兮，佼人燎兮，舒夭绍兮。

月光的清辉，给月下美人罩上了一层朦胧的面纱，多么引诱挑逗的遮掩。美人如花隔云端。一"月"之隔，却平添了无尽意在言外的韵致。就像洞开的窗口不引人注意，而一角掀动的窗帘，惹人窥探猜测，生出无限兴趣。

他乘着月光而来，像是奔赴一个天荒地老的约定；她迎着月光默然吹箫，全然不知道身后那双默默注视着的眼睛。

他痛饮着那令人销魂的悸动与令人陶醉的妩媚。她却在月光下倾诉自己的心

事——"此时相望不相闻，愿逐月华流照君"，她心中的那个君又在何处呢？

白月光，照天涯的两端。

他站在她的背影中怅惘，说时光停不下来了。停下来的，是月光下她意态绝美的模样。

他站在她的背影中，心绪难宁，如大海翻滚着波浪。

劳心悄兮！

劳心慅兮！

劳心惨兮！

此情此景此心，沈从文的《月下小景》写得极美：

> "求你将我放在你心上如印记，戴在你臂上如戳记。"我念诵着雅歌来希望你，我的好人。
>
> 你的眼睛还没掉转来望我，只起了一个势，我早惊乱得同一只听到弹弓弦子响中的小雀了。我是这样怕与你灵魂接触，因为你太美丽了的缘故。
>
> 但这只小雀它愿意常常在弓弦响声下惊惊惶惶乱窜，从惊乱中它已找到更多的舒适快活了。
>
> 在青玉色的中天里，那些闪闪烁烁底星群，有你底眼睛存在：因你底眼睛也正是这样闪烁不定，且不要风吹。
>
> ……
>
> 当我起身时，有两行眼泪挂在脸上。为别人流还是为自己流呢？我自己还要问他人。但这时除了中天那轮凉月外，没有能做证明的人。
>
> 我要在你眼波中去洗我的手，摩到你的眼睛，太冷了。
>
> 倘若你的眼睛真是这样冷，在你鉴照下，有个人的心会结成冰。

当然，关于这首诗还有另外一个版本。

月下的女子并不是男子亲眼所见，只是月亮升起的时候，浮现在他心中的一段甜蜜而惆怅的过往，一个美丽而神秘的面影。

不知道在某个时候，或许也是有月亮的夜晚，也不知道在某个地方，就那样惊鸿

一瞥，女子的身影烙在了男子的心上。每当有月亮的夜晚，独坐永夜，望着中天那弯皎洁的月，望着月中桂影婆娑，他的心头总会浮现那个女子的模样。带着逼人的气息，闪现在记忆的海里，仿佛极远却又极近，每一次回味，都满盈愉悦，但带着微微的怅惘。

就像仓央嘉措的那首诗《东山顶上》：

> 在那东山顶上，
> 升起皎洁月亮。
> 年轻姑娘的面容，
> 浮现在我的心上。

如母亲面容安详的月，升起在东山顶上。本该修行证悟的人，观想到的不是佛的面容，而是如白月般明亮的年轻姑娘的面庞。挥之不去，拂之还满，就像洒在地面上的白月光。

望着月亮的时候，我就想起你。就像望着你的时候，我就会想起月亮。世界上最美，最美的是月亮，比月亮更美，更美的是你。

可，月亮在天上，我在地上。就像你在海角，我在天边。月亮升得再高，也高不过天啊，你走得多么远，也走不出我的思念。

不知道离开了月，中国古典诗歌将失去多少美，多少真，多少善。

而它的源头依旧在《诗经》里。不知那轮明月照见的是否也有和你我一样的今人？它像一个最深沉最多情的精灵，照见了人世所有的悲欢离合。

这些浸在月光下的诗句，我都不知道怎么样一一列举。随意翻开，从诗经，到楚辞，到乐府，到唐诗，到宋词，你都能与它不期而遇。像阔别多年的老友，提着一壶老酒，与你静坐在月光下，细数昨日的风尘。

余光中先生评价李白其人其诗，说他酒入豪肠，七分酿成了月光。剩下的三分，啸成了剑气。秀口一吐，就是半个盛唐。李白的诗情，有七分都酿成了月光！

奈何，人如天上的明月，是不可拥有。情如曲过只遗留，无可挽救再分手。

陈风·月出

月出皎兮，佼人僚兮，舒窈纠兮，劳心悄兮！
月出皓兮，佼人懰兮，舒忧受兮，劳心慅兮！
月出照兮，佼人燎兮，舒夭绍兮，劳心惨兮！

月儿出来亮晶晶啊，照着美人儿多么俊啊，安闲的步儿苗条的影啊。我的心儿不安宁啊。

月儿出来白皓皓啊，照着美人儿多么俏啊，安闲的步儿灵活的腰啊。我的心儿突突地跳啊。

月儿高挂像灯盏啊，美人儿身上银光满啊，腰身柔软脚步儿闲啊。我的心上浪涛翻啊。

中心藏之，何目忘之？

又是一段和桑林有关的情事。

女子心中的欢喜和深情随着桑叶萌芽、随着桑叶绿意盈盈、随着桑叶深沉、随着桑叶葳蕤。天看见了，地看见了，云看见了，风看见了，每片桑叶都看见了，她心底秘而不宣的欢喜。独独她心里的那个他——看不见。

她只能守着这方神圣的处女地，默然相爱，寂静欢喜。

茉莉花在月光下开放，没有人发觉，芳香却充满了房间。只有我知道，我爱过你。

暗恋，是一段无人倾听的长情告白，是一个人的地老天荒。

"隰桑有阿"，低洼里长着一棵桑树。其叶有难，它刚刚萌生的嫩芽，多么丰满。

"既见君子，其乐如何"，看见了我的人儿，我的心里是多么欢喜。那只是初见，在熙来攘往的人流中，她一抬头，触碰到了他的眼神。温柔如水，似乎还带着几分不经意。就是这不经意地温柔一瞥，于他可能是轻描淡写，于她却如刀刻斧凿般深沉。

初恋的心扉在那个瞬间轰然洞开，莫名的激动，莫名的欣喜，带着盲目。

一个不经意的眼神，在她看来是刻意的，是他"忽独与余兮目成"。

"隰桑有阿，其叶有沃。"桑树的叶子沃然地绿着，一如她心中潜滋暗长的情愫。

采桑的时候，想着他，想着他会不会也恰好出现在她经过的地方。望着月亮的时

候，想着他，想着他是否也在仰望着同一轮月亮，月亮里盛开着怎样的心事。花开花谢的时候想着他，想着他是否与她一样有着红颜易凋、有花堪折的心境。

独处的时候，想着他，想着他是否也和自己一样在想着某一个人，想着想着，笑意漾在嘴角边。喧哗的时候，想着他，想着他是否于浩歌狂热之中寂，只想静静地，静静地和一个人在一起。

最美好的故事就在无人知晓的黄昏里，树梢上婉转低语。

"隰桑有阿，其叶有幽。"桑树的叶儿已经发青了，浓得化不开的绿。

其叶有幽，其心也有幽，浓墨重彩，光影交错。

她又一次来到了浓荫如盖的桑树下，不为采桑，只为途中与你相遇。

竟日想念，心中默想了他的容颜千万遍。想着他忽然在她最想念的时候出现在她面前。此时，能看他一眼，便是全世界最幸福的事情。

她的心如瓶中等待发芽的种子，未来不可预知，却一直真心而倔强地等待着。

"既见君子，德音孔胶。"他真的出现了，仅仅只是路过。在她，却如同约定，心里起了狂澜。她羞涩得甚至不敢对他说一句问候的话语，假装漫不经心。心早已乱了方寸，感谢上天的成全，哦，亲爱的人，你就在我面前，我对你的情，如胶似漆般难剥离。

"未接语言犹怅望，才通商略已惝腾。"此时此刻，虽是言语未接，却无法按捺住心中的兴奋和狂喜。余光窥视一下那个魂牵梦绕的身影，还未开口，人已陷入迷醉、恍然若失的境地。

我的沉默，你看见了，却不懂得。

"心乎爱矣，遐不谓矣？中心藏之，何日忘之？"

爱你，只能在心里，藏在心底，不知何月何年何日才能将它慢慢忘记。

这个世界上最真挚、最洁净、最让人心酸的情感就是暗恋。默默地关注一个人，静静地期盼一份可能永远也不会降临的感情，不让对方知道，也不对世人公布。

这又如何，我依然好好把你珍藏在心底。

你见，或者不见我，我就在那里，不悲不喜。

蔏

艾

菲

你念，或者不念我，情就在那里，不来不去。

你爱，或者不爱我，爱就在那里，不增不减。

你跟，或者不跟我，我的手就在你手里，不舍不弃。

来我的怀里，或者，让我住进你的心里。

默然　相爱，寂静　欢喜。

你幽居在我的胸口，我放下过天，放下过地，却舍不得放下你。

就像《汉广》中那位痴情的男子一样。

"汉有游女，不可求思"，他清醒地知道那个在汉水之湄让他心生恋慕的女子，是不可求的。像"南有乔木，不可休思"，像"汉之广矣，不可泳思"，像"江之永矣，不可方思"。

明知道无望，他却依然在痴情的企慕中，清醒地沉醉着。汉水呜咽的声音，是他每日每夜为那个女子唱的深情而绝望的歌。

只是，这首诗中女子，少了这分明知不可而为之的绝望。她只是羞于出口，结局是否圆满，尚未可知。世界上最幸福的事，是知道了自己暗恋着的那个人正好也在暗恋着自己。

诗中这个女子一定处在初恋状态之中。

只有初恋，有着纯质的美好与悲伤，有着未经世事的疯与傻，有着不顾一切倾尽所有去暗恋一个人的激情。

初恋是一首没有来得及完成的诗。

"曾经，我是多么多么地爱你，我的初恋情人。尽管我并不知道能否与你白头偕老，尽管我并不知道能够为你做点什么，但是，那时候，我的心是真的。那时候，你还很年轻，人人都说你美。那时候，我也还很年轻，我却什么都不曾懂得，什么都没有做好。"

"在我这一生中，这未免来得太早，也过于匆匆。"我没有能够，也没有来得及，好好地为这一切画上一个句号。就像一个遥远的梦，我在梦中努力使结局更圆满一些，却挣扎着醒来了。就这样，我连梦也丢失了，再也找不回来。

初爱轻于流年。

它最终被淹没在尘世的风沙中、人世的变迁中，但那些尘封在记忆深处、心之角落的温暖，那些镌刻在生命深处的感动，总会在某个独立斜阳的黄昏，在某个清风明月的夜里，从心底泛起，散发出诱人香气，柔软着我们日渐坚硬的心灵。

诗经小站

小雅·隰桑

隰桑有阿，其叶有难。既见君子，其乐如何。
隰桑有阿，其叶有沃。既见君子，云何不乐。
隰桑有阿，其叶有幽。既见君子，德音孔胶。
心乎爱矣，遐不谓矣？中心藏之，何日忘之？

低田里桑树多美，桑叶儿多么丰满。见着了我的人儿，我的心多么喜欢。
低田里桑树多美，桑叶儿嫩绿汪汪。见着了我的人儿，怎么不心花开放。
低田里桑树多美，桑叶儿青色深深。见着了我的人儿，情意啊胶漆难分。
爱你啊爱在心里，为什么总不敢提？心里头深深藏起，哪一天才会忘记。

爱别离：思念

彼采葛兮，一日不见，如三月兮。
彼采萧兮，一日不见，如三秋兮。
彼采艾兮，一日不见，如三岁兮。

chapter 02

爱别离：思念

采采卷耳，不盈顷筐

采采卷耳，不盈顷筐。嗟我怀人，置彼周行。

陟彼崔嵬，我马虺隤。我姑酌彼金罍，维以不永怀。

陟彼高冈，我马玄黄。我姑酌彼兕觥，维以不永伤。

陟彼砠矣，我马瘏矣，我仆痡矣，云何吁矣！

——《周南·卷耳》

她在采卷耳的时候，想起了远在天涯的丈夫。

她想象他上山了，过冈了，马病了，人疲了。

想象他自斟自酌，聊以消忧。想象他自叹自怜，无可奈何。

采呀采呀采卷耳，半天不满一小筐。顷筐本来是前低后高，极易满盈的，而她半天没有采满一小筐，心有所思，心有所怀，心不在焉，自然是无法满筐的。也许，采卷耳本来不是她此行的目的，她只是借采卷耳以消离忧而已。一颗心，早已不知道飞到哪个地方去了。"嗟我怀人，置彼周行"，索性将筐子放在大路上，一心一意地想啊想啊，等啊等。

直等到夕阳西下，却依然见不到他的影子。

无法归来的理由有千万种，女子想的是：

陟彼崔嵬，我马虺隤。我姑酌彼金罍，维以不永怀。

陟彼高冈，我马玄黄。我姑酌彼兕觥，维以不永伤。

陟彼砠矣，我马瘏矣，我仆痡矣，云何吁矣！

原来，他和她一样，忧伤，相思，在路上，每一步走得好孤独，好艰难。路越来

越艰险，马也累病了，人也疲倦了，岂不尔思，室是远尔。思念的翅膀纵然可以越过千山万水，人却在原地步履维艰。

多么善良的女子，多么善解人意的心肠。也许只有作如此设想，才可宽慰她因相思等待，而渐渐失了章法的心。

满山遍野的卷耳，一如无处不在的相思。一叶一叶的青白，一叶一叶的相思。

一叶是他的英姿，一叶是他的颓丧。

一叶是羁旅的孤苦，一叶是酒醉的忧伤。

一叶是前路茫苍苍，一叶是乡关在何方。

相思无尽，则顷筐不满。

思念是一种很玄的东西，如影随形。

它无处不在，在采卷耳的女子眼里，一叶叶的卷耳，就是一叶叶的相思。在浣纱女子的眼里，它在长满青苔的青石板上发了芽。在朴素的村妇眼里，它在"日之夕矣，牛羊下括"的晚归图里。鸟儿归巢了，牛儿下山了，羊儿也要回圈了，远在天涯行役的君子呢，是不是也应该像这鸟儿、牛儿、羊儿一样，回家了？

这是古典女子古典式的相思。

思念无所不在，你的所在之处，是我的海角天涯。

"在那东山顶上，升起皎洁月亮。玛吉阿米的面容，浮现在我的心上。"在活佛仓央嘉措的眼里，那东山顶上升起的月亮，犹如情人的面庞，浮现在他的心上，挥之不去。观想的佛祖的面容，没有出现，不想的情人面容，却偏偏明明亮亮。

本应断了相思，舍了相思，离了相思，却执着于相思。

这是活佛的相思。

思念无处不在，在很多很多的小瞬间，很多很多的不经意里。

比如一部电影，一首歌，一句词，一条马路，一个熟悉的背影，还有无数个闭上眼睛的瞬间。

还有一种似曾相识的味道。

想念你的笑，想念你的好，还有那手指，淡淡烟草味道。

这是现代人的充满细节的相思。

在一个别有怀抱的有情人眼中，所见莫不是情，莫不是他或她。

以我观物，物皆著我之色彩。有一个我在，一个心在，一种情在，触目处皆成我的寄托，皆染上了为我而设的色彩。

登山则情满于山，观海则意溢于海。

记得绿罗裙，处处怜芳草。因为伊人罗裙之青碧，便充满怜爱之情，就连这脚底下的芳草也不忍心踩上去。

《关雎》素朴诚恳，却自有一种雍容之气。

《卷耳》平淡质实，却自有一种绚烂之美。它是千古怀人诗的滥觞，是相思引。

相思，本来是在"身无彩凤双飞翼"的无奈现实中，渴求"心有灵犀一点通"的慰藉。

心有灵犀，是我不说，你却感应得到我在想你。《卷耳》的绚烂之处，就在于它不只是单方诉说伊人的相思，还从对面入手，写了所怀之人的相思。

伊人的相思，很简单，只用采采卷耳，却怎么也满不了筐这个细节，便道尽了一切。

所怀之人的相思，复杂得多。崔嵬、高冈、砠矣，旅程一步一步变得艰险。虺隤、玄黄、瘏矣，马儿同人一样，一天一天变得沮丧。每向前一步，就远离故乡一步，让人无法向前的，恰是心中的思念与不舍。

思妇与征夫，此与彼，隔着遥远的时空，在遥遥呼应着。

孤身逆旅中最易感怀人生。说到底，人生在世也无非是孤身逆旅罢了。聚散乃人生寻常事，却也足堪叹息。最可叹的是散时视为寻常，不料而聚无日，一别竟成永诀。或者青春相别，再见时皆已白头，彼此如同一面镜子，瞬间照出了岁月的无情流逝。

我们无法设想女子等待的结局是什么，只知道，这份相思情，地老天荒。

习惯了等待，习惯了相思，却怎么也无法习惯你不在身旁。

你在，一切都好。

卷耳，又名苍耳，性凉，苗可食。

但愿这一剂清凉，能平和离人因相思而翻滚煎熬的心。

诗经小站

周南·卷耳

采采卷耳，不盈顷筐。嗟我怀人，置彼周行。

陟彼崔嵬，我马虺隤。我姑酌彼金罍，维以不永怀。

陟彼高冈，我马玄黄。我姑酌彼兕觥，维以不永伤。

陟彼砠矣，我马瘏矣，我仆痡矣，云何吁矣！

采呀采呀采卷耳，半天不满一小筐。我啊想念心上人，菜筐弃在大路旁。

攀那高高土石山，马儿足疲神颓丧。且先斟满金壶酒，慰我离思与忧伤。

登上高高山脊梁，马儿腿软已迷茫。且先斟满大杯酒，免我心中长悲伤。

艰难攀登乱石冈，马儿累坏倒一旁，仆人精疲力又竭，无奈愁思聚心上！

瞻望弗及，泣涕如雨

燕燕于飞，差池其羽。之子于归，远送于野。瞻望弗及，泣涕如雨。

燕燕于飞，颉之颃之。之子于归，远于将之。瞻望弗及，伫立以泣。

燕燕于飞，下上其音。之子于归，远送于南。瞻望弗及，实劳我心。

仲氏任只，其心塞渊。终温且惠，淑慎其身。先君之思，以勖寡人。

——《邶风·燕燕》

宋人赞此诗真可以"惊天地、泣鬼神"，王士祯称它为"万古送别诗"之祖。

离情别绪。用墨水哭泣，在悲声中，为它寻找合适的词语，却怎么也找不到。太多的面容，太多的版本。千言成语，到此刻，只化作一声深深的叹息，一行怅然欲涕的清泪。

这是一场怎样的离别？

送别者和别者的身份模糊不清。

有人说，此诗是卫庄姜送归妾也。送别者对别者，流露的是女人之间一种深深的体恤与同情。贵为君后，母仪天下的风范要求她有海纳百川之胸襟，纵打落门牙也要和血吞。而以色事君者，色衰而爱弛，焉知妾之遣归的命运，不是自己日后凄凉归宿的前奏？

"终温且惠，淑慎其身"妇德再好又有何益？终不是攫取君心的可靠资本。"瞻望弗及，伫立以泣"，是为她而泣，还是为自己未知的命运而泣？"瞻望弗及，实劳我心"，是为她如飘蓬般的命运而痛心，还是为自己无人相惜的命运而劳心？侬今葬花人笑痴，他年葬侬知是谁？一念即此，怎不叫人泣涕如雨？

有人说，此诗是卫君送其妹妹远嫁。

"先君之思，以勖寡人。"父亲已经去世，作为兄长的哥哥，自然就承担了父亲的角色。"长兄如父，长嫂如母"，一份责任，一份担当，一份厚重，一份稳定，都是身为兄长者应有的。如此，才能让一个家，在风雨如磐中稳如山，在世情颠沛中不会流散。温良贤淑的二妹妹要远嫁了，身为兄长的他，肩上的重担暂时放下了。而远嫁异地的妹妹，等待着她的另一扇命运之门即将开启。推门而入，迎接她的会是风雨如晦，还是霁月光风？有没有一个人，在她欢笑的时候，投以一个像父亲般慈爱的眼神？在她哭泣的时候，给她一个可以依靠的肩膀？

在未知面前，人都无力。

越走越远的人影，越想越沉的心绪。百感交集，忧从中来，不可断绝，泫然欲涕。

就像《红楼梦》中的宝玉，护送探春远嫁，千里相送，万般惆怅。水做的女儿，玉样的骨肉，一个个离开了。徒留下一个被掏空了般的宝玉。

我想，这是一首优美、感伤、缠绵悱恻的情诗。

哥哥送妹妹，这个"妹妹"，不是血浓于水的妹妹，是他想"执子之手"的妹妹。

春日晴和。

"燕燕于飞，差池其羽"，"如画工一般，直是写得他精神出。"燕儿飞翔在天上，轻盈舒展着翅膀。自由自在在这天地间，像快乐的精灵。

"燕燕于飞，下上其音"，燕儿飞翔在天上，鸣声呢喃，低昂相和。就像一对痴儿女，喁喁私语，亲昵得让人不敢逼视。

他们全然不理会人世间的儿女情长。

千里旷野，一个孤单的身影，站立在高处，望着绵延的迎亲车队，越走越远，直到远成了一条线，直到它们变成了蠕动的点，直到它们远得再也看不见。"瞻望弗及，泣涕如雨"，终于看不见了。可你走得出我的眼睛，走不出我的心。如果可以，真想抱着你痛哭一场，让这眼泪挂在你的眼角，在记忆中慢慢风干。可是，碍于身份，我不能。

多想再看你一眼，多想时间能够停留。我不远千里，跋涉而来。远送于野，到了郊外了。远于将之，越走越远了。远送于南，到了最远的南方了。刺眼的红色，刺耳的乐曲，并肩走过的我们，却只能将所有话语冻结在唇边。

抬头仰望，你可曾见到那朵爱之花，盛放又枯萎？

"仲氏任只，其心塞渊。终温且惠，淑慎其身。"你是那么的好。

"先君之思，以勖寡人。"我是这样的身不由己。

坐在金碧辉煌的王位上的我，只合有着金碧辉煌的忧伤。婚姻，对我来说，不是个人的事。在政治博弈中，身为国君的我，只是一枚进退全不由自己的小小棋子。"普天之下，莫非王土；率土之滨，莫非王臣。"这说的是感情之外的我。

瞻望弗及，我唯有转身，转身即是天涯。

> 原谅于此刻转身离去的我
> 为那荒芜的岁月
> 为我的最终无法坚持
> 为生命中最深的爱恋
> 却终究敌不过时间

这世界上，有多少身不由己，多少利益权衡，生生拆散了原本有情的人？

"侯门一入深似海，从此萧郎是路人。"如海的侯门横亘在眼前，对不起，你终究只是我生命中的过客，不是归人。

"一生一代一双人，争教两处销魂。相思相望不相亲，天为谁春。"这是纳兰容若在表妹入宫之后，唱出的愤激悲音。爱人离去，他也将从此萎谢。"心灰尽，有发未全僧"，哀莫大于心死。

"世上安得双全法，不负如来不负卿"，这是在佛尘之间挣扎徘徊的仓央嘉措。住在布达拉宫，他是高高在上的法王，是持明仓央嘉措。可他心里向往的是：流浪在拉萨街头，做浪子宕桑旺波。

还有《家》中的觉新。他屈从于父命，用拈阄儿的方法和自己不认识的少女瑞珏结婚。负了他真心相爱青梅竹马的梅表妹。多年以后，二人相见，梅表妹说："我并没有恨过你，不过我害怕多跟你见面，免得大家想起以前的事情。"

这一切，早已在"万古送别诗之首"——《燕燕》中露出端倪。

邶风·燕燕

燕燕于飞，差池其羽。之子于归，远送于野。瞻望弗及，泣涕如雨。
燕燕于飞，颉之颃之。之子于归，远于将之。瞻望弗及，伫立以泣。
燕燕于飞，下上其音。之子于归，远送于南。瞻望弗及，实劳我心。
仲氏任只，其心塞渊。终温且惠，淑慎其身。先君之思，以勖寡人。

燕子飞翔天上，参差舒展翅膀。妹子今日远嫁，相送郊野路旁。瞻望不见人影，
泪流纷如雨降。

燕子飞翔天上，身姿忽下忽上。妹子今日远嫁，相送不嫌路长。瞻望不见人影，
伫立满面泪淌。

燕子飞翔天上，鸣音呢喃低昂。妹子今日远嫁，相送远去南方。瞻望不见人影，
实在痛心悲伤。

二妹诚信稳当，思虑切实深长。温和而又恭顺，为人谨慎善良。常常想着父王，
叮咛响我耳旁。

一念起，天涯咫尺

谁谓河广？一苇杭之。谁谓宋
远？跂余望之。
谁谓河广？曾不容刀。谁谓宋
远？曾不崇朝。
——《卫风·河广》

《毛诗序》说此诗当是归于卫国的卫文公之妹宋襄公之母，因为思念儿子，又不可违礼往见，故有是诗；现代研究者多认为此诗是客旅在卫的宋人，急欲归返的思乡之作。

很多诗如果把它介定于为某一个特定的对象而作，反而会限制其普泛性的意义。但凡经典，都永远向读者开敞，向现实吐露芬芳，每个读者都可以在其中找到触动自己灵魂的点，这就是经典的魅力。

我想这首诗写的是一个客旅在外的游子迫切归乡的心情。

是谁在黄河的岸边，把思乡的调子唱了又唱？

谁谓河广？一苇杭之。谁谓宋远？跂余望之。

谁谓河广？曾不容刀。谁谓宋远？曾不崇朝。

这首思乡的调子，可能是远在异乡为异客的宋人，面对着黄河滔滔浊浪，那种叫思乡的情绪泛滥成灾。他自问自答，谁说黄河宽又宽，过河筏子芦苇编。谁说宋国远又远，抬起脚跟望得见。其实他自己知道，他不是达摩祖师，没有超能力，也无法一苇渡江。他只是在用这种夸张的方式说服自己尚在动摇的心。

用来丈量距离的，不过是人心，不过是一念之间。

对一个铁了心要回乡的人来说，没有什么可以阻挡得了他回家的步伐。回家的步子是最坚定、最轻快的。

《诗》云："棠棣之华，偏其反而。岂不尔思，室是远而。"孔子说哪里是室远呢，是心中没有思。真正的思念，可以跨越千山万水。

当然，你也可以认为这是两人的对话，而不是自问自答。那个宋人，眼望着宋的方向，一颗心早就飞回到那边去了。朋友（或是知己）却在劝着他，你看黄河那么广，宋国那么远，要回去也非易事，还是把一颗心安定下来吧。何人不起故园情，心到安处是吾乡啊。

只是那个宋人，在卫国始终无法获得安心的感觉，一颗心始终悬在半空。于是他脱口而出：谁说河广？一苇杭之。谁说河广，曾不容刀。谁说宋远，抬起脚跟就望得见，走到宋国可以吃早饭。

无论脚步走多远，在人的脑海中，只有故乡的味道熟悉而顽固，它就像一个味觉定位系统，一头锁定了千里之外的异地，另一头则永远牵绊着记忆深处的故乡。

世上的路有无数，最难忘是回家的路。

世上的路有千条，回家的路只有一条。

回——家——，两个字，却是世界上最华丽的语言，最丰美的篇章。

它永远是游子心中最诱人的渴望，最深切的呼唤，最动听的语言。

记不清哪位作家说过："我的故乡没有繁华酥骨的都会，没有静谧侵肌的湖泊，没有悲剧般幽深奇诡的城堡，没有绿得能融化你所有思绪的大森林。故乡甚至是拥挤而脏乱的。但假若你在旅途的夕阳中听到舒伯特的某支独唱曲，使你热泪突然涌流的想象，常常是故乡的小径，故乡的月夜，月夜下的草坡泛着银色的光泽，一只小羊还未归家，或者一只犁头还插在地边等待明天。"

一念起，天涯咫尺；一念灭，咫尺天涯。

家的所在之处，即是我们思念的海角天涯。

岂止是故乡，缘分也是如此。有些事，有些人，就算近在咫尺，缘分未到，也是

天涯，是永远不能抵达的彼岸。

顾城《远和近》："你，一会儿看我，一会儿看云；我觉得，你看我时很远，你看云时很近。"

我和你很远，是心的隔膜与疏离。你和云很近，是人与自然的物我合一，浑然忘机。是近还是远，度量的尺子只有一把：心灵。

这个世界上，有多少人，虽同在一个屋檐下，却远如天边，形同路人。有多少人，虽天各一方，心却拴系在一起。咫尺天涯还是天涯咫尺，怨偶还是佳偶，半是天意，半是人为，半是缘分。

比如徐志摩和张幼仪，是咫尺天涯。

据说，徐志摩第一次看见张幼仪的照片时，鄙夷地撇了撇嘴说了句，土包子。从结婚开始就没有拿正眼瞧过她。

在洞房花烛夜，新娘张幼仪的内心，充满着对未来美好生活的憧憬。对新郎的才华，她是早有所闻，四哥曾得意地告诉她，他为她选择了一个绝好的佳婿。她想告诉徐志摩，她感谢命运的安排，从今天开始她就是徐家人了。她愿意好好地侍奉家人。她静静地等待着，渴望丈夫能先跟她说些什么。而这时的徐志摩竟一句话都没说，一副心不在焉的样子。他们之间的沉默从那一夜就开始了。

那一夜徐志摩身虽在洞房，但灵魂却飞了。他梦中的那朵优美昙花，正开在时间的顶尖，倏然间便谢了。

无论张幼仪多么好，徐志摩对她却始终没有感觉。因为厌恶，看到对方手中的玫瑰如同看见了蚊子血，看见对方奉上的清茶也如同看见了中药渣。凡是她拿来的东西再好也觉得无趣。婚姻的心理好奇怪，同样一个女人，如果她跟你没有婚姻关系，你也许会宽容仁厚，也许会赞美。但因为有了婚姻关系，她便成了你的附属品。她的颦笑，她一举一动仿佛都跟你有关。如同是沾在身上的白饭粒，蹭在衣服上的鼻涕痕，让你发窘，让你心烦，让你恼怒，让你觉得跟她在一起是这个世界上最糟糕的事，让你有种想逃离的感觉。

一九二〇年，在张幼仪二哥张君劢的一再催促下，徐志摩极不耐烦地把张幼仪接

到了英国。张幼仪回忆当时徐志摩接她的情景："我斜倚着尾甲板，不耐烦地等着上岸，然后看到徐志摩站在东张西望的人群里。就在这时候，我的心凉了一大截。他穿着一件瘦长的黑色毛大衣，脖子上围了条白丝巾。虽然我从没看过他穿西装的样子。可是我晓得那是他。他的态度我一眼就看得出来，不会搞错的，因为他是那堆接船的人当中唯一露出不想到那儿表情的人。"是的，张幼仪没有看错，此时的徐志摩正与林徽因坠入情网，对张幼仪的到来是极不情愿。

他可以陪寂寞的林徽因雨中漫步，也可以陪她度过漫漫的冬夜。他可以为博她的欢悦而搜肠刮肚地讲趣话，也可以为她写出最优美的诗句。他愿是她衣袖上的一朵绣花，为她挥来天边的云彩，也情愿做一根水草，在她的柔波中荡漾。他像一个爱情的乞儿匍匐在林徽因的石榴裙下，凝视她的目光永远是浪漫多情的。

一个是咫尺天涯，一个是天涯咫尺。

在同一个男人那里，将这两种感情同时演绎到极致。

人世间的错厄和乖逆，谁说得清？

诗经小站

卫风·河广

谁谓河广？一苇杭之。谁谓宋远？跂余望之。
谁谓河广？曾不容刀。谁谓宋远？曾不崇朝。

谁说黄河宽又宽？过河筏子芦苇编。谁说宋国远又远？抬起脚跟望得见。
谁远黄河宽又宽？难容一只小小船。谁说宋国远又远？走到宋国吃早饭。

君子于役，不知其期，曷其至哉？鸡栖于埘，日之夕矣，羊牛下来。君子于役，如之何勿思！

君子于役，不日不月，曷其有佸？鸡栖于桀，日之夕矣，羊牛下括。君子于役，苟无饥渴！

——《王风·君子于役》

《诗经》里的许多情诗，有一个采桑织布的背景。因为这样的背景是朴素的，再大的浪漫和飞扬，都在朴素里有了底色和位分。

世间一切出色的东西都是朴素的，令人倾倒。天地有大美而无言，无言的朴素中，蕴含着最华丽的色彩和活泼泼的生机。

朴，未加工的木头。素，没染色的白绢。朴素即朴拙、自然原始的美。

这首《君子于役》和后面的一首《女曰鸡鸣》，是《诗经》中最朴素却又最富于生活气息的情诗。人世间最深切的思念和最深切的幸福，被这两首朴素的诗诠释得自然而又完美。一个是男耕女织的田园生活，一个是男猎女织的狩猎生活，如叶生树梢、草生堤岸般自然流转着朴素的浪漫和人间的温情。

这首诗写的不是恋爱时的娇嗔，不是初婚时的痴缠，那时候，他们还有激情，还有新鲜。还没有把生活过成日子，把红玫瑰变成衣领上的白饭粒子。

它写的是在一起过日子的寻常夫妇。

初见的惊艳最终被人间烟火淹没，光环落定，朴素无华。所有花季雨季的心事都淡了，露出生活真实而朴素的脸孔。

我们渴望一段轰轰烈烈的开始，却最终需要朴素而温暖的相依相伴来慰藉余生。

只是这朴素又温暖的相伴，对诗中的这个女子来说，是一种奢望。

君子于役，不知其期，曷其至哉？

君子于役，不日不月，曷其有佸？

反反复复地不知在心里问了多少遍。和自愿到外面的世界求取功名的人不同，这个女子的丈夫一定是情非得已，他服的是兵役还是徭役，不得而知。唯一肯定的是他无法自主自己的命运，无法确定自己的归期，无法给倚门而望的妻儿一个安心。

还记得走之前，他把缸里的水挑得满满的，地也犁得好好的，恨不得把能做的事都替她做了。地里的庄稼青了又黄，黄了又青，迟迟不见他归来的身影。

一个人，静静地、默默地操持着家里的一切，地里的一切。牙牙学语的儿女已经会走路了，羊儿牛儿都已经下了崽了。该做的一切，她静静地做着。就像最低级的植物似的，只要极少的水分、土壤，阳光——甚至没有阳光，也要生存。

这些土地和在这土地上生活的人们，似乎有足够的坚忍去抵御光阴似箭与人世变幻，平淡朴素的生活，有一种原始的力。

可她毕竟是个女人。劳碌间隙，她会走一走神，想一想他。夜深人静的时候，一种叫思念的东西会爬上心头，心事在暗夜里格外缤纷。一到天明，又混在了日光里，隐藏在忙忙碌碌的操持中了。

鸡栖于埘，日之夕矣，羊牛下来。

鸡栖于桀，日之夕矣，羊牛下括。

又是一个黄昏。鸡儿都回笼了，羊儿下山了，牛儿也该回栏了。世间万物，仿佛在黄昏时分，都在静静参加一个仪式：回家。天地万物在此刻渐渐归于静谧，安卧在大地之家上。那个于役的他呢，也该回家了吧？

倦鸟归巢，狐死必首丘。

静静地望着天地万物，各得其所，各有其属，女子不得不在内心呼喊着"君子于役，如之何勿思"！你在他乡还好吗，有没有饿着，有没有渴着？"君子于役，苟无饥渴！"纵然是满腹心思，满怀相思，女子没有眼泪，没有失态，只是问了一句朴素的"苟无饥渴"！所有的深情，都在这四个字里了。也只有这四个字才能承载得了这纷繁的深情。

温柔、克制、朴素，在安静中渐渐体会生命的盛大。

归来，归来，劝君归来。

劝的理由有千万种，没有哪一种像这首诗中的理由那样朴素。

你看"鸡栖于埘，日之夕矣，羊牛下来"，鸡回来了，牛回来了，羊回来了，连日头也回归到地平线了，人也该回来了。平实，自然，充满着泥土的气息。

"花开堪折直须折，莫待无花空折枝""不道归来，零落花如许"，青春的凋零正如百花的零落，谁能忍心看着如花似锦般的年华像水一样白白地流，白白地辜负？这样的劝，充满了闺阁楼台的脂粉气，而不像该诗那样接地气。

花落是理由，花开也是理由。

纳兰性德随从康熙銮驾期间，妻子送来一封信，信无别字，只道"家里的那棵，我们共植的海棠树开花了"，一切尽在不言中。

董畹贞给远戍浙西的冒辟疆写信："归与！归与！陌上花开，可以缓缓归矣。"陌上花开缓缓归，何必"转使容膝庐虚，画眉阁冷"，负了佳人的一片春心呢？

《橘子红了》里的大妈，每次让丈夫回家，不会写字的她请人代写，只简简单单的四个字："橘子红了。"橘子红了，红在金秋。秋季是收获的季节，万物离开枝头，回归到生它养它的土地中去了，人也一样，家便是那方供游子休养生息的土！

相濡以沫，举案齐眉，平淡如水。我在岁月中找到他，依靠他，将一生交付给他。做他的妻子，他孩子的母亲，为他做饭，洗衣服，缝一颗掉了的纽扣。然后，我们一起在时光中老去。有一天他会离开我或是我会离开他去另一个世界里修下一世的缘，到那时，我们还能对彼此说最朴素的一句"我愿意"。

他一定会怀着满腔的热和目光里沉甸甸的爱，走到你身边。如果他还年轻，那他一定会像顽劣的孩子霸占自己的玩具不肯与人分享般拥抱你。如果他已经不再年轻，他一定会像披荆斩棘归来的猎人，在你身旁燃起篝火，然后拥抱着你安然睡去。

王风·君子于役

君子于役，不知其期，曷其至哉？鸡栖于埘，日之夕矣，羊牛下来。君子于役，如之何勿思！

君子于役，不日不月，曷其有佸？鸡栖于桀，日之夕矣，羊牛下括。君子于役，苟无饥渴！

丈夫当兵去远方，谁知还有几年当。哪天哪月回家乡？鸡儿上窠，西山落太阳。羊儿牛儿下了冈。丈夫当兵去远方，要不想怎么能不想！

丈夫当兵去得远，多少月呀多少天。几时团来几时圆？鸡儿上窠，太阳落了山，羊儿牛儿进了栏。丈夫当兵去得远，但愿他粗茶淡饭不为难。

一日不见，如三秋兮

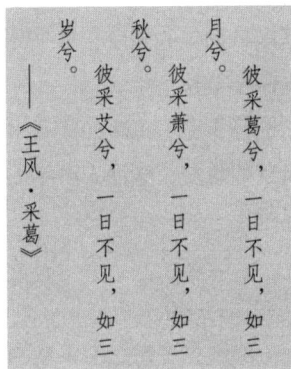

彼采葛兮，一日不见，如三月兮。

彼采萧兮，一日不见，如三秋兮。

彼采艾兮，一日不见，如三岁兮。

——《王风·采葛》

一天，简直是生命里最短的计量单位，短到你简直都不能感觉到它的流逝。

《摩诃僧祇律》卷十七谓："二十念名为一瞬顷；二十瞬名为一弹指。"

才弹指间，一天的光阴已如空花般消逝。

若是那深闺中女子，才不过梳洗罢，堪堪推门，望见一朵雪落在了新开的梅枝上。她来不及讶异，一天已经消散。

若是那赶考的书生，也恰小心翼翼摁熄了灯花，和衣裹袖，将僵硬的双脚在客栈的薄衾里稍稍焐暖。他刚刚合眼，东方已既白。

这样的一天，在我们的人生中不足为奇。

奇怪的是，我们度过长长的一生，却对其中的每一天置若罔闻。

我们可以轻易忘记眼里第一颗划破黑暗的流星，也可以终身都不复想起那些曾在我们身畔穿行的人、事。我们的记忆仿佛一个喜怒无常的沙漏，流去一些无须记住的，也流去一些极其珍贵的。

而这样的一天一天，才是我们真正的人生。

真正的人生如白驹过隙，总去得灿烂凶猛，浮生长恨时光如驰。

然而，有时一天却长到不可思议，如果你有着如葛一般、期待采摘的心情。

因为思念，如弹指顷，往生彼国。

那是度日如年的国度，本来光阴似箭，却成了岁月漫漫。一朵花瓣自树梢落到地上，也许需要整整十年。

离愁渐远，迢迢不断如同春水，才不过一天，思念已经急流如注。

是真正的急流，汹涌澎湃不能自已，仿若一夕之间，朱颜成皓首。那痴痴望着的葛，也已过尽它的一生。

那是怎样的一生？

是一位痴情男子想念那采葛的爱人，在彷徨中挨过的一生，人世平凡简短的一天。

《采葛》幽幽地叹息，将男子最简单的思念再三敷陈：心中只有她，没有光阴。

这样的一首歌，将情人间相思写得浅白而又感人至深。读来极疯狂，却并不夸张。

如果千生万世前真是一体的两半，便分开一瞬，也有无法言喻的痛苦。

纵告别生生世世，也要千山万水地寻了去。

何况，她是他心仪已久的女子。昨日刚刚有过幸福而甜蜜的相会。

临别之际，她告诉他，今日她将同墟里的姐妹去半里之外采葛。因而，他早早便起，想一早赶过去。

《采葛》表现的只是凶猛急切的相思情绪而没有因果循环的故事，所以旧说随意性很大。

《毛诗序》以为是"惧谗"，所谓"一日不见于君，忧惧于谗矣"。朱熹《诗集传》则斥为"淫奔"之诗，说"采葛所以为绤绤，盖淫奔者托以行也。故因以指其人，而言思念之深，未久而似久也"。姚际恒、方玉润、吴闿生一致认为是怀友忆远之诗，方氏申述云："夫良友情亲如夫妇，一朝远别，不胜相思，此正交情深厚处，故有三月、三秋、三岁之感也！"

近人则多主恋歌说。

《采葛》写的想必是不能考证的许多年前的一个男子，在春秋朴素庄重的气息里，热烈想念他爱着的女子。因他竟夕相思，故而感觉一天的光阴竟有三个月、三个秋天、三年那样漫长。

我们甚至可以猜测，他的想念如此惊天动地，竟然令那女子手中采摘的葛感应到了。那原本无情无义的葛草，竟从此有了渴念的心情，令后世每个采摘到它的人，都染上了思念。

于是，同样的思念，便如葛一般，自千年之前缠绕至今。　　　（何灏）

诗经
小站

王风·采葛

彼采葛兮，一日不见，如三月兮。
彼采萧兮，一日不见，如三秋兮。
彼采艾兮，一日不见，如三岁兮。

那人正在采葛藤。一天不见她，就像过了三月整。
那人正在采香蒿，一天不见她，就像三季那么长。
那在正在采苍艾。一天不见她，就像熬过三年来。

榖则异室，死则同穴

大车槛槛，毳衣如菼。岂不尔思？畏子不敢。
大车啍啍，毳衣如璊。岂不尔思？畏子不奔。
榖则异室，死则同穴。谓予不信，有如皦日。
——《王风·大车》

毛传："大车，大夫之车。"《论语·为政》："大车无輗，小车无軏，其何以行之哉？"何晏集解引包咸曰："大车，牛车……小车，驷马车。"

可见大车在春秋时期是有身份有地位的士大夫坐的车。

所以，我相信这首无望的诗，是一个身份低微的女子对一个贵族男子无望之爱的表白。

大车槛槛，车轮碾压路面的声音，由远及近，一点点传过来。每一声，都敲击着女子的心扉。

他近了，更近了，近得可以看见他身着细毛织成的锦衣，色泽光鲜有如初生的芦苇。

自从那次偶然的惊鸿一瞥，女子便认定了，这个雍容儒雅地坐在大车上的男子，是她今生要等的良人。

自此后，她便一直等待着，那坎坎的大车声。

她站成一棵树，守候在他即将路过的路口。

而他，却没有更进一步的表示，停留在初次的目成之中，只起了一个势，仿佛没有热情续写余下的篇章。

岂不尔思？畏子不敢。真正的爱，让女子变得勇敢。犹豫的爱，让男子变得怯懦。

纵她这边焚心似火，他却没有迈开步子与一个挚爱着他的人携手。

世界上最遥远的距离，是我站在你的面前，你却不知道我爱你。

大车啍啍，毳衣如璊。车轮发出沉重压抑的声音，像一连串沉重的叹息。大车渐行渐远，向着远方绝尘而去，头也不回。女子的眼眶温润了，模糊中已辨不清他远去的身影。

毳衣如璊，唯有那像赤红色的玉一样夺目的那抹红，深深地烙在她的脑海里，瑰丽却惊心。

大街上，熙熙攘攘，热闹依旧。

唯有她，形单影只，像一个被世界遗忘了的人。

似此星辰非昨夜，为谁风露立中宵。中宵的月，可以鉴照挂在她眼角的泪痕，无边的夜可以隐藏她的落寞与孤寂。

而她，却在日光下，暴晒着自己的心思与失意。

"穀则异室，死则同穴。谓予不信，有如皦日。"就算是"子不奔"，我以日为证，向你盟誓：穀则异室，死则同穴。生不能同寝，死却要同穴。

那么坚定的女子！死生事大，无人能自主。在生死的面前，人都是那么渺小，可她偏偏要说，就算生不能同寝，死也要在一起。

对一个"不敢""不奔"的人来说，这份誓言太过庄重了，他担当不起。

"你以为我贫穷、相貌平平就没有感情吗？我向你起誓：如果上帝赐予我财富和美貌，我会让你难于离开我，就像我现在难于离开你一样。上帝没有这样安排。但我们的精神是平等的。就如同你我走过坟墓，平等地站在上帝面前。"

在上帝面前，我们是平等的。

简爱的这段独白，用在这个女子的身上也是适宜的。

每个人一生中总有一次神魂颠倒的爱情。

完全没有分别，自天子以至庶民，疯狂与身份无关。

也许是在某个细雨淋湿青石板径的夜晚，也许在某个阳光新来的夏天。爱情的发生就像那只意外飞入视野的蛾子，打盹的猫儿看见了，便义无反顾地扑上去。

无人知晓，一朵莲在河上安静而全力以赴地盛开。

旷世的爱情，才配得上旷世的盟誓。

苍天之下，黄河流域有个女子以手扪心正对天盟誓：苍天呀！我要与你相知相惜，长存此心永不磨灭。除非高山磨平冲天锋棱，除非滔滔江水变得枯竭，除非寒冬里竟响起雷声阵阵，除非六月翻飞晶莹的白雪，除非天与地合在了一起，直到那年那月才敢与你将此情此意断绝！

月光之下，长生殿里，夜半无人私语时，唐明皇与杨贵妃许下"在天愿做比翼鸟，在地愿为连理枝"的盟誓。

枕畔，浓情蜜意的情人滔滔不绝，发尽"千般"誓言：若要与你分别，必等到青山变腐朽，秤锤在水面上漂浮，滚滚的黄河水枯干，白日里参星和辰星同时出现在天空，北斗则毫无逻辑地转到了南面。

我承认，每句誓言，在开口说出的那一刹那，没有人怀疑它的真诚。

可谁知，誓言写在水上，写在风里，随着生命在时光里老去，在岁月中蹉跎，在风中灰飞烟灭。

莎士比亚说：不要指着月亮起誓，它是变化无常的。每个月都有盈亏圆缺，你要是指着它起誓，也许你的爱情也会像它那样无常。

莎士比亚说：在热情燃烧的时候，一个人无论什么盟誓都会说出口来。这些火焰是光多于热的，刚刚说出口就会光消焰灭，你不能把它当作真火看待。

火焰总会熄灭的。有时是因为当事人太弱，有时是因为环境太强大。

> 史书翻过这一页记忆封存，
> 鸳鸯锦绘下这一段孤独浮生，
> 一世长安的誓言谁还在等谁太认真？

王风·大车

大车槛槛，毳衣如菼。岂不尔思？畏子不敢。
大车啍啍，毳衣如璊。岂不尔思？畏子不奔。
穀则异室，死则同穴。谓予不信，有如皦日。

大车奔驰声隆隆，青色毛毡做车篷。难道我不思念你？怕你不敢来相会。
大车慢行声沉沉，红色毛毡做车篷。难道我不思念你？怕你不敢来私奔。
活着居室两不同，死后要埋一坟中。如果你还不信我，太阳作证在天空。

相见不如怀念

风雨凄凄，鸡鸣喈喈。既见君子，云胡不夷？

风雨潇潇，鸡鸣胶胶。既见君子，云胡不瘳？

风雨如晦，鸡鸣不已。既见君子，云胡不喜。

——《郑风·风雨》

风雨凄凄之际，最是怀人。"西风时节，那堪话别？"

绿杨桥边，是我剪裁一地的相思。那碧藓回廊，我已将阑干敲尽。

因此，既见君子，云胡不夷？云胡不瘳？云胡不喜？

我是欢喜的，见到你我欣喜若狂，并且如同坠入最深沉美妙的幻梦。

这篇《风雨》，因为用"哀景写乐，倍增其情"。

每章首二句，都以风雨、鸡鸣起兴，浓墨重彩渲染了阴冷、凄凉、消极，不知如何放置的心情。

自然的风雨因为爱人长别变得更加料峭。

然而，他竟然出现了，那个君子。

女子骤见怀人之喜，使风雨失色。

王夫之评价这种情景反衬之法是"以乐景写哀，以哀景写乐，一倍增其哀乐"。

方玉润说："此诗人善于言情，又善于即景以抒怀，故为千秋绝调。"

到汉代，经生持"乱世思君"，解此诗主旨为"乱世思君"。

《毛诗序》曰："《风雨》，思君子也。乱世则思君子不改其度焉。"郑笺申发之曰：

"兴者，喻君子虽居乱世，不变改其节度。……鸡不为如晦而止不鸣。"

"风雨"象征乱世，"鸡鸣"象征君子不改其度。"风雨如晦"的自然之景象征险恶的人生处境或动荡的社会环境。

南朝梁简文帝《幽絷题壁自序》云："梁正士兰陵萧纲，立身行己，终始如一。风雨如晦，鸡鸣不已。"

说不得，社会与人生自有无尽风雨，但我真爱的是金庸在《神雕侠侣》中反用其意。

这意义是，我的欢喜若非你的欢喜，这样的欢喜也不过是悲凉。

千年之前，一个"风雨如晦，鸡鸣不已"的清晨，女子的思念已憔悴不堪。

紧闭的门扉之外是肆虐的狂风骤雨，黑暗令这风雨更加凄凉。

女子的心比黑夜更加黯淡。

直到叩门声起，犹如雨点落在地上。

与风雨同时赶至的，是已经思入膏肓的人。

狂喜的女子提笔写下了"既见君子，云胡不喜"。那种喜出望外，字字真切。

哪里想到，这样的欢喜对于另一些人却变成悲哀。

当杨过冲上前去抵挡金轮法王，不顾性命地保护黄蓉母女却被打得狂吐鲜血晕死过去时，戴着面具的女子及时现身出手，将他救回茅屋疗伤静养。

女子是程英，一名杨过的暗恋者。

程英的茅屋是清素洁净，一如她对杨过朴素的爱。

见杨过衣衫褴褛，程英忍不住替他缝补，更亲手缝制新衫。

然而，衣不如新，人不如故。杨过的心已水泄不通。

程英虽得遇良人，然而他不是她的。

因此，程英对杨过的感情始终都保持着缄默，直至大敌当前，生死难料时刻，她

奏起了古琴。

"瞻彼淇奥，绿竹猗猗，有匪君子，如切如磋，如琢如磨。"唱多一遍，是伤多一番。

虽有绝情谷底，小龙女跳崖，与杨过短暂相守，到底伊人思君成狂，随风而逝。

程英当时安慰陆无双道："你瞧这些白云聚了又聚，散了又散，人生离合，亦复如斯。你又何必烦恼？"

其实，她并非劝慰无双，她不过是劝慰自己。

苍白的劝慰。

"既见君子，云胡不喜？"

是悲在喜中，悲喜交加。

无论多么淡漠、多么骄傲的女子，一旦爱了，便比寻常女子更为惨烈。

她为他而生，然后也便为他而死。我为君子误一生。

有些人，等了十六年，比如杨过、小龙女。

虽则久，到底等来了。

有些人，便是等一生，也什么也等不到。

"兄妹之情，皓如日月。"

这样的清白，也就是空白。

人生之中，便是有这样交错的际遇。期待时，他不出现。他出现时，已物是人非。

纯粹的爱与纯粹的恨一样，没有足够的福分竟然不可以保有。于是，不得不在爱的同时拥有绝望。

因为，爱而不能。

爱情，似乎是命运手中骄矜的礼物，说不上多么名贵，却一再地要你拿既有来换。

要么换你的一生，要么换给你寂寞。

"既见君子"，却始终没有办法快乐。

是完全不划算的一笔烂账。

但人们还是欢呼雀跃地迎接他傲慢地到来。

"无情不似多情苦，一寸还成千万缕。"

另外一种宁肯不见，是爱还存在，然而缘分却已用尽。

有很多真心爱过，然后怆然分开的感情便是如此。

在人生的清晨，谁不是轰轰烈烈、义无反顾踏上爱的列车？

谁不曾想过一生一世？

谁不是看着缘分远去却怎么也抓不住？谁不是眼睁睁等黎明带着倦怠而来？

这个人世，感情如蜉蝣，谁都没法说了算。长久相伴，将最初的热爱哗为一生的温暖，不但要看机缘，还要看彼此相处的功力。

太多的激情在跌跌撞撞的日子里变成伤筋动骨的武器。

这样的分开反而是解脱。

即便感情仍在：山盟虽在，锦书难托。

也只好，相见不如怀念。

好过一再纠缠对错，才是对过往的尊重。　　　（何灏）

郑风·风雨

风雨凄凄，鸡鸣喈喈。既见君子，云胡不夷。
风雨潇潇，鸡鸣胶胶。既见君子，云胡不瘳。
风雨如晦，鸡鸣不已。既见君子，云胡不喜。

风雨寒冷夜凄凄，鸡在喈喈叫不已。既然见到了君子人，还说什么不欢喜？
风雨猛烈夜潇潇，鸡在胶胶叫不息。既然见到了君子人，说什么病还不好？
风雨交加夜黑黑，鸡叫声声仍不止。既然看见了君子人，还说什么不欢喜？

茫

芍药

蓫

王蒭

式微，式微！胡不归？微君之
故，胡为乎中露！
式微，式微！胡不归？微君之
躬，胡为乎泥中！

——《邶风·式微》

式微，式微，胡不归？

落日熔金，暮色四合，夜色一丝一丝逼近。等待的心，一寸一寸收紧，一点一点下沉。

从安静地等，到仓皇地张望，到焦虑地寻找，被忧虑、猜测、期望、失落、恐惧种种情绪噬咬着的心，再也无法安宁。

强作镇定，此刻是再也无法掩饰了。远处依旧没有那个熟悉的身影，她的优雅与贞静仓皇败北，最后化作一声声急切的呼号："式微，式微，胡不归？"

天晚啦，天黑啦，你为何还不归？

归，多么意味深长的字眼。

万物各得其所，各有所归，这个世界才能年复一年、日复一日有规律地运转着。失其所，无所归，便会陷入混乱无序当中，再无宁日。

一年又一年，太阳从东边升起，夕阳从西边下沉，群星高挂在苍穹，朝露滋润着草木，稻谷从没有欠收，葡萄生生不息，花儿开在春风里。这生生不息，便是归。

一天又一天，白云归于天空里，鸟儿归于树林里，鱼儿归于溪水里，落叶归于大地里，船儿归于港湾里，游子归于故里。

而你，是我的归宿。

出门在外服役的君子呢？你为何还没有归于家里？

微君之故，胡为乎中露！

微君之躬，胡为乎泥中！

是那高高在上的王，是那身如草芥的命，让出门在外的君子，在暮色低垂的归家时刻，陷入泥途中，立于风露里，不遑栖止，不遑栖居，为王前驱，为王效命，有家也不得回。

暮色在寂静中降临，忧思在女子的心里泛起。

夕阳最后一缕余晖在缓缓挥手告别，沉入夜色的深渊里。暮色的晚风中，隐隐有归鸦的鸣啼。天空中划过鸟的痕迹，而你却没有来过。

生命中所有的犹疑与蹉跎，仿佛都在此刻现身责问。

此刻，便是式微，或者是黄昏。

黄昏，最适合心事盛开。古典诗词里，黄昏安放了太多层层叠叠、曲曲折折的心事，随时会散落一地。

黄昏，是归来的时刻。日之夕矣，牛羊下括。牛羊都心无旁骛地回家了，人呢？浮云是游子的意，落日是故人的情。

黄昏，是惆怅的时刻。夕阳无限好，只是近黄昏。当落日熔金的辉煌迷离了你的眼睛时，你可知道接下来的一幕是：华丽黯然离场？

黄昏，是沉默的时刻。深院锁黄昏，阵阵芭蕉雨。人在黄昏里沉默得什么也不想说，然后突然间明白了什么。

黄昏，是沉醉的时刻。月上柳梢头，人约黄昏后。莫名其妙，难以忍受的对爱的渴望，适宜在这个时刻泛起。

对诗中的这个女子来说，生活的温馨和幸福不过在于：有个人能在黄昏里归来，然后在流连的暮色里和你坐在桌前，喜悦安静地咀嚼着食物，咀嚼着日子的滋味。

对诗中的这个男子来说，幸福就是能回家，看着她精心为他准备的一桌子饭菜还有她倚于暮色中见到他时一脸的满足与欢欣。

也许，他们的家很朴陋。不过一间不宽敞的房屋，不过一扇斑驳的木门，不过几

棵苍苍的桑木或是杞树。他远远望见，却心生温暖。抚摩着熟悉的门板，闻着熟悉的饭菜香，他知道家正在等着他的拥抱。

家里人的微笑，是他的财宝。洗去一身的疲惫与烦恼，别管世间的纷扰，回家的感觉，真好。

对出门在外的人来说，幸福，就是为他守候的灯。

长夜里，我为你点亮一盏明灯，只为照亮，你归家路程。我翻动着时间，一分一秒，想念铺天盖地，直到看到你的身影。

每一盏灯下都有一个悲喜人生。

不是每个人，在蓦然回首时，都能见到灯火阑珊处等候的那个人。

炊烟起了，我在门口等你。夕阳下了，我在山边等你。叶子黄了，我在树下等你。月儿弯了，我在十五等你。细雨来了，我在伞下等你。流水冻了，我在河畔等你。生命累了，我在天堂等你。我们老了，我在来生等你。

守在你身畔，好像守着一点彻夜长明的灯火，一生都被照亮了。

"式微"后来成为一个固定的词，其源头就是这首诗。

在这首诗中，式微，是一个女子在日暮黄昏时分，掩饰不住内心的张皇与挂虑，对服役在外的丈夫发出"胡不归"的深深呼唤。

汉代解经者总是穿透诗歌的普泛日常意义，将其上升到劝归的政治层面上，虽有一层华丽神圣的光环，却失了它朴素本性的好。

后来者，在《毛诗》基础上踵事增华，"式微"一词又成了中国古典诗词中的"归隐"意象。王维《渭川田家》有："即此羡闲逸，怅然吟式微。"贯休《别杜将军》有："东风来兮歌式微，深云道人召来归。"

式微，成了中国传统文人在入世与出世、仕与隐、江湖与庙堂之间苦苦徘徊后，选择的最后心灵归宿。东篱把酒、南山赏菊、烟波扁舟、林泉栖止，成了召唤他们"式微"的美好愿景，成为他们心灵的桃花源，成为重压下的逸放，成为他们最终的心灵原乡。

经过现代人的演绎，"式微"又成了衰落、衰败的象征。从丰裕跌落到贫乏，从高贵跌落到卑下，从繁华跌落到荒凉，从兴盛跌落到败亡，皆为"式微"。

世态与人心，被"式微"两个字写尽了。

邶风·式微

式微，式微！胡不归？微君之故，胡为乎中露！
式微，式微！胡不归？微君之躬，胡为乎泥中！

天要晚啦，天要黑啦，为啥不回家？要不是官家事儿多，咱哪会露水珠儿夜夜驮。
天要晚啦，天要黑啦，为啥不回家？要不为主子养贵体，咱哪会浑身带水又拖泥。

东门之杨，其叶牂牂。昏以为期，明星煌煌。

东门之杨，其叶肺肺。昏以为期，明星皙皙。

——《陈风·东门之杨》

这首诗写黄昏一个没有如期的约会。

黄昏是一天最美丽的时刻，每一颗流浪的心，在一盏灯光下，将得到归宿。每一个悸动的灵魂，在一轮月光下，将得到抚慰。

所以，多少情事盛开在黄昏的背景下。试看：

云归去不留痕，几年芳草忆王孙。向日阑干依旧绿，试将前事倚黄昏。

雨横风狂三月暮，门掩黄昏，无计留春住。

怕黄昏忽地又昏黄，不销魂怎能不销魂，新啼痕压旧啼痕。

纤月黄昏庭院，语密翻教醉浅。知否那人心？旧恨新欢相半。谁见？谁见？珊枕泪痕红泫。

还有那首著名的《青玉案·元夕》：

去年元夜时，花市灯如昼。月上柳梢头，人约黄昏后。

今年元夜时，月与灯依旧。不见去年人，泪湿春衫袖。

不知是巧合，还是刻意，陈风中三首有关东门的诗，如果贯穿起来，是一幅完整的情爱画卷。《东门之池》是相遇的欢欣，《东门之枌》是相会的怡悦，这首《东门之杨》则是处在最初的相遇与后来的相守之间的相约。

> 东门之杨，其叶牂牂。昏以为期，明星煌煌。
> 东门之杨，其叶肺肺。昏以为期，明星晢晢。

东门的大白杨，叶儿在牂牂低唱，约好在黄昏见面，直等到明星东上。

白杨自顾自地在风中低唱，星子高高悬挂在天上，全然不顾那个在东门等待的有情人，越来越心慌，孤单单找不到爱情会来的方向。

疑虑、期待、兴奋、彷徨、甜蜜、失落，在心里轮回翻腾。周国平有一段关于幽会中等待者的心理分析：

> 幽会前等的一方要比赴的一方更受煎熬，就像惜别后留的一方要比走的一方更觉凄凉一样。那赴的走的多少是主动的，这等的留的却完全是被动的。赴的未到，等的人面对的是静止的时间。走的去了，留的人面对的是空虚的空间。等的可怕，在于等的人对于所等的事完全不能支配，对于其他的事又完全没有心思，因而被迫处在无所事事的状态。有所期待使人兴奋，无所事事又使人无聊，等便是混合了兴奋和无聊的一种心境。随着等的时间延长，兴奋转成疲劳，无聊的心境就会占据优势。

等啊等，只等到小雏菊都闭上昏昏欲睡的眼睛，夜来香绽放了层层叠叠的心。这本是一个诱人沉醉的黄昏，心事却无处安放。

整首诗除了"东门之杨，其叶牂牂""东门之杨，其叶肺肺""明星煌煌""明星晢晢"这些客观的景外，并没有过多交代人与事。唯一句"昏以为期"点明了这是一段黄昏的相约，极简的笔墨烘出极繁的心事，极客观的景渲染了极主观的情。

都是为了一点爱，都是为了一点情，都在平平仄仄的心事里，等候那个熟悉的身影。

这首诗除了一个典型的意象"黄昏"外，还有一个典型的情境：等待。

爱到极深时，等待成习惯。

从《诗经》开始，一直到唐诗、宋词，见到最多的是一个个等待的身影。

等待是"采采卷耳，不盈顷筐"，等待是"一日不见，如三秋兮"，等待是"过尽千帆皆不是，斜晖脉脉水悠悠"，等待是"独上高楼，望断天涯路"，等待是"忽见陌头杨柳色，悔教夫婿觅封侯"，等待是"寂寞空庭春欲晚，梨花满地不开门"，等待是"不见去年人，泪湿春衫袖"，等待是"衣带渐宽终不悔，为伊消得人憔悴"。

等待是一个人和时间恋爱，等待是等不来也甘愿的姿态，等待是将瞬间的告别换为漫长的释怀，等待是让洁净的青春抖落光阴的尘埃。

有爱，便有了等待。

时光在往前赶着路，我却停留在原地，等你。

《山楂树之恋》中老三对静秋说："我不能等你一年零一个月了，我也不能等你到二十五岁了，但我会等你一辈子。"这是依旧有一颗古典浪漫情怀的人的现代表白。

　　你要相信世界上一定有你的爱人，无论你此刻正被光芒环绕被掌声淹没，还是当时你正孤独地走在寒冷的街道上被大雨淋湿，无论是飘着小雪的清晨，还是被热浪炙烤的黄昏，他一定会穿越这个世界上汹涌着的人群，他走过他们，走向你。他一定会怀着满腔的热，和目光里沉甸甸的爱，走到你的身边，抓紧你。他会迫不及待地走到你身边，如果他还年轻，那他一定会像顽劣的孩童霸占着自己的玩具不肯与人分享般地拥抱你。如果他已经不再年轻，那他一定会像披荆斩棘归来的猎人，在你身旁燃起篝火，然后拥抱着你疲惫而放心地睡去。他一定会找到你，你要等。

但愿这句话，能抚平所有等待者的心。

但愿，你若等待，清风会来。

陈风·东门之杨

东门之杨，其叶牂牂。昏以为期，明星煌煌。
东门之杨，其叶肺肺。昏以为期，明星皙皙。

·

东门的大白杨呵，叶儿正"牂牂"低唱。约好在黄昏会面呵，直等到明星东上。
东门的大白杨呵，叶儿正"肺肺"嗟叹。约好在黄昏会面呵，直等到明星灿烂。

等你到荒芜

无田甫田，维莠骄骄。无思远人，劳心忉忉。

无田甫田，维莠桀桀。无思远人，劳心怛怛。

婉兮娈兮，总角丱兮。未几见兮，突而弁兮。

——《齐风·甫田》

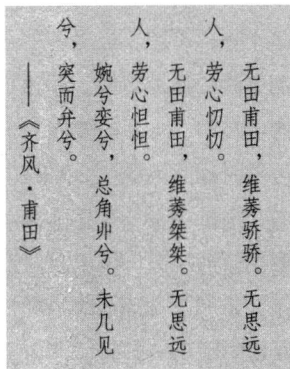

看着这首诗，我在想：我们要变得多坚强，才能适应这人世的荒凉？

广袤的原野，广袤的大田。

独立黄昏，满目所见是成片成片疯长的野草。蒿草当中，开着不知名的寂寥的花，引来了蜻蜓还有蝴蝶，在尽情嬉闹。望着它们不解人事的样子，她的心反而变得更加荒凉寂寞。

如果有他在，大田何以会变得"维莠骄骄""维莠桀桀"？葳蕤生长着的应该是黍、是稷、是麦或是稻。这遍地的野草，分明是长在了她的心里。荒芜了田园，荒芜了青春，荒芜了岁月。

无思远人，劳心忉忉。

无思远人，劳心怛怛。

不想了，不想了，再想千年，依然是音讯缥缈。每次想念，只会让自己更加惆怅、更加恓惶。

"劳心忉忉"，一个"忉"字用得真是神妙，等待一个虚无飘忽的归讯，不就是心上放着一把刀吗？狠狠地剜。

"劳心怛怛"，一个"怛"字也用得好。等待着一个没有归期的人，不就像身处苍茫的黑暗中盼着天边那一抹晨光吗？盼天明，怕溺死在无边的黑夜里。

他走的时候，甚至没有暗示过，她所期盼的爱情幸福只是一场心劳日绌、地久天长的等待。

说是不想，不想，心里还是不由自主地想。

想初见时的青梅竹马。郎骑竹马来，婉兮娈兮，总角丱兮，小小漂亮的人儿，扎着小小的羊角辫，青葱的模样，青葱了无邪的心。

想再见时的巨大变化。"未几见兮，突而弁兮。"只几天不见，你已弱冠成年。我们都知道，这是夸张。只是这夸张里隐藏着"一日不见，如三秋兮"的渴盼。心里念得紧，哪怕分别不久，再见时，也会有恍如隔世的感觉。一点狡黠的痴情，全掩藏在这个"未几见兮，突而弁兮"的惊慌失措里面了。

人在现实中得不到时，往往会走进过往的回忆中寻求慰藉。你，你们，我们，不都是这样过的吗？

所以，有人说"婉兮娈兮，总角丱兮。未几见兮，突而弁兮"这个结句来得很突兀，和整个诗不搭调。前面说的是大田荒芜、长满野草，说不念远人、劳心劳神，这里却一下子转到对一个人的描写上。但对这个女子而言，一切都顺理成章。

因为没等到，所以渴望。因为渴望，所以在往日的梦中回味。

他走得那么匆忙仓皇，来不及看清他的模样，来不及将最美的一瞬在心中好好珍藏。能记住的，只是他最初美好的模样，只是他们在一起时的甜蜜模样。

我不知道，拿什么可以换得你的归来。我这残破的余生，像是早已荒芜的田园，再也长不出一株明艳的植物。除了回忆。

归欤？归欤？田园将芜，胡不归？

当然对结句"婉兮娈兮，总角丱兮。未几见兮，突而弁兮"还可以有另一种解释。

岁月以刻薄与荒芜相欺，她依然与生命赐予的慷慨与恩德相爱。

他走了，她仍然要留在原地。他做他的浪子，她做他的归人。

她总在那儿，守着那个叫家的地方，看着自己孕育的，成长茁壮的那一对小儿女，是她心中的希望，是他留给她的最珍贵的礼物。

知道吗？你离开时，这双小儿女还是"婉兮娈兮，总角丱兮"。待你归来时，他们已经是"突而弁兮"了。

这世间上最不可敌的是"沧海桑田"、是"物是人非"。不知归来时，儿女都这么

大了，是否还有往日的情怀？

这个悲欣交集的时刻。就像杜甫《赠卫八处士》中所写的一样：

人生不相见，动如参与商。今夕复何夕，共此灯烛光。
少壮能几时，鬓发各已苍。访旧半为鬼，惊呼热中肠。
焉知二十载，重上君子堂。昔别君未婚，儿女忽成行。

人生不相见，动如参与商。岁月太深，多少繁华成烟。时光太浅，多少物是人非。

待再见时"少壮能几时，鬓发各已苍"，"访旧半为鬼，惊呼热中肠"。

待再见时，"昔别君未婚，儿女忽成行"。

人生何处不相逢，相逢犹如在梦中。看着眼前已然成人了的儿女，他会不会也有恍然如梦的感觉？是"怀旧空吟闻笛赋，到乡翻似烂柯人"一样的梦。是"忽魂悸以魄动，恍惊起而长嗟。唯觉时之枕席，失向来之烟霞"一样的梦。是"落花流水春去也，天上人间"一样的梦。

少年情怀，光转流年
仰头　低头
缘起　缘灭
终至一切面目全非

也许，他跋涉过千山万水，在一个风雪之夜里归来，望着茅屋里那点永远为他守候的昏黄的微光，泪水滑落在地上。而她，没有欢欣，没有雀跃，所有的话语冻结在唇边，只一个抬头，你可曾看见，枯萎的雪莲花在开放。

也许，他跋涉过千山万水，面对着她曾经无数次面对的荒芜。岁月经不起太长的等待，亲爱的，请原谅我已转身离开。原谅我，为那荒芜的岁月，为我最终的无法坚持。为生命中最深的爱恋，终究敌不过时间。

最不堪的物是人非，不是人走了，而是人还在却说着永不相见。

齐风·甫田

无田甫田，维莠骄骄。无思远人，劳心忉忉。
无田甫田，维莠桀桀。无思远人，劳心怛怛。
婉兮娈兮，总角卯兮。未几见兮，突而弁兮。

大田宽广不可耕，野草高高长势旺。切莫挂念远方人，惆怅不安心惶惶。
大田宽广不可耕，野草深深长势强。切莫挂念远方人，惆怅不安心怏怏。
漂亮孩子逗人怜，扎着小小羊角辫。才只几天没见面，忽戴冠帽已成年。

感情的鞋子

纠纠葛屦，可以履霜。掺掺女
手，可以缝裳。要之襋之，好人
服之。

好人提提，宛然左辟。佩其象
揥，维是褊心。是以为刺。

——《魏风·葛屦》

这首诗歌，默默吟诵的是女人之间的交战。

一件霓裳，方缝制罢。那辛苦缝制的女子，一手提腰一手捏领，低眉垂目请那贵妇试新装。

而骄傲的贵妇并不领情，却纤腰一扭，只顾拾起妆台上的象牙发针揽镜自照，将那手捧衣衫的女子难堪地晾在当地。

贵妇是蓄意的，她要用这般姿态，好教那侍奉的女子知道这片屋檐下的主次。

她是嫡，而她只是婢。

据余冠英先生袭用闻一多先生《风诗类钞》的大意，《葛屦》讲的是个辛酸而老套的故事。

故事里，"妾请试新装，嫡扭转腰身，戴她的象牙搔头，故意不加理睬。"

只是，这拿腔的女子却并不知道，在她那样珍重的男人眼里，自己也不过是又一件霓裳。

美则美矣，并非不可替代。

《三国演义》第十四回里，刘玄德说了那句有名的话。

"却说张飞引数十骑，直到盱眙来见玄德，具说曹豹与吕布里应外合，夜袭徐州。众皆失色。玄德叹曰：'得何足喜，失何足忧！'关公曰：'嫂嫂安在？'飞曰：'皆陷于城中矣。'玄德默然无语。关公顿足埋怨曰：'你当初要守城时说甚来？兄长吩咐你甚来？今日城池又失了，嫂嫂又陷了，如何是好！'张飞闻言，惶恐无地，掣剑欲自刎。

"却说张飞拔剑要自刎，玄德向前抱住，夺剑掷地曰：'古人云：'兄弟如手足，妻子如衣服。衣服破，尚可缝；手足断，安可续？'吾三人桃园结义，不求同生，但愿同死。今虽失了城池家小，安忍教兄弟中道而亡？'"

"兄弟如手足，妻子如衣服。"

追逐权势的男人心里，失了家小并不可怕，可怕的是失了替自己打天下的弟兄。

所以，当兄弟要自裁，他肯那样惊慌失措地扑上去。

若嚷着要死的是女子，他必一边看她魂兮杳兮，一边冷若冰霜的思虑：那东家女子，那西邻碧玉。

命运如此，女人不是新欢，便是旧爱，对着自己的未来摆姿态，岂不可笑可怜？

"纠纠葛屦，可以履霜。"

屦，便是鞋子。这种鞋子上有条丝线打的带子，从屦头弯上来，成一小纽，超出屦头三寸。绚上有孔，从后跟牵过来的綦便由这孔中通过，又绕回去，交互地系在脚上。

这屦，有种妖娆而做作的美丽，一如共事一夫的女人之间纠缠不清的争斗。

女人之间的争斗，有时为爱。没有爱了，便为尊严。

旧时多是妻妾之争。

苏童有篇《妻妾成群》专门写了这些恩怨。

跨入陈家做四姨太的颂莲本是个女大学生，因其父经营的茶厂倒闭，那软弱的男子便割腕撒手而去。

面对继母，在男人和女人之间，颂莲选择了去陈家做妾。

她躲开了继母的设计，却未料从此陷入妻妾之间斗法的刀光剑影。

因为占了老爷的宠爱，她被貌似亲密的姐妹二姨太卓云诅咒。

影影绰绰的暗夜中，她又惊恐目睹三姨太梅珊因偷情被私自正法。

甚至她的贴身丫鬟也不甘低微，悄悄同她争夺那干瘪老爷的垂怜。

一场场的战争，颂莲最终醒悟：那个她最不设防的，偏是欲致她于死地的。

像《金枝玉孽》里，笑容可掬的姐妹原来就是想要代替自己的那双鞋子。

最后，在"总有这角枕锦衾明似绮，只怕那孤眠不抵半床寒"的凄凉里，这逃不开女人之间战争的颂莲神经失常。

奇怪，但凡男人当前，"姐妹"便成了一种心口不一的称呼。

其实男人有什么好？这边女人在为他苦心孤诣，他那边早又瞧上别的丽人。

颂莲疯了之后，陈老爷不又娶了五姨太吗？

寄生男人，女人真的"算什么东西"？

李碧华笔下的青蛇跟白素贞也是姐妹，青蛇很知道自己不能同白素贞抢，因她自乌贼的爪下救下她。

然而，出于嫉妒，小青偏偏刻意勾搭姐夫许仙，要不是白素贞腹内早有那薄情男人的骨肉，她差点就要因这男人跟白素贞翻脸。

好在，小青很快因白蛇怀孕而醒悟，华美而悲壮地决定放弃许仙。

没承想，当白蛇为救许仙被法海镇在雷峰塔下，那平白得了太多恩爱的许仙却龟缩一旁。

曾经迷恋这男人的青蛇于是"不假思索，提剑直刺许仙……坚决地把一切了断"。

原来，这个世上，真正体贴女人的，也不过只有女人罢了。

所以，渐渐地，女人不肯再做男人的鞋子了。

可是，事情并没有好转多少，兜兜转转，虽然男人不再三妻四妾，可是，在爱情上，女人还是占不到便宜。

总有不止一个女子会爱上同一个男子。

当男人不安分的眼神到处扫描，苦海便翻起爱恨。

有尊严一点的，也许便放弃了。人家捷足先登，"他就一天仙，你也要忍住"。
痴情些的，便默默等待，情愿做他的不明影子。
泼辣尖酸的，则干脆打上门去，逼太后逊位。

而先到的，有的黯然退出，有的视若无睹，有的则爱恨交织，一辈子不肯放手。
女人何苦为难女人？
不过是一个男人，并不值得舍了尊严地争夺。
亦舒的《银女》，把这样同某个男人相关的女人变成真正的姐妹。

林无迈与丈夫陈小山婚变后，陈小山再婚，他的情人之一崔露露蓄意制造车祸以殉情。
陈小山死后，另一个情人银女找上门来借钱，林无迈见她怀了孕，处境艰难，便收留了她，谁知却惹来了无尽的麻烦。
麻烦归麻烦，她总是同情她。同情她，便是同情自己。
都是一样的种类，不若卸下盔甲，即使不能拥抱，也给予仁慈。　　　　（何灏）

诗经小站

魏风·葛屦

纠纠葛屦，可以履霜。掺掺女手，可以缝裳。要之襋之，好人服之。
好人提提，宛然左辟。佩其象揥，维是褊心。是以为刺。

缠绕编制葛鞋良，穿了可以去踩霜。纤细巧妙女人手，可以缝制新衣裳。先缝腰围再衣领，贵人试穿新衣裳。
贵人态度有傲状，回身就避向左方。发上新插象牙钗，祗是褊心没度量，因此作刺成诗章。

一切有情，皆有挂碍

隰有苌楚，猗傩其枝，夭之沃沃，乐子之无知！

隰有苌楚，猗傩其华，夭之沃沃。乐子之无家！

隰有苌楚，猗傩其实，夭之沃沃。乐子之无室！

——《桧风·隰有苌楚》

一切有情，皆有挂碍。

有时候，真想做一株草，一棵树。无知、无求、无欲，明艳地生长着。就像这首诗中的这个人所想的一样。

乱离之世，人不如草。

他在愁苦中漫无目的地徘徊着。偶一抬头，看见一片低洼的地里，长着一棵苌楚。

"隰有苌楚，猗傩其枝"，这棵苌楚，枝叶柔美又婀娜。它与清风为伴，与鸟虫嬉戏，以天地为家，自由生长着。

春来了，它就发枝。看它的枝叶啊"夭之沃沃"。沃沃，丰茂而又有光泽的样子。它吸天地之精华，得日月之灵秀，长得一副红光满面的样子。真羡慕你啊，从不忧愁吃什么，穿什么，喝什么，一副无知无求的样子。造物主的恩惠，已经完全够你用。

春深了，它就开花，猗傩其华。花开得热烈非凡，仿佛拼尽全部的力量，绽放在属于它的春天。如此，才不负春光。真羡慕你啊，灼灼其华，恣情酣畅。不用忧愁，天地之大能不能有一个安稳的窝。风雨流年，你却安如磐石。

秋来了，它要奉献出它的果，猗傩其实。累累硕果，妖娆地挂在枝头，在金风的吹送下，跳舞、坠落，等待着有缘之人的采摘。真羡慕你啊，春华秋实，从不僭越，也从不错过。不用忧愁，有没有亲人牵挂，有没有人在关注。

春生、夏长、秋收，一切自然而然，一切都是最好的安排。

草木要做的，就是顺着时这个安排生生不息罢了。

一切无情，皆可沃若。一切无欲，皆得圆满。这个天地至理，不需要刻意去找寻，只要你稍微留意，就会发现它无所不在。

在曙色中，在黎明的霞光里，在清晨的鸟鸣中，在日出的光芒里。

在花园中，在沾着露珠的喇叭花上，在映着晨曦、谦虚而害羞的藤蔓中。

在飘浮的朵朵白云里，在蔚蓝的天空中，在乡间幽静的小路上，在映着余晖的湖水里。

在紫色的夜幕下，在清爽的晚风中。

我知道，它就在那里，不言不语。

无论是否身处离乱之世，做一个人，有时不如做一株植物。

有人说，如果有来生，愿为蒲公英，无牵无挂，无欲无求，随风而动，随遇而安。

三毛说，如果有来生，她要做一棵树。站成永恒。没有悲欢的姿势，一半在尘土里安详，一半在风里飞扬；一半洒落荫凉，一半沐浴阳光。非常沉默、非常骄傲。从不依靠、从不寻找。

就像这株芣楚，无知，无家，无室，却从不依靠，从不寻找。

非常沉默，非常骄傲。

可这终究只是一个美好的愿望。

《世说新语·伤逝》："太上忘情，最下不及情，情之所钟，正在我辈。"

圣人才能忘情。

比如庄子心目中那个忘情的藐姑射之山上的神人。他"肌肤若冰雪，绰约若处子；不食五谷，吸风饮露；乘云气，御飞龙，而游乎四海之外；其神凝，使物不疵疠而年谷熟。"

比如佛祖。他放下执念，了断尘缘，幽居山林古刹，不问世事，不与外界往来，偶有香客，也只是结下浅浅的佛缘。他们视云崖上的一棵老树为知己，和古井上的一株情操成为莫逆，与石阶上的一只蝼蚁成了忘年。

最下不及情。

比如失了心的空心人，心已不在，情又何处安放？

而情之所衷，正在我辈。我们是这个红尘中的芸芸众生，既无法忘情，也无法不及情。为情所牵，为情所累，才是我们一生无法摆脱的宿命。

我们对月伤心，见花落泪。见到一株柳树，也会泫然欲涕，不胜其悲。

"昔年种柳，依依汉南。今看摇落，凄怆江潭。树犹如此，人何以堪。"无情之柳，已凄怆江潭，有情之人，情何以堪？

我们怨恨"无情最是台城柳，依旧烟笼十里堤"。台城之柳，不会为人变迁、江山易主而伤悲，它们无知无求地生长着，依旧笼罩着物是人非的十里长堤。

我们慨叹"旧时王谢堂前燕，飞入寻常百姓家"。管你是王谢堂前的雕梁画栋，还是寻常人家的破屋乱椽，我只要一个可以遮风挡雨的地方，垒我一个小小的窝。

一切有情，皆有挂碍，皆无自由。

情之所起，更深层次的原因，还因人皆有欲。

多欲之人，多求利故，苦恼亦多。少欲之人，无求无欲，则无此患。

人非草木，岂能无欲？一欲未平，一欲又起。欲望如草一样，野火烧不尽，春风吹又生。

小说《醒世姻缘传》里说："终日忙忙只思饱，食得饱来便思衣；衣食两样皆具足，便想娇容美貌妻；娶得三妻并四妾，出门无轿少马骑。良田万顷马成群，家里无官被人欺。七品八品犹嫌小，三品四品又嫌低。当朝一品为宰相，又想君王做一时。心满意足为天子，又想神仙同下棋。"所谓"欲壑难填"，真是一点也不假。

其实，欲望即是人心。人心最容易满足，又最不容易满足。谁知道呢，那不容易满足的人心是抱负还是野心，是贪婪还是人类向上的脚步？那容易满足的人心是故步自封还是适可而止，是怯懦还是明智？对于人类来说，永恒的悲哀在于，我们找不到衡量心灵的尺度。

我们目睹世间无数陷入欲望泥潭的生灵，听到他们内心绝望的呼喊，我们能够嘲笑他们吗？我们能够惩罚心灵的不知满足吗？我们应该悲悯的其实是我们自己。因为欲望对于每个人来说，都是无法去除的，愈想去除愈是变本加厉。这就像野草一样，不仅无法扑灭，而且还会因为与自然的抗争而生长得更加茂盛。

有时，真想做一株植物。

诗经
小站

桧风·隰有苌楚

隰有苌楚，猗傩其枝，夭之沃沃。乐子之无知！
隰有苌楚，猗傩其华，夭之沃沃。乐子之无家！
隰有苌楚，猗傩其实，夭之沃沃。乐子之无室！

低地里生长羊桃，羊桃枝随风荡摇。你多么少壮啊多么美好。可喜你无知无觉。
低地里生长羊桃，羊桃花一片红霞。你多么少壮啊多么美好。可喜你无室无家。
低地里生长羊桃，羊桃树结满果实。你多么少壮啊多么美好。可喜你无家无室。

衣不如新，人不如故

岂曰无衣？七兮。不如子之衣，安且吉兮？岂曰无衣？六兮。不如子之衣，安且燠兮？

——《唐风·无衣》

人们常说，衣不如新，人不如故。

而这首诗中的男子，偏偏喜欢旧衣裳。

岂曰无衣？七兮。不如子之衣，安且吉兮？

岂曰无衣？六兮。不如子之衣，安且燠兮？

谁说我没有衣服穿？我的衣服六七件，只是它们都不是你亲手做的，我懒得穿。

和你亲手做的旧衣服相比，它们更光鲜，更华丽，更花样翻新，它们什么都好，单单少了一样东西——你的爱心。旧衣裳虽旧，却如古拙的铜器，散发着在岁月中积淀的温暖光辉。那里面，缝着你的爱意，你的关切，你点点滴滴细致入微的体贴。

穿着它，我感觉自己舒适得像个孩子，暖暖的，安定的。

新衣服里裹着的是我的躯体，旧衣服里裹着的是我的灵魂。

兄弟如手足，妻子如衣服。我的这件衣服却是不能随便丢弃的，穿着它，就像穿着妻子的爱。贴着它，我能嗅到你往日的气息。

如果可能，我希望能永远穿着它。

男子在追忆妻子的好时，总是会落实到衣服。

正如女子在想念男子时，最深情的一句叮咛是"努力加餐饭"。

爱情如果不落到穿衣、吃饭、睡觉这些实实在在的生活中去，是不会长久的。真正的爱情，是细水长流，是柴米油盐。

《诗经》里还有一首诗《绿衣》，男子一看见那件绿衣黄里的旧衣，就开始怀念妻的好，忧伤不已。

纳兰性德为妻子写的悼亡词，也偏偏记得"丁宁休曝旧罗衣，忆素手、为予缝绽"。不要将她为我缝制的旧罗衣拿出来晾晒，因为，我怕，散失了罗衣上残留的她的气息。还记得，当初她是怎样一针一线密密缝制这件罗衣，缝制着她深深的爱意。

公子王孙，轻裘无数，他却偏偏只念着她缝制的那件旧罗衣。

此情此景，与这首《无衣》倒有几分神似。

爱情本应是这样：相濡以沫，平淡如水。为他做饭，洗衣服，缝一颗掉了的纽扣。然后，一起在时光中变老。

爱是吃饭，是穿衣，是点点滴滴的生活细节。

它更是一种习惯。不是新衣不好，只是不习惯。彼此生活在一起的人，彼此都成为对方的习惯，如影随形，难舍难离。

习惯是个让人又爱又恨的东西。

我们在爱里习惯，习惯恋人温暖宽厚的手掌，习惯拥抱时的气味，习惯聊天时不经意冒出的口头禅，习惯每一天的晚安，习惯一切。

久而久之，习惯将生活改变，将自己也改变，在你浑然不觉的时候。

等到他离开，也带走了一部分的自己。所有的习惯被强行剥离，如同小树被连根拔起。这时，习惯便成了煎熬。从前觉得平常的稀松小事，此时全变成扎在心上的刺。躲不掉，更忘不了。

孤独并不可怕，可怕的是在习惯了陪伴之后独自面对孤独。

习惯了你给的疼痛，让我忘记了离开。

习惯了你给的温暖，让我当时只道是寻常。不要对一个人太好，因为你会发现，时间久了，那个人是会习惯的，然后把你做的一切看作是理所应当。"赌书消得泼茶香，当时只道是寻常"，在拥有时不知道珍惜，失去时才追悔莫及。

1940 年，胡适收到太太寄来的一件酱红色棉袄，他穿上后把手插到口袋里，触到一样东西，拿出来一看，是个小纸包，打开来，里面是七副象牙耳挖。

他的心在瞬间变软了。只有她，知道他的习惯。他花枝招展的春心，顷刻间丢盔弃甲。他知道，他再也离不开这个小脚不识字的太太了。只因，他也习惯了。离开了这个习惯，他难以安定。

其实我很好，只是不习惯。只是会在某一瞬间突然很想你，只是会在看到那件熟悉的衣物时很难过。

诗经小站

唐风·无衣

岂曰无衣？七兮。不如子之衣，安且吉兮？
岂曰无衣？六兮。不如子之衣，安且燠兮？

难道说我没衣服穿？我的衣服有七件。但都不如你亲手做的，既舒适又美观。
难道说我没衣服穿？我的衣服有六件。但都不如你亲手做的，既舒适又温暖。

伤心碧

终朝采绿，不盈一匊。予发曲局，薄言归沐。

终朝采蓝，不盈一襜。五日为期，六日不詹。

之子于狩，言韔其弓。之子于钓，言纶之绳。

其钓维何？维鲂及鳡。维鲂及鳡，薄言观者。

——《小雅·采绿》

这是春秋年代雨水最多的一年，缠绵的雨足足下了三个月，今日第一番意外的放晴了。

所有的人都来到了集市上，个个脸上都带着久违的笑容，欢喜踊跃。

她手上挎着篮子，篮子里是一朵一朵令人恋慕的绿——王刍。她身上那种少女独有的羞涩与快乐，吸引了许多友善的目光。

篮里是花，她是朵，争不知，她是王刍？抑或王刍是她？

是的，她就如同这久雨初晴，让人耳目一新。

她随手自篮里取出一朵王刍，戴在头上。粉红的脸庞上呼之欲出的生命，震惊了每个人。

于她，不过是少女无心的一个手势，而这美丽的手势，恰被他看见了。

少女的美，是众花覆水上，有柔情也有绚烂，相映成趣。他爱上她那自然而然的手势，以及手势下活泼美好的心。

于是，他买走了她全部的王刍。

"买这许多，做甚？"她惊讶。

他说，他要拿回家，捣成汁，在绢上写字。

原来他是个读书人。
他的浪漫是曲径通幽的婉转，他的心是整肃而不可测，而这正是她欢喜欲见的。
她虽不是知书达理，却也粗通文字，她爱上这读书人。

自此，每回赶集，她都在人群里寻找他的青衿。而他，也会追踪那篮中呼之欲出的深绿。
他们心心相印，躲在熙攘里彼此捕捉和等待，贩夫走卒因为无意中做了他们的护卫和见证都变得可亲、可爱了。

有时，人潮汹涌，他们将要走到跟前时，又被冲散。他总在她将被人群冲走之时，轻轻地握住她的手。
就是这样的一握，使她的心有了归属。
就是人生中这些令人动容的时刻，令人以心相许。

终于，她做了他的妻。一蓬竹篮中的深绿变做门外盘曲的篱笆层层叠叠的生趣。
婚后千般恩爱只胜往昔。

可是，今天，赶集的只有她自己。
因为他出了远门，那是她再三劝导的结果。

恋爱之时，总恨不能时时刻刻一处，然而当小心翼翼、受宠若惊踏过红地毯，爱的形势便已不同。
柴米油盐、酱醋酒茶，每一件都要躬亲，每一项都要辛辛苦苦挣来，因而，新婚燕尔，在她的敦促下，男子带上行囊，去赶考觅封侯。

她勇敢地让他去了，全然不计较孤单夜里那自房上飞过的山风。
她想象着，不日他将衣锦还乡，他们的生活将无限富足，象马、宝车、金轮、名

服、肴膳，一切可以想象的丰美都可据守。

虽然必得假以时日，她还年轻，她可以等。

半年过去了。

她一心一意等着，一心一意做着改天换地的梦。

从不曾感到后悔，虽然，不是不寂寞的。

然而她总用那些尚未到来但必将到来的未来安慰自己。

百无聊赖之中，她推门出去。

信步田野，一片深绿，是美丽的王刍。

王刍是这个季节最美的花，如同女人，一生最美的时光也不过是乍现便凋落。

她想起了他们的初相识，想起他那样豪迈地买走她篮里全部的王刍。

于是，她蹲下来开始采摘。

然而她采了整个上午，手里却始终只有小小的一束。

心不在焉的妇人，已无心赏春。

她感到了深深的寂寞。王刍美丽的深绿，如她的愁意，是自浅入深，涂了一层再一层。

她的心思在那个不在眼前的人身上。他徂东山，滔滔不归。

"五日为期"、"六日不詹"，仅迟一日，已如隔三秋……

在看到王刍盛开的刹那，她那些坚强的信念，譬如大树根拔，枝条摧折。

她想念他。

想念他如影随形的岁月。

怎样的功名都比不了相聚。

他若是猎人，当他张弓，她便递上那美丽的羽箭；他要垂钓河滨，她便细细将丝线绑紧。

他若乐意读书遣怀，她肯红袖添香伴他夜读。

无论怎样，她但要夫唱妇随，他追求功名，她也必亦步亦趋。

当初，她向往着他是顶天立地的丈夫，然而今朝独上翠楼，方解得寂寞的可恨。
"闺中少妇不知愁，春日凝汝上翠楼。忽见陌头杨柳色，悔教夫婿觅封侯。"
柳树又绿，夫君未归，时光流逝，春情易失。

她恨，恨当初自己切切叮咛："功名只向马上取，真是英雄一丈夫。"
如今方知，她挥之不去的闺怨，是"枕前双泪滴"和"独对后园花"的孤独和感伤。

《诗经》里，每以昆虫和植物来触发离人的悲心，只因这些生命洁净纯粹，与功名利禄无染，因而最直指人心。
她终于懂了：王刍的深绿，比之"觅封侯"更令人无限眷恋。
天已黑，人在远方，寂默无声。她热烈地想念起他来。　　　　（何灏）

诗经小站

小雅·采绿

终朝采绿，不盈一匊。予发曲局，薄言归沐。
终朝采蓝，不盈一襜。五日为期，六日不詹。
之子于狩，言韔其弓。之子于钓，言纶之绳。
其钓维何？维鲂及鱮。维鲂及鱮，薄言观者。

整天在外采绿草，还是不满两手抱。头发弯曲成卷毛，我要回家去洗好。
整天在外采蓼蓝，衣兜还是没装满。五月之日是约期，六月之日仍不还。
这人外出去狩猎，我就为他套好弓。这人外出去垂钓，我就为他理丝绳。
他钓来的是什么？鳊鱼鲢鱼真不错。鳊鱼鲢鱼真不错，钓来竟然这么多。

在一起：相守

绸缪束薪，三星在天。今夕何夕，见此良人。子兮
子兮，如此良人何！

绸缪束刍，三星在隅。今夕何夕，见此邂逅。子兮
子兮，如此邂逅何！

绸缪束楚，三星在户。今夕何夕，见此粲者。子兮
子兮，如此粲者何！

在一起：相守

乐只君子，福履成之

南有樛木，葛藟累之。乐只君子，福履绥之。
南有樛木，葛藟荒之。乐只君子，福履将之。
南有樛木，葛藟萦之。乐只君子，福履成之。
——《周南·樛木》

看看《诗经》前六篇的安排：

第一篇《关雎》讲的是一个男子思慕一个美好的女子，求之不得的辗转、求而得之的喜悦诚恳而又素朴。第二篇《葛覃》写了一个女子即将归家省亲的喜悦欢快心情，纵是喜悦满溢于怀，她依然不忘了勤、俭、孝之女德。第三篇《卷耳》写思妇对行役在外的征人的相思，纵是被无尽的等乱了心，她依旧对行役在外的人充满了感同身受的体贴。

接下来的三篇，皆是对新婚之人的祝福。

第四篇《樛木》是对一位即将成婚的新郎的祝福，重在新郎。第五篇《螽斯》和第六篇《桃夭》，一则祝福新人多子多孙，一则祈愿新娘宜室宜家。二者皆重在新娘。

看来这男女之道，婚姻家庭，在先民心目中占据了首要地位。明人孔贞运《明兵部尚书节寰袁公墓志铭》中言："闺门之内，歌樛木而咏螽斯，和气蒸蒸也！"

关雎、葛覃、卷耳、樛木、螽斯、桃夭，六个篇章名，四种植物，两种动物。这些生在天地间、长在天地间的生物，被先民们随手拈来，触目起兴，所成却是一首首寄寓了人世间美好情怀与大德的华美篇章。

难怪孔子曾对他的儿子说："小子何莫学夫《诗》？《诗》可以兴，可以观，可以群，可以怨。迩之事父，远之事君，多识于鸟兽草木之名。"

《诗经》比兴，常以鸟兽草木为体。

花草、藤蔓、雌鸟、牝兽常用来喻女子，而高木、日月、雄狐之类常用来喻男子。

《邶风·简兮》："山有榛，隰有苓。云谁之思？西方美人。"

《郑风·山有扶苏》："山有扶苏，隰有荷华。不见子都，乃见狂且。"

屈原的《离骚》，"香草美人，以喻君子"，"恶禽臭物，以比佞臣"。

在这首《樛木》中，樛木就是幸福的新郎，而葛藟（野葡萄）就是他美丽的新娘。

"樛木，下垂之木也。"樛木是一种向下弯曲的树木，和我们想象中伟岸挺拔的伟丈夫的形象似乎并不一致。

"南有樛木，葛藟累之。乐只君子，福履绥之。"瞧瞧，南方有一种弯曲下来的树木啊，柔软的葛藤，依恋地爬上枝头，温柔地覆盖，幸福地缠绕，累之、荒之、萦之。而他只是努力地向下弯曲，以平视的姿态，以温柔的怜惜，注视着葛藤，任她缠绕在他的枝头上。

爱你，所以我努力地放下姿态，俯首称臣，心甘情愿被你纠缠。

爱你，所以我努力攀登，企图跟上你的节奏，你的步伐。

进退揖让之间，成就了天地之间阴阳相谐，幸福和合。

乐只君子，福履绥之，享受幸福吧。

乐只君子，福履将之，葆有幸福吧。

乐只君子，福履成之，永驻幸福吧。

幸福，缘于会低头的君子。

低头，不是一种妥协，一种屈从，一种无原则的纵容。在家庭婚姻当中，它更是一种包容、一种成全、一种对自己的自信。

无情未必真豪杰，怜子如何不丈夫。任是怎样至刚至强的伟丈夫，内心也应有温润柔软的一角。这首《樛木》，是对一双新人的祝福，更是一种愿景。一种对男性在婚姻中应该持有的德行的忠告。宜室宜家，多子多孙，是对女性的希望，而学会运用柔性的一面，学会低下头，学会让葛藟累之、荒之、萦之，却依然不失主心，这才是真

王瓜

纻

荇菜

正的君子，配享有幸福的君子。

至刚易折。

真正的君子，不只是在家庭中，在天地间，在人世里，莫不如此。

成熟的稻子，才会谦逊地低下头。空虚的稗谷，才会高昂地扬起头。

所以这首诗，不只是对新婚中新人的祝福，更是对人世间君子立身行事的忠告。如是你可以这样理解这首诗：

南方地区有很多生长茂盛的树木，这些树木中有下垂的树枝，葛藟爬上这根树枝，并在这根树枝上快乐的生长蔓延。一位快乐而能包容的君子，他能够用善心或善行去安抚人或使人安定。

南方地区有很多生长茂盛的树木，这些树木中有下垂的树枝，葛藟爬上这根树枝，在这根树枝上快乐的生长蔓延，并且这根樛木都被葛藟覆盖了。一位快乐而又包容的君子，能够用善心或善行去扶助他人。

南方地区有很多生长茂盛的树木，这些树木中有下垂的树枝，好几根葛藟爬上这根树枝，缠绕在这根树枝上快乐的生长蔓延。一位快乐而又包容的君子，能够用善心或善行去成就他人。

谦谦君子，温润如玉。

对于在这根树枝上快乐生长蔓延的藤来说，温润也是必需的。

她要温顺柔韧，懂得分寸和进退。攀附，却不至于让他窒息，更不至于失去自己。就像秋天午后的阳光，剥离了春天的青涩，夏天的狂热，冬天的冷酷，却有着包含一切的温暖、静谧和成熟。

周南·樛木

南有樛木，葛藟累之。乐只君子，福履绥之。
南有樛木，葛藟荒之。乐只君子，福履将之。
南有樛木，葛藟萦之。乐只君子，福履成之。

南有弯弯树，攀满野葡萄。新郎真快乐，安享幸福了。
南有弯弯树，覆满野葡萄。新郎真快乐，大有幸福了。
南有弯弯树，缠满野葡萄。新郎真快乐，永驻幸福了。

桃之夭夭，灼灼其华

桃之夭夭，灼灼其华。之子于归，宜其室家。

桃之夭夭，有蕡其实。之子于归，宜其家室。

桃之夭夭，其叶蓁蓁。之子于归，宜其家人。

——《周南·桃夭》

《桃夭》之意义，在于它提出了一个千古命题：怎样的女子才是好女子？

台湾作家萧丽红在《千江有水千江月》中说："闺女是世界的源头，未来的国民之母。"因为，"女儿因负有生女教子的重责，可就关系人根，人种了"。

有女子渴望如男儿般叱咤一生，但也有女子不肯，她愿意做阴柔的女儿本色。

贾宝玉有句名言："女儿是水做的骨肉，男子是泥做的骨肉。"这个世界，男女本是互为阴阳，循环止息，才有了这漫天的繁华。

《桃夭》将外在的美艳同内在的气质集中到同一个女子的身上，给千百年后的中国女性建立了一个难以超越的标准。

首先是外在的："桃之夭夭，灼灼其华。"

比喻即将出嫁的少女，她的美丽如同桃花。"灼灼"二字，真明艳照人。

清代学者姚际恒说，此诗"开千古词赋咏美人之祖"，并非过当的称誉。

桃之夭夭，丰富缤纷的意象，扑面而来，一下子占满人的心灵。而其娇其艳，正如因羞涩紧张而粉面含羞的新嫁娘。人面桃花相映红，美艳不可方物。洋溢在其中的青春与活力，更是让人无法逼视。

其次是内在的："之子于归，宜其室家"，那姑娘今朝出嫁，将把欢乐和美带给她

的婆家。"一个好女子，预示着幸福、和美的家庭。

桃之夭夭，有蕡其实。从灿若烟霞的桃花，到累累的果实，这是在祝福新嫁娘早生贵子，儿孙满堂。

桃之夭夭，其叶蓁蓁。从累累果实到绿意盎然的桃叶，这是在祝福新娘永驻青春活力，维系着繁荣的家永远和睦。

这首诗表达了中国传统文化对女子的终极要求：美貌与智慧并重。"桃夭"作为一个审美范畴，传达了春秋时期的美学思想，并为后代世袭。

故孔子称赞《诗经》："诗三百，一言以蔽之，曰'思无邪'。"

而陈子展先生说："辛亥革命以后，我还看见乡村人民举行婚礼的时候，要歌《桃夭》三章……"

《桃夭》所提出的美的概念是多层次的，由外而内，而终归于内。

自"桃之夭夭，灼灼其华"到"之子于归，宜其室家"，这种美的观念，是真善美的三位一体。

真善美的概念，在春秋时期已经出现。

楚国伍举《国语·楚语》说："夫美也者，上下、内外、大小、远近皆无害焉，故曰美。若于目观则美，缩于财用则匮，是聚民利以自封而瘠民也，胡美之为？"

无害，也就是善即美，而且要对"上下、内外、大小、远近"各方面都有分寸、都无害。

"善即是美"——先秦儒家的美学观念，主要是沿着这个方向发展的。

孔子赞赏"诗三百"，根本原因是因为"无邪"。他高度评价《关雎》之美，是因为它"乐而不淫，哀而不伤"（《论语·八佾》），合于善的要求。

可见，只是"尽美"，还不能说是美，"尽善"才是根本。

《桃夭》反映的美学思想是艳如桃花、照眼欲明，然而"目观"之美还不够，只有具备了"宜其室家"的品德，才能算得上美丽的少女，合格的新娘。

春秋战国时期，生产力水平低下，家庭是社会的最基本单位，每个人都仰仗着家庭迎接困难，战胜天灾，争取幸福生活。

因此家庭和睦、团结尤其重要。娶亲则关系到家庭未来的前途，因而对新人最主

要的盼望就是"宜其室家"。

更有甚者,《礼记·大学》引《桃夭》时云:"宜其家人,而后可以教国人。"

"三纲"(君为臣纲,父为子纲,夫为妻纲)"五常"(君臣、父子、夫妇、兄弟、朋友五种关系),皆以夫妇关系为根本,其他四种关系都是由此而派生出来的。

魏文侯说:"家贫则思良妻,国乱则思良相。上承宗庙,下启子孙,如之何可以苟,如之何其可不慎重以求之也!"

"宜家"便是"宜国"。

在《桃夭》中桃花是以青春、蓬勃、健康的生命象征出现的,演变到后来,却变成红颜薄命了。

桃花夫人息妫,上天在赐给她惊人的美的同时,也给了她出人意料的辗转命运,身不由己地在男人股掌之间流转来流转去,纵是"看花满眼泪,不共楚王语",狠狠地将一腔愁恨和着泪水吞进肚里,依然没能主宰自己的命运。落得血溅桃花,红颜随逝水。她不是《桃夭》中宜室宜家的人间桃花,诡异的美注定有着诡异的命运。

这枝桃花也不是都护城南庄里那枝要命的桃花。一次邂逅,一生相思,一世情缘。只因在桃花盛开的农家,目睹了如桃花般盛放的姑娘,便让他欲罢不能,辗转于相思之中。"去年今日此门中,人面桃花相映红。"难耐的相思,循着旧迹去拾取往日的光阴与灵犀,推开门来,撞入心门的却是一地的惆怅,一如落了满地的桃花,芳艳不在,零落成泥。"人面不知何处去,桃花依旧笑春风。"

人面桃花的惊艳,换来的只是物是人非的惆怅。

三生三世,十里桃花。

漫天遍野的灼灼芳华。

周南·桃夭

桃之夭夭，灼灼其华。之子于归，宜其室家。
桃之夭夭，有蕡其实。之子于归，宜其家室。
桃之夭夭，其叶蓁蓁。之子于归，宜其家人。

三月桃花千万朵，色彩鲜艳红似火。这位姑娘要出嫁，喜气洋洋归夫家。
五月桃树美如画，果实累累大又多。这位姑娘要出嫁，早生贵子后嗣旺。
七月桃树美如画，绿叶茂盛永不落。这位姑娘要出嫁，齐心协手家和睦。

有女怀春，吉士诱之

野有死麕，白茅包之。有女怀春，吉士诱之。林有朴樕，野有死鹿。白茅纯束，有女如玉。舒而脱脱兮，无感我帨兮，无使尨也吠。

——《召南·野有死麕》

春暖花开，万物苏生。

这是一个适合生长的季节。万物如雨后春笋般潜滋、暗长、蔓延，直到浓浓的春意撑满了田野，撑满了山川，充盈天地之间。

这是一个充满生命力的季节。万物都在追逐当中，求偶求欢，直至成为彼此的猎物，播下爱的种子。

野外，万类霜天竞自由。

密林深处，是动物的天堂。鹿儿、獐子、兔子，鸟儿，在奔跑、飞翔、嬉戏。

密林的边缘，遍地茅草，开着柔软洁白的花，在风中尽情摇曳，迷人眼，迷人心。

一个英俊的猎人，躲在密林深处，寻找着他的猎物。

如水的眼神，活泼的眸子，乖巧伶俐得让人心生爱怜。就是它了，一只小鹿，这是猎人心仪的猎物。小鹿倒下了，猎人心怀着怜悯，扯起了一小捆白茅，温柔地、细细地将它包裹起来，放置在野地里。

一个少女，禁不住被迤逗的春心，独自来到郊野。

一只被白茅包裹的小鹿，就这样映入她的眼底。带着几分怜悯、几分欣喜，几分好奇，她走过去，想将它拾起。心也如怀揣着一只小鹿，怦怦乱撞。有主？无主？谁知道呢？

"嘿，小鹿是我的。"时机已经成熟了，英俊的猎人从树丛中跳了出来。

一场艳遇，就这样不可抗拒地发生了。

少女羞红了脸，流眄的波光只一闪，就匆匆低下了头。而猎人英俊的面孔只在这一瞥之间，已经深深地刻入了她的心版。少女的春心，在这一瞥一流盼中，在这如水莲花般不胜娇羞的一低头中，已经荡漾开来了。

"有女怀春，吉士诱之。"

他是一个出色的猎人，一点点引诱，一点点小坏，一点点风流，她早已沦陷，甘心俯首，成了他最最心仪的猎物。

哪个少年男子不善钟情？哪个妙龄女子不善怀春？没有什么值得非议的，这是人性中的至真至纯。

钟情的男子，怀春的女子。艳遇的幕布已经拉开，诱惑的罗网已经布下，一切精彩正要上演。

人就是如此恋慕这份激荡的欢乐啊！希望它来，希望它留下，希望它再来。

"这只小鹿，不算什么，下次吧，下次我再给你一只更大的。"希望能将这份欢乐留下的他，顺理成章地向她发出了下一次私会的邀约。

"白茅纯束，有女如玉。"他再次悉心地用白茅草将猎物捆好，交给了他心目中这个如玉般的美丽女子。

就这样，她一头栽进了猎人的怀抱中，成了他最珍贵的猎物。

野地里，草垛旁，沟渠边，桑田下，密林中，一次次留下了两人的身影。原始的情感，带着野性的美，带着恣肆的力，一路顺理成章地燃烧着。

"舒而脱脱兮，无感我帨兮，无使尨也吠。"孟浪的猎人哪里控制得住泛滥的激情，如花的春夜，如玉的少女，如水的月华，忘情得让人迷醉。到底是女儿的心思，多多少少存着畏忌，迷醉之际不忘细语叮咛：轻一点啊，慢一点，不要乱了我的衣巾，不要惊了我的狗儿。

嘘！不要惊了沉酣在其中的人儿吧。

天地为证，谁也逃不过，他们都是爱的猎物。

这首《野有死麕》堂而皇之地登入了堪称"经"的大雅之堂中，也难怪有些道学先生看了面红耳赤。所以，他们拼命寻找着其中的微言大义，将它附会成"招隐"、"求贤"的正经面孔。

这首诗确实艳，但它艳而不淫。确实放，但它放而不荡。点到即止，风流中带着几分洁净，让人没有丝毫的邪念，反生出几分同情，几分祝福。

《诗经》中多有鸟兽草木之名。自然万物，经先民信手拈来，就像是长在诗里一样，自然贴切，如长在大地上一样，有着勃勃生机。

这首诗中有两个颇有意味的物：一个是鹿，一个是茅。

在我心中，鹿是一种带有神圣色彩的动物。

西方基督教传统中，鹿象征着神圣纯洁的恋慕。"她如可爱的麀鹿，可喜的母鹿；愿她的胸怀使你时时知足，她的爱情使你常常恋慕。"少女和母鹿，成为西方画中常见的题材，它是知足，是安恬，是圣洁，是不可遏止的恋慕，带着一种宗教般的力量，让人战栗、臣服。

而这首中国的诗中，猎人的猎物，不是别的，偏偏是鹿，这是一种天意，一种巧合，还是冥冥中，天地万物，不分西东，原本有种神圣相通的力量流贯其中？

无论如何，祝福这位情窦已开的少女，心中怀着一只扑扑乱撞的小鹿，享受着生命的狂欢，原始的恋慕。

茅，是应春而生之物。它们不择土壤，不择环境，在野火焚烧之后，伴随着春的脚步，早早地来到人间，挣破土地，伸展出如针般直立的长长的叶子。

《诗经》中说那位绝世美女庄姜："手如柔荑，肤如凝脂，领如蝤蛴，齿如瓠犀，螓首蛾眉。"柔荑就是嫩嫩的茅草芽。茅与美女，原也有着千丝万缕的联系啊。

在先秦时期，诸侯祭祀之时，常用苞茅滤酒，以备祭祀之用。我们不知道苞茅和这里的白茅到底有怎样的差别，但都是茅，同属同宗，想必也不会相差太远。诗中猎人不用其他的东西，偏偏用白茅包裹着他的猎物时，我在想，这其中定然有种祭祀般的仪式感，虔诚感。

125

感谢天地的成全，感谢自然的馈赠，这种纯朴的感恩，让人向往。

诗经小站

召南·野有死麕

野有死麕，白茅包之。有女怀春，吉士诱之。
林有朴樕，野有死鹿。白茅纯束，有女如玉。
舒而脱脱兮，无感我帨兮，无使尨也吠。

一头死鹿在荒野，白茅缕缕将它包。有位少女春心荡，小伙追着来调笑。
林中丛生小树木，荒野有只小死鹿。白茅捆扎献给谁？有位少女颜如玉。
慢慢来啊少慌张！不要动我围裙响！别惹狗儿叫汪汪！

爱，不是用来怀念的

绿兮衣兮，绿衣黄里。心之忧
矣，曷维其已。
绿兮衣兮，绿衣黄裳。心之忧
矣，曷维其亡。
绿兮丝兮，女所治兮。我思古
人，俾无訧兮。
絺兮绤兮，凄其以风。我思古
人，实获我心。
——《邶风·绿衣》

忧伤的歌，忧伤的旋律。

我不知道这个男子有着怎样的面容，但此时此刻，他的眼神一定充满忧伤。

我也不知道这个男子有着怎样的心性，但此时此刻，他的心一定是柔软的。

忧伤如水，蔓延在你我心底，蔓延在时光的河流。往事一幕一幕，从蒙了尘的心底里泛起。

绿衣裳啊绿衣裳，绿色面子黄里子。心忧伤啊心忧伤，什么时候才能止。

一遍又一遍，男子在心底里无声地吟唱着这首忧伤的旋律，仿佛这样，能够起古人于地底，能够让时光倒流，回到从前。

年复一年，我不能停止怀念。怀念你，怀念从前。

怀念从前，你拿着绿丝线，亲自为我缝制衣衫。在季节里的轮换里，让我从容不迫，夏无燥，秋无凉，冬无寒。浓浓的爱意与体贴打叠起来，缝进衣衫里，让每个季节的我，如沐春风里。

怀念从前，你在我耳边的温柔叮咛。以一个女子特有的精心与细腻，弥补了一个男子的粗放与疏阔。妻贤如此，让我平时少了多少过失。如今，要听你的叮咛，哪怕在当时听来是刺耳的，竟也是不可能。

秋风起，天气凉，冷风钻衣襟。谁能为我换下这身尚在夏季里穿的葛布粗衫？那

127

份贴心的温暖，随着你的逝去，也变成了遥不可及的梦。

这不是一个内心粗粝的男子。

当他打开衣橱，轻轻触碰着那件绿面子黄里子的衣服时，所有陈年的往事如尘般飞扬。他躲在这尘里取暖，她也在记忆里鲜活。

可是，在记忆里鲜活的妻，到底是幸还是不幸？

可是，为什么偏偏要到秋凉时节里，才会想起曾经给过自己温暖的妻？

为什么，在拥有的时候，不知道好好珍惜，在失去后，才倍感珍贵？当你怀揣着它时，它一文不值，只有将它耗尽后再回过头看，一切才有意义。

谁念你，西风独自凉？谁让你，当时只道是寻常？

千百年来，多少人如这诗中的男子一样，重复着同样的错。

失去了才知道珍惜，羡天边月而不见眼前人。即使有遗憾，已成为了过去。还将旧时意，怜取眼前人。不要再一次让现在拥有的变成日后的遗憾。

为什么我们总是不懂得珍惜眼前人？在无法预知的未来里，我们总以为会重逢，总以为有机会说一声对不起，却从没有想过每一次挥手道别都可能是诀别。每声叹息，都可能是人间最后的一声叹息。

那些美好的愿望，如果只是珍重地供奉在期盼的桌台上，它只能在岁月里积满尘土。

请珍重身上衣，珍惜眼前人。

安房直子的一篇小说《桔梗的女儿》讲的就是惜取眼前人的故事。

懒人新吉，忽然有了一个温柔美丽的新娘，他跟别人开玩笑说，那是山里的娘送给他的。

新娘有一只素朴的碗，就是这只碗，每天会装着不同的精心的菜肴。它让新吉感到，这让他和一个人生活时大不一样，他感到满足极了。新娘说，只要他不嫌弃这只旧碗，这样的日子可以日复一日地持续。

每天早上，新娘会叫新吉起来："快起来吧，饭好了啊。今天是个好天气，工作肯定顺利。"

吃完饭，穿好衣，新娘会说："那么，精神抖擞地去上班吧。"

下班了，家里飘着饭菜香，新娘会说："你回来，辛苦了。"

这样的日子，让新吉胸口热乎乎的，有一种说不出的幸福感觉。

一年之后，新吉对媳妇说："偶尔也穿穿别的颜色的和服怎么样？"（因为，媳妇总是穿着那件紫色的衣服。）

又过了几个月，新吉说："不想吃上次的菜了，糖水煮栗子已经吃腻了。"

又一天，他在上班前说："下回买一个漂亮的新碗吧。"

他不知道，当他说出要换碗时，他再也无法拥有眼前的幸福了。

下班回来后，家里没有亮光，没有饭菜香，没有一个穿着紫色衣服的新娘恭顺地对他说"回来了，辛苦了"。

一切都回到从前单身时的模样，冷若冰霜。

人啊！

真正的爱情，不是用来怀念的，是用来疼惜的。

我不知道，让这位男子深切怀念的妻，生前是否被他深深疼惜？我宁愿相信，事实就是这样的。而不是像大多数人一样，在怀念中奠祭着从前的好，在拥有时却不肯细细体味它的不可或缺。怀念得深情，只因在现实中留下了深深的遗憾与悔恨。如果生前已有了深深的疼惜，何来那么多悔恨？

那位有着"林下闺房世罕俦"的风韵、有着"赌书消得泼茶香"的才情、有着"道书生休耽怨粉残香"的体贴的卢氏，纳兰容若又给了她多少疼惜？功名仕途阻断了归途，少年夫妻聚少离多，要疼惜也只能寄语塞外西风、秋来寒雁。二十九岁的芳华，还没有来得及体味容若的疼惜，便凋谢了。

正如这首诗中的男子，"我思古人，俾无訧兮。""我思古人，实获我心。"他看中的不只是朴素的烟火日子，还有精神上的相契。不只是绿衣黄里，还有"实获我心"。尽管如此，她依然先他而去。

时间，让深的东西越来越深，让浅的东西越来越浅。我们真的要过了很久，才能够明白，自己真正怀念的，到底是怎样的人，怎样的事。

邶风·绿衣

绿兮衣兮，绿衣黄里。心之忧矣，曷维其已。
绿兮衣兮，绿衣黄裳。心之忧矣，曷维其亡。
绿兮丝兮，女所治兮。我思古人，俾无訧兮。
绤兮绤兮，凄其以风。我思古人，实获我心。

绿衣裳啊绿衣裳，绿色面子黄里子。心忧伤啊心忧伤，什么时候才能止！
绿衣裳啊绿衣裳，绿色上衣黄下裳。心忧伤啊心忧伤，什么时候才能忘！
绿丝线啊绿丝线，是你亲手来缝制。我思亡故的贤妻，使我平时少过失。
细葛布啊粗葛布，穿上冷风钻衣襟。我思亡故的贤妻，实在体贴我的心。

执子之手，与子偕老

击鼓其镗，踊跃用兵。土国城漕，我独南行。

从孙子仲，平陈与宋。不我以归，忧心有忡。

爰居爰处，爰丧其马。于以求之，于林之下。

死生契阔，与子成说。执子之手，与子偕老。

于嗟阔兮，不我活兮。于嗟洵兮，不我信兮！

——《邶风·击鼓》

《邶风·击鼓》是名南行在锋镝边缘的卫国士兵之深沉怨词。想来，这名男子绝不能预知，自己当初离家时跟妻子的一番对话，竟会流传千古，成为中国传统文化中夫妇之义的最高境界。

绝唱是这两句："死生契阔，与子成说。执子之手，与子偕老。"

男女最平淡而坚定的誓言。

"执子之手，与子偕老。"当光华惨淡，激情已变饭粒，一粒粒惊心动魄地粘在皱巴巴的旧日衣襟上，而鸡皮鹤发的老妪老翁，却执手莞尔、其乐融融。

此情此景，妙不可言。

但这样的结局近乎神话。

因感情之树，总被许多凭空而生的枝叶一点一滴夺去为数不多的养分，最终树倒藤枯，或分崩离析，或无疾而终。

而《邶风·击鼓》讲述的，不是感情的变节，不是婚姻的失守，而是时光的掳掠。

我们都以为，相守一辈子，不易忍受的是激情退却后的平淡。

我们却不曾料到，在遍地狼烟的春秋时代，于一对夫妇而言，真正不易的，是获得坐看绚烂归于平淡的机会。

看绚烂渐归于平淡，平淡地温暖彼此人生。——固守是种美德，更是难得的缘分。而缘分，可遇而不可求。

锵锵的击鼓声里，那被选征入伍的丈夫，将要作别温柔的妻。他将跟随英武的将领孙子仲，离家去国，讨伐郑国。

他本是农夫，"永远无言地跟在犁后旋转，翻起同样的泥土溶解过他祖先的"。他侥幸逃脱了修筑都城的劳役，却逃不脱变身为一名士兵。

——士兵者，以拼命为本分，赴死为责任也。

社会崇尚征伐，国君好战喜功，卖力和卖命，不幸或更不幸，总会被选中一件。

"醉里挑灯看剑，梦回吹角连营"，那是将军的梦。"一将功成万骨枯"，他只不过是小兵，被迫前赴后继，随时预备灰飞烟灭。

不是每个男人都有昂扬的斗志，既非保家卫国，只为了国君的野心、将帅的功名，他不情愿抛妻弃子，独自南行。

何等危苦——每一次，当箭羽擦身而过之时，他都会惊出一身冷汗。也曾不免负伤，好在皆无大碍。若干时日之后，许多同伴已化为尘土，而他很幸运地保住了性命，成为平定郑国的有功士兵。

既非所愿，凌绝顶也不能带来快乐。何况，战事结束了，幸存的他们仍要离家万里，职守边关："不我以归，忧心有忡。"

没有月亮的夜晚，冰凉的孤独里，他想起了他的战马。

那是匹骁勇的战马，某次却忽然消失了。

——"爰丧其马？于以求之？于林之下。"

他到处寻觅，当他试探着钻进一片陌生的繁茂树林，那匹脱缰之马，正迎风而立。

他呆住了。

在清风吹拂、战火暂歇的树林之中，小兵和他那逃离战场的骏马，一起感到了从未有过的安详和宁静。《庄子》云："犹系马而驰也。"

不得其位——被束缚的马，以及被征去从事杀戮的他，命运一般，因而也一样坐立不安。

无人心甘情愿颠沛流离，因为总记得和平的好处。入伍之前，他跟他的妻，男耕

女织，生活平淡而幸福。如今，"田园将芜胡不归?"非不归，朝廷一日不召回，他一日不能实践自己的誓言。

边塞萧瑟的月色下，夙夜守卫的士兵总会想起临别时的誓言。

那句誓言是："执子之手，与子偕老。"

—— "岁月忽已晚。"

一起终老是不易的，尤其在战事连绵不息的那些年代。　　　（何灏）

诗经
小站

邶风·击鼓

击鼓其镗，踊跃用兵。土国城漕，我独南行。
从孙子仲，平陈与宋。不我以归，忧心有忡。
爰居爰处，爰丧其马。于以求之，于林之下。
死生契阔，与子成说。执子之手，与子偕老。
于嗟阔兮，不我活兮。于嗟洵兮，不我信兮!

敲鼓敲得镗镗响，挥舞兵器操练忙。一样都是男子汉，他们留在国都或去漕邑修城墙，我独赴南方去打仗!

军帅名叫孙子仲，联陈盟宋要一起行动。不许我啊回家转，怎不让人忧心忡忡!

我们住在哪儿呀歇在哪儿? 在什么地方走失了我们的马? 到哪里能够找到它? 在树林之中大树下。

我愿跟你同生共死，吃辛吃苦不相弃。但愿能握着你的手，跟你一起走到老。

现在我离你太远了，不能跟你相聚了! 现在我离你太远了，不能信守誓言了!

匪女之为美，美人之贻

静女其姝，俟我于城隅。爱而不见，搔首踟蹰。静女其娈，贻我彤管。彤管有炜，说怿女美。自牧归荑，洵美且异。匪女之为美，美人之贻。

——《邶风·静女》

《静女》一诗，除了创造出《诗经》中最活泼可爱之女子形象，还生动活现了"爱屋及乌"这四个字。

那个在等待中搔首弄姿的男子，因为无法见到心爱的女子，只好将一腔思念倾注在手中那棵茅草上。只是普通的茅草，然而，因为它是那女子自远郊亲手采摘，并赠给男子，因而被珍视。

男子自称："匪女之为美，美人之贻。"他坦白，他并非欣赏这毫不起眼的物什，不过因为是女子亲手相赠，爱屋及乌罢了。

爱屋及乌，说的是：爱那个人，到了极致，竟然连那人屋顶之上聒噪的乌鸦也一起喜欢了。

天下乌鸦都一般的丑陋兼喋喋不休，但仍然会有人无上欢喜，可见，爱，真的是世上最不可小觑的力量。

爱屋及乌这个妙词，最初的来源是这样的：《尚书大传·大战》载："纣死，武王皇皇，若天下之未定。召太公而问曰：'入殷奈何？'太公曰：'臣闻之也：爱人者，兼其屋上之乌；不爱人者，及其胥余。何如？'"

商朝末年，周武王凭借军师姜尚等人辅佐，联合诸侯，出兵讨伐纣王并取而代之。纣王死后，武王忧心于天下尚未安定，因为纣王的许多旧部仍然存在。于是他召见姜

太公，询问他对这些残余分子该如何处置。

姜太公想了想，便这样回答他："我听说过这样的话：如果喜爱那个人，就连同他屋上的乌鸦也喜爱；如果不喜欢那个人，就连他家的墙壁篱笆也厌恶。"

这个故事中，老谋深算的姜太公假意主张"恨屋及乌"，要武王残忍地杀尽纣王的部下，斩草除根。当然，如姜尚所期待的，武王最后并没有这样做，而是让那些失去君王的人都回到自己家里，耕种自己的田地，安居乐业。

这原本是个完整的故事，但是，爱屋及乌这个词，流传到后世，只剩下前面浪漫的部分了，可见，中国人骨子里是古典的。

爱屋及乌，可以说是个饱含中国传统文化的词汇。将一个单纯的感情进行渲染，旁及与感情对象相关的一切。

涉及的也不仅仅是爱情。

儒家文化的创始人——孔子曾经对他理想中的大同世界有过这样的描绘："人不独亲其亲、不独子其子，使老有所终、壮有所用、幼有所长、鳏寡孤独废疾者皆有所养。"这段话的意思是，每个人，并不单单认为自己的血亲才是亲人，也不单单将自己的儿子视为己出。真正的大同世界里，是所有的人彼此都是亲人，老人皆有归宿，年轻人个个人尽其才，幼小的孩子有人抚养，老人们都得到悉心照顾。

同样，儒家文化之集大成者——孟子，也说过类似的话。

《孟子·梁惠王上》中说道："老吾老以及人之老，幼吾幼以及人之幼。"他说，尊敬自己的长辈，并将这尊敬推而广之，而去尊敬所有的长辈；爱护自己家中的年幼者，并将这爱护推而广之，而去爱护所有的年幼者。

可以说，儒家精神是最完美的"爱屋及乌"。　　　（何灏）

邶风·静女

静女其姝，俟我于城隅。爱而不见，搔首踟蹰。
静女其娈，贻我彤管。彤管有炜，说怿女美。
自牧归荑，洵美且异。匪女之为美，美人之贻。

幽静姑娘长得美，等我在城角里。隐蔽着看不见，搔着头立在那里。
幽静姑娘真美丽，送我彤管有用意。彤管有着红艳艳，我是喜爱你的美。
野外归来送我荑，确实美丽又怪异。不是认为荑美丽，因是美人的赠给。

期我乎桑中，要我乎上宫

爰采唐矣？沫之乡矣。云谁之思？美孟姜矣。期我乎桑中，要我乎上宫，送我乎淇之上矣。

爰采麦矣？沫之北矣。云谁之思？美孟弋矣。期我乎桑中，要我乎上宫，送我乎淇之上矣。

爰采葑矣？沫之东矣。云谁之思？美孟庸矣。期我乎桑中，要我乎上宫，送我乎淇之上矣。

——《鄘风·桑中》

这首诗写一个青年男子怀念与情人的幽期密会。

一亲芳泽，回味无穷。

男子，是你，是他，是王孙公子，也是一介寒士布衣。

孟姜、孟弋、孟庸，是豪门大户之女，也是平民小家碧玉，是无数妙龄怀春的女子，是男子心目中的那个她。

有人据此推断说，这是一个男子和三个女子幽会。这已经不是孟浪，简直就是放荡了。我相信《诗经》的"思无邪"，所以，我相信他没有特定所指。只是先民情难自抑，在心中唱的一首美丽的情歌而已。

所谓的采唐、采麦、采葑，只是男子的借口，他是借外出劳作，期待一场美丽的艳遇。

所谓的沫之乡、沫之北、沫之东，他东西四顾，转山转水，不为别的，只为途中与她相遇。

他的心思不在劳作，不管置身何处，萦绕着他的情思的，是一个曾与他有过故事的姑娘。

故事的开头，并不是千篇一律的"适逢其会，猝不及防"。这个女子大方得可以，就像早已经在那里等待了。她"期我乎桑中，要我乎上宫"，既约我到桑林，又邀我到

上宫。临别之际，还"送我乎淇之上"。

故事的结局，却是千篇一律的：花开两朵，人各一方。如果是花好月圆，终成眷属，又哪里有这位男子绵绵不绝的思量呢？

不得不说女子选择的幽会地点：桑中，上宫。

桑间濮上。桑林，桑中，成为后来男女欢会的代名词，一个极富香艳挑逗气息的词，是不是滥觞于此？

桑中，即是桑林中。上宫，即是祭祀的祠庙。古代人对大自然心存敬畏，对生命心存敬畏，总是会拜天拜地。这个祭拜的地方，即是社。古人在营建一座邦邑之前，必先建社，社中会种植古人心目中崇拜的太阳树——扶桑。因扶桑是一种神木，他们便改种普通的桑木来替代。桑林也就成了社林、社木了。

女子选择欢会的地点是周围种满了桑树的祭坛。

在如此敬畏天地神灵，敬畏自然生命的地方，男女会合，这是古人的虔诚，也是他们的浪漫。

"仲春之月，会合男女。于是时也，奔者不禁。"敬畏天地，所以他们会在阴阳相交的仲春，顺应天时，以成人事。敬畏生命，所以他们会在庄严神圣的社坛中完成水乳交融的生命狂欢。

一切都自然而然，大大方方。

循天理而宣人欲，确实没有什么要遮遮掩掩的。

以一双不洁的眼观之，自然会产生丰富的意淫。若心中没有了敬畏，势必会沦为欲望的囚徒。

康德说过：我所敬畏的，是头上的星空，和心中的道德律。

浩瀚的星空面前，人无所隐藏，渺小如蝼蚁。而心中的道德律，自在人心深处，规约着每个人的举止。

我想，当这首诗中的男女，在幽期密会之后，是否会仰望星空呢？

桑，在中国古代文明中，已然成了爱的隐语。

当然，并不是所有的隐语都如"桑中"般香艳，也有清洁明净的，《诗经》中很

多，如：

> 彼汾一方，言采其桑。彼其之子，美如英，美如项，殊异乎公行。
> 隰桑有阿，其叶也沃。既见君子，云何不乐。

还有充满忧愁与感伤的，如：

> 桑之未落，其叶沃若。于嗟鸠兮，无食桑葚！

还有充满生活气息、劳作之乐的，如：

> 十亩之间兮，桑者闲闲兮。行与子还兮。
> 十亩之外兮，桑者泄泄兮。行与子逝兮。

桑园里，有太多故事。
桑林里，承载了太多的情，太多的悲欢。

每一个人都有青春，每个青春都有故事，每个故事都会有遗憾，每个遗憾里，都
有回味不尽的美。
这是桑之于诗中男女的意义，也是于我们的意义。

鄘风·桑中

爱采唐矣？沫之乡矣。云谁之思？美孟姜矣。期我乎桑中，要我乎上宫，送我乎淇之上矣。

爱采麦矣？沫之北矣。云谁之思？美孟弋矣。期我乎桑中，要我乎上宫，送我乎淇之上矣。

爱采葑矣？沫之东矣。云谁之思？美孟庸矣。期我乎桑中，要我乎上宫，送我乎淇之上矣。

到哪里去采摘女萝呢？就在沫邑的郊野。我在思念谁呢？是那美丽动人的孟姜。约我来到桑林中，邀请我来到欢会的祠庙，送别我在那淇水之上。

到哪里去采摘麦子呢？就在沫邑的北边。我在思念谁呢？是那美丽动人的孟弋。约我来到桑林中，邀请我来到欢会的祠庙，送别我在那淇水之上。

到哪里去采摘芜菁呢？就在沫邑的东边。我在思念谁呢？是那美丽动人的孟庸。约我来到桑林中，邀请我来到欢会的祠庙，送别我在那淇水之上。

幸福的尺度

《诗经》中有那么多美丽的哀愁。

"蒹葭苍苍，白露为霜。所谓伊人，在水一方"是企盼慕悦的迷离哀歌；

"窈窕淑女，君子好逑。求之不得，辗转反侧"是求而不得的辗转柔肠。

"采采卷耳，不盈顷筐。嗟我怀人，置彼周行"是相思相望的无可奈何。

"子之汤兮，宛丘之上兮。洵有情兮，而无望兮"是人巫情长的缠绵悱恻。

"士之耽兮，犹可脱也；女之耽兮，无可说也"是喜新厌旧的泣血控诉。

"昔我往矣，杨柳依依；今我来思，雨雪霏霏"是物是人非的离乱更替。

《诗经》中有那么多美丽的欢乐。

"有女怀春，吉士诱之"是怀春少女在野外自由地欢会。

"爱而不见，搔首踟蹰"是幽期密会中的娇嗔痴怨。

"今夕何夕，见此良人"是新嫁娘浓得化不开的绸缪。

"琴瑟在御，莫不静好"是尘世里最安稳的幸福。

"执子之手，与子偕老"是人世间最美的承诺。

"虽则如云，匪我思存"是弱水三千只取一瓢饮的执着。

这些浪漫的美丽与哀愁，如春花般绚烂，如秋叶般静美，在人世的土壤中起起落落，生生不息，交织成一幅明艳而又素朴的画卷，让后来的人在它面前驻足流连，无

力抗拒。

《衡门》是这幅美轮美奂的画卷中的一个片段，它要告诉我们的是：幸福。一个普通的陈国人眼中的幸福。

水气氤氲的泌水岸边，酝酿着氤氲的情感。这里是适合恋爱的场所。

伴随着第一声鸡鸣，他迫不及待地起床了，他要载欣载驰地投入烟火人间的生活，他要赴一场情人的约。

施施然，走来了她。

恋人之间总会说很多无聊话，做一些无聊事，幸福就是有一个人陪你无聊，难得的是你们两个都不觉得无聊。此时此刻，世界就是他们俩的，他们俩就是全世界。

"若你娶了我，我们吃什么，住什么呢？"

男子略一怔，他确实只是一介平民，给不了耀眼夺目的承诺。望着不远处的一根衡木和远处安安静静流淌着的泌水，他的心顿时安定了。我给不了你金玉华屋，却能给你世间最珍贵的安心。

"衡门之下，可以栖迟。泌之洋洋，可以乐饥。"

女子会心一笑。

"好女子那么多，你为什么偏偏喜欢我？"

喜欢，是和你在一起时，我的心会变得柔软。是和你在一起时，我忘记了周围五彩斑斓的世界，眼里只剩单纯的黑白。

"岂其食鱼，必河之鲂？岂其取妻，必齐之姜？岂其食鱼，必河之鲤？岂其取妻，必宋之子？"

答案很朴素，很真实，但足以让人安心。

怀抱着希望的微光，不自怨自艾，不自轻自贱，和有情人，做快乐事，享尘世的安稳，多么幸福。

找到了适合你的，你就是幸福的。

万物各有其美，各有其序，各有其位。没有哪种幸福比哪种幸福高贵，没有哪种幸福可以取代另一种幸福。

五味虽甘，宁先稻黍；五色有灿，不掩韦布。

幸福可以是"衡门栖迟"、"泌水乐饥"。

纵有广厦千间，也夜卧一床；纵有珍馐馔玉，也日食三餐。

幸福可以是"食不必是黄河之鲤，妻不必是齐国之姜"。

只要你在我眼里是人间至味，是人间至美。

灵魂放歌，心灵安定，你就是幸福的。

饿时，饭是幸福；渴时，水是幸福；困时，眠是幸福。爱时，牵挂是幸福，离时，回忆是幸福。

幸福五颜六色，千变万化。但其核心只有一个：它取决于你的心境。

小时候，幸福是一件东西，拥有了就是幸福。

长大了，幸福是一个目标，达到了就是幸福。

成熟后，幸福是一种心境，体会了就是幸福。

孔子让弟子各言其志，他赞成的是曾点：暮春者，春服既成，冠者五六人，童子六七人，浴乎沂，风乎舞雩，咏而归。

在自然的怀抱中，听灵魂放歌，是孔子认为的幸福，追求的至境。

他有弟子三千，贤人七十二，他欣赏的是颜回。

"贤哉回也，一箪食，一瓢饮，在陋巷，人不堪其忧，回也不改其乐。"

箪食豆饮，至简至纯，是他心中的至味至真。

不思八九，常想一二，你就是幸福的。

幸福不是"得不到"的，不是"已失去"的，而是现在"拥有的"。

我们总在接近幸福时倍感幸福，在幸福进行时却患得患失。

我们叹息着已经失去的珍宝，艳羡着天边遥不可及的玫瑰园，却不知道在手中的面包上涂上厚厚的黄油，是最好的美味。

"有花堪折直须折，莫待无花空折枝"，悔恨会吞噬你的幸福。

"赌书消得泼茶香，当时只道是寻常"，失去了才觉得珍贵。

不能因羡慕黄河里大鳊鱼，就放弃了小鱼的至味。不能因为娶不到齐国姜姓或宋国子姓的美女，就忽略了眼前人。

幸福就在此时、此刻、此地：在阳光下和喜欢的人一起筑梦，守着一段冷暖交织的光阴慢慢变老。

> 活在这珍贵的人间
> 泥土高溅，扑打面颊
> 活在这珍贵的人间
> 人类和植物一样幸福
> 爱情和雨水一样幸福

陈风·衡门

衡门之下，可以栖迟。泌之洋洋，可以乐饥。
岂其食鱼，必河之鲂？岂其取妻，必齐之姜？
岂其食鱼，必河之鲤？岂其取妻，必宋之子？

支起横木就算门，横木底下好栖身。泌丘有水水洋洋，清水填肠也饱人。
难道吃鱼，一定要吃黄河大鳊鱼？难道娶妻，一定要娶齐国姜家女？
难道吃鱼，一定要把黄河鲤鱼尝？难道娶妻，一定要娶宋国子家大姑娘？

伯兮朅兮，邦之桀兮。伯也执
殳，为王前驱。

自伯之东，首如飞蓬。岂无膏
沐，谁适为容？

其雨其雨，杲杲出日。愿言思
伯，甘心首疾。

焉得谖草，言树之背。愿言思
伯，使我心痗。

——《卫风·伯兮》

在一起，多么简单的三个字，有时却要用一生来等待。

对相思相望不相亲的人来说，这个世界上最动听的情话，不是"我爱你"，而是
"在一起"。

这些年错过了多多少少，我只想和你相伴到老。

你在，世界就在。你不在，世界静止。

这个女子的内心，是颇经过一番苦苦煎熬的。

她也曾说服自己：好男儿志在四方，而不能在京华软红尘里、脂粉堆里消磨了惠
男儿的心性。"伯兮朅兮，邦之桀兮。伯也执殳，为王前驱。"言语之间流露出颇为自
豪的神气，我的哥哥是个英雄，手拿殳杖，为王前驱。驰骋在卫国卫家的疆场上，换
他个衣锦还乡的好功名，多么好，多么值得。

只是这万丈豪情终究抵挡不了现实的孤独、相思的煎熬，心事像尘埃，落在过去，
飘向未来。恍恍惚惚中终于明白，自己想要的原来很简单：

趁青春还未彻底老去之前，和他静静相守。

现世安稳，岁月静好。

胜过世间万千浮名，万种牵绊。相伴相守，静数春星，任时光在指缝间悄悄溜走，
至少，我还能抓得住，还能感受得到你真实的气息。胜过玉颜千载依然寂寞。胜过土

木形骸，自甘憔悴，风雨消磨。

陌头忽见杨柳色，悔教夫婿觅封侯。

真实的生命好过虚无的追逐。

再多的功名利禄荣华富贵，原抵不过一夕相守。从来摸得着的幸福，都是真实而具体的——能握住那个人的手，叫着他的名字，在他的眼睛里，找到自己。

这首诗提到了两种有意思的植物。

一是飞蓬，形容女子无心妆容百无聊赖的精神状态。"自伯之东，首如飞蓬。岂无膏沐，谁适为容？""女为悦己者容"的源头就在这里。没有那个人在，梳妆又有什么意义？谁为谁心疼，谁为谁守候，生命如一出独舞。

对她而言，今天和昨天，只有时间在流逝，其他都停滞了。日子只是一种单调的重复，心情还停留在离别时的感伤中，从未曾苏醒过。一切都懒懒的，煞是无情绪。

一个人的妆容，其实是她精神状态的呈现。

一个首如飞蓬的妇人，其内心一定是凌乱的、没有秩序的，正如乱糟糟的飞蓬，随风飞舞，没有灵魂，没有归宿。精神倦怠，终日恹恹地。

粗服乱头不掩国色，那是腻味了天香国色正大仙姿的人偶尔领略到的一种陌生化的美，若是长期"粗服乱头"，恐怕那个他早已退避三舍了。

对古代的女子来说，其生命的意义好像就是为了"悦人"，取悦那个她将要托靠终生的人。她们鲜有自我，更不会放纵"悦己"。而"悦人"的首要步骤，就是"容"。要拴住一个男人的心，首先要拴住他的眼睛，这和拴住他的胃是一样重要的。

于是，在古典诗词中，我们看到女子在孤独寂寞时无心妆容，在相思煎熬中无心妆容。唯有他的在，他的爱，他的欣赏，才是她们生命里的光，能穿透她们情绪的阴霾，能让她们绽放如花的笑颜。你看这是怎样一幅倦梳头的画卷长幅：

唐玄宗有了新欢杨贵妃，忘了旧宠江采苹。为示愧疚，命人将外国使节进贡的一斛珍珠送给梅妃。梅妃说："柳叶蛾眉久不描，残妆和泪湿红绡；长门自是无梳洗，何必珍珠慰寂寥。"你不必再送我珍啊珠啊的，柳叶蛾眉因为无人爱早已不描了，绿蝉鬓因为无人宠早已无心梳洗了。这些珍珠慰藉不了一个失意女子内心真正的寂寥，倒像

146

是一个讽刺，狠狠刺激着她，提醒着她，一个被遗弃了的女子的悲哀。

柳永《定风波》中的女子说："暖酥消，腻云觯，终日厌厌倦梳头。"因为情郎远去，无人可悦，她只能是"睡起惺忪强自支"，强打起精神，支撑住自己，生命于她，好像没有半点欢欣。她追悔莫及，早知今日苦苦相思，何必当初放手让他走？还不如牢牢拴住他，"彩线闲拈伴伊坐，镇相随，莫抛躲"，这样的柴米油盐人间烟火，岂不好过万里层云关山阻隔魂梦无据的折磨？

如果还有如果，如果再回到从前，我要用尽我的万种风情，让你无法离开我。

一是谖草，即萱草。它有很多名字，"疗愁"、"鹿箭"、"金针"等等。

最寻常的名字是"黄花菜"，如果你知道了传说中的萱草，就是"黄花菜"，是不是会很失落？这个世界上本无传奇，一切不过是人臆想出来的幻象之美，聊以自慰而已。

最美的名字是"忘忧草"。对一个心事满腹、相思无凭的人来说，植一株忘忧草也许是最好的。放下忧愁，忘却昨梦前尘，将心灵放空，人才能摆脱痛苦的羁束，轻舞飞扬。

萱草长长的花柄，托着筒状的花瓣，其色艳丽，或红或黄，有一种燃烧的激情，确实让人见之震慑，恍然若忘一切。其茎有毒，其花也有轻微的毒，正如忧愁相思，适量方好，多了会让人中毒，深受其害。少了会让人心变得空虚，无所寄托。适量的忧愁，既让世间多了氤氲婉转缠绵悱恻的情，又让人免受相思荼毒的苦，岂不正好？

《荷马史诗》中奥德赛的船队返乡途中，船被风雨吹到一个海边。同伴吃了当地的忘忧果后，竟然忘了家乡和亲人，忘记自己上岸的目的，也忘了回船上去。看来这忘忧草、忘忧果，东方有，西方也有。真是人同此心，心同此理。只是奥德赛的船员吃了忘忧果，便忘了从前种种。这未免也太可怕了。如果一人失去了以往所有的记忆，没有我的在场，岂不太荒凉？

彼岸繁华，始终不过是最初的半点烟沙。

红楼青瓦，最好不过是有你的淡饭粗茶。

流水人家，难忘不过是共栽的木叶篱笆。

择一城终老，遇一人白首。此生足矣。

卫风·伯兮

伯兮朅兮，邦之桀兮。伯也执殳，为王前驱。
自伯之东，首如飞蓬。岂无膏沐，谁适为容？
其雨其雨，杲杲出日。愿言思伯，甘心首疾。
焉得谖草，言树之背。愿言思伯，使我心痗。

我的哥啊多英勇，在咱卫国数英雄。我哥手上拿殳杖，为王打仗做先锋。
打从我哥东方去，我的头发乱蓬蓬。香油香膏哪缺少，叫我为谁来美容！
好像天天盼下雨，天天太阳像火盆。一心只把哥来想，哪怕想得脑袋疼。
哪儿去找忘忧草？为我移到北堂栽。一心只把哥来想，病到心头化不开。

栗

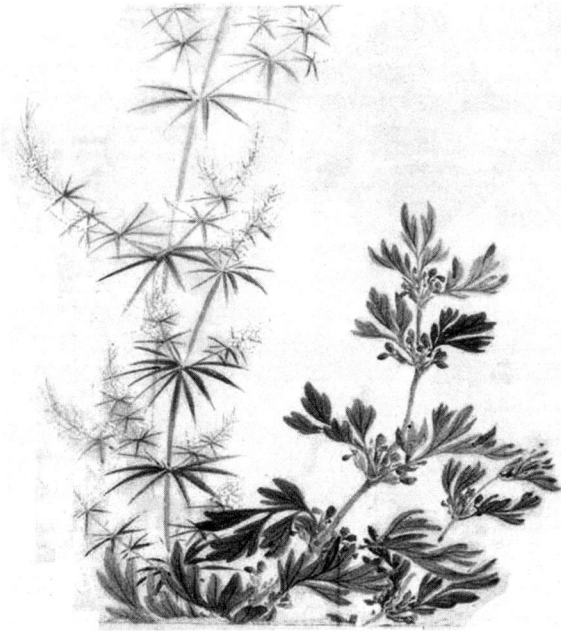

蒮

苤苢

投我以木瓜，报之以琼琚。匪
报也，永以为好也！
投我以木桃，报之以琼瑶。匪
报也，永以为好也！
投我以木李，报之以琼玖。匪
报也，永以为好也！

——《卫风·木瓜》

在《诗经》里，这是又一首活泼的诗。它描写的当是一场刚刚兴起的爱恋，情人之间的关系还停留在互相表白心意的阶段，有掩藏不住的欢喜和刻意的距离。两心之间的灵犀还欠最后的互通，因而借了事物来通好。

诗歌的意思是说：他送我木瓜，我拿佩玉还报他；他送我鲜桃，我还报他琼瑶；我拿东西还报他，并不是为了"还报"，而是表示和他长相好。

诗中所写的"投瓜报琚"是古代青年男女选择对象的一种社会风俗，大概源自原始社会，今天西南少数民族中还可以看到这一遗俗的某些影子。

古时未婚的女子有了意中人，大可向男子投掷瓜果以引起他的注意，那个被投瓜果的男子，如果也中意她，便解下腰间的佩玉来赠送她以定情。

六朝的潘岳因为貌美如花经常受到女子投瓜的骚扰。

汉秦嘉《留郡赠妇诗》有"诗人感木瓜，乃欲答瑶琼"之句。

晋陆机为陆思远妇作诗"敢忘桃李陋，侧想瑶与琼"，已经将《木瓜》诗视为男女赠答了。

而南朝宋人何承天《木瓜赋》更说"愿佳人之予投，想同归以托好。顾卫风之攸珍，虽琼瑶而匪报"，则且以木瓜为定情诗矣！

跟此诗基本同意的是《诗经·大雅·抑》，中"投我以桃，报之以李"之句，并因其简单成了"投桃报李"的成语，后世普遍用来比喻相互赠答，礼尚往来。

与木瓜、佩玉的不同质同值而言，桃李显然更加对衬，更显得公平。但不论怎样，两首歌都唱着一种看来很美好的情谊交换。

再美好，也是交换。能够交换的还有很多。

政通人和、为春秋初期大国的卫国君主武公姬和，因治国开明，广听众议，多纳雅言，以为施政参考，深得百姓称颂与爱戴。

回顾自己的政治生涯，武公在诗中自勉曰："百姓皆效君德行，故行为举止，既善且良。谨言慎行，不失礼仪，不逾本分，不悖常理，则众人皆以君作则矣。人以桃馈我，我以李报之，乃合乎情理。"

英明神武的卫武公将治世的圆满归功于桃李式的公平交易。

因为成效显著，桃李的原则被广泛地应用。

齐国的孟尝，花费千金养了三千门客，每日钟鸣鼎食，歌舞升平。因为他肯付出，因此每逢危难必有"鸡鸣狗盗"之徒挺身而出，也因此孟尝才会自秦王的虎口脱险，才会在不容于齐王、众叛亲离的时候受到薛地老百姓的夹道欢迎。

以金钱换取性命，孟尝的木瓜换得了昂贵的佩玉。

而吕不韦心机更深，这位传奇人物为了巨大的政治梦想，出人意表地倾尽财产，更将自己毕生最爱的姜赵姬献给了尚在赵国做人质的秦国公子异人。

巨大的投入获得了丰厚的回报，吕不韦终以一介商人封相，实现了他跃上金枝、商而仕的野心。

投桃报李，一分耕耘一分收获。

说到爱情上，最完整美好祥和的爱情，也必遵循这条桃与李交换的原则。若不然，得到的只能是喧嚣之后深渊般的寂寥。

张爱玲曾这样写项羽和虞姬的故事。

当年虞姬跟随项羽征战，苦心孤诣做他背后的女人，最后还美人自刎，完成对项

羽的钟爱流连。

但其实，虞姬的心里有一把交换的尺子，她思量过，才选择了这样壮烈的消亡。

"——啊，假如他成功了的话，她得到些什么呢？她将得到一个'贵人'的封号，她将得到一个终身监禁的处分。她将穿上宫妆，整日关在昭华殿的阴沉古黯的房子里，领略窗子外面的月色，花香，和窗子里面的寂寞。她要老了，于是他厌倦了她，于是其他的数不清的灿烂的流星飞进他和她享有的天宇，隔绝了她十余年来沐浴着的阳光。她不再反射他照在她身上的光辉，她成了一个被蚀的明月，阴暗、忧愁、郁结，发狂。当她结束了她这为了他而活着的生命的时候，他们会送给她一个'端淑贵妃'或'贤穆贵妃'的谥号，一只锦绣装裹的沉香木棺椁，和三四个殉葬的奴隶。这就是她的生命的冠冕。"

因而，"虞姬微笑。她很迅速地把小刀抽出了鞘，只一刺，就深深地刺进了她的胸膛。项羽冲过去托住她的腰，她的手还紧紧抓着那镶金的刀柄，项羽俯下他的含泪的火一般光明的大眼睛紧紧瞅着她。她张开她的眼，然后，仿佛受不住这样强烈的阳光似的，她又合上了它们。项羽把耳朵凑到她的颤动的唇边，他听见她在说一句他所不懂的话：'我比较喜欢那样的收场。'"

一名美艳女子跟着赳赳武夫闯荡，为的什么？

无非是爱。

她爱他，因而肯跟他过刀头舔血的生涯。她交出了夹杂风沙的妩媚来换取英雄的不离不弃。

但当四面楚歌声起，他快要成功或是失败的时候，虞姬做了决定。她决定用一个永久的收场来作为结束。

项羽败了，她不必面临被汉军藏色；

项羽胜了，她也不必忍受色衰爱弛的萧瑟。

其实虞姬原不用这般痴心，即使被刘邦掳获，同样是跟另个英雄度余生，战火弥漫之时，女人不见得要同男人一样坚守立场，始终不过，她仅是项羽身边的女人，而这样的女人多的是。

就算将来死于"某妃"，到底也可风光大葬，不枉青春时光的躬奉。

但虞姬却喜欢那样的收场。
她偏偏要多爱一点，多付出一点，这一点注定了她的悲哀。

同样，许多对爱的失望都因为这原则的丧失。
年轻的时候，惯常是用神圣的眼光来看待爱情的，甚至神圣到不食人间烟火的地步。以为爱就是付出，以为付出就是一切，以为一切就是无怨无悔。
因此制造出许多爱情悲剧来。
从古代的抱柱而亡的尾生，到东南西北的望夫石。总有一方付出得少些，否则另一方不至于油枯灯尽也没有获得。
或许真的毫无怨言，但生命已经完结，连坚贞的机会都丧失了，执着得不划算。

真正的无怨无悔是很少的，多的是锱铢必较，将木瓜与佩玉拿来称彼此付出的斤两。
爱原本就是交换，即使口口声声"用我的真心换你的真心"，难道心与心的交换便有不同？一般的，若是付出了没有回报，那颗付出的心也会抽身离去。
今时今日，哪里还有不望回馈的爱情？
爱的本质原本是一场赤裸裸的交换。

翻看张爱玲的《倾城之恋》，那般惊天动地的爱情也是交换。
范柳原想要一个红颜知己来完成他对爱情的原始梦想，白流苏需要一纸婚契保障物质空虚的人生。
范柳原"被女人捧坏，从此把女人看成他脚底下的泥"；白流苏"是个六亲无靠的人"，"她决定用她的前途来下注。……如果赌赢了，她可以得到众人虎视眈眈的目的物范柳原，出净她胸中的这一口恶气"。
自然，范柳原爱流苏，但还不足以爱到让玩世不恭的他肯放弃自由、承担婚姻。
白流苏当然也爱范柳原，但不至于爱到做他实践爱情轻佻幻觉的情妇，白白付出身心。
猜度着对方的付出，掂量着自己的收获，两人各怀鬼胎，在爱情战争中用尽神机

妙算。直到从天而降的战争攻破了两个自私者的心理防线，因为"在这兵荒马乱的时代，个人主义者是无处容身的，可是总有地方容得下一对平凡的夫妻"，白流苏才终于变成了范太太。

也许在这场争夺战里，她不过掷出了一只木瓜，却收获了炫目的佩玉。流苏未必没有烦恼，"范柳原却不再和她闹着玩了，他把俏皮话省下来说给旁的女人听"。

但是审时度势，她得到了一张长期饭票，她因此有这样的闲适——笑盈盈地站起身来，将蚊烟香盘踢到桌子底下去。

至于范柳原，他在道德上胜利了，他的爱情战胜了自私，他获得了精神的威武不屈。

两个人打了平手，因而快活地一道过下去。

有人会问，总有一方付出得多些吧?

我用金钱换得你表面的爱情，至少你会对我微笑，侍奉我临终。

这样的交换，不必计较感情上的谁少谁多，只要当事人认为值得，便值得。

（何灏）

诗经小站

卫风·木瓜

投我以木瓜，报之以琼琚。匪报也，永以为好也!
投我以木桃，报之以琼瑶。匪报也，永以为好也!
投我以木李，报之以琼玖。匪报也，永以为好也!

她送我木瓜，我拿佩玉来报答。不是来报答，表示永远爱着她。
她送我鲜桃，我拿佩玉来还报。不是来还报，表示和她长相好。
她送我李子，我拿佩玉做回礼。不是做回礼，表示和她好到底。

人世最深切的幸福

女曰鸡鸣，士曰昧旦。子兴视夜，明星有烂。将翱将翔，弋凫与雁。

弋言加之，与子宜之。宜言饮酒，与子偕老。琴瑟在御，莫不静好。

——《郑风·女曰鸡鸣》

平生最怕早起。

幼时被教导做人要勤奋，于是知道了祖逖的故事。

说是晋代的祖逖怀抱远大理想，要建功立业，复兴晋国。所以每天听到公鸡鸣叫便起床练剑，寒来暑往，从不间断，终于成为一代文武全才。

"闻鸡起舞"是胸有大志人的坚持。

幼不更事，想到要那样艰苦做人，冬练三九、夏练三伏便战战兢兢，从此视早起为畏途。

始料未及，读了《女曰鸡鸣》，竟一扫怠惰，开始向往闻鸡而醒。

如果这尘世还有什么是最简朴热烈的幸福，想来便是听到鸡鸣便醒，然后兴致勃勃同相亲相爱的人过平凡快乐的日子。

日复一日，永不厌倦。

岂止是早起，根本舍不得睡去。

幸福是越多越好，人生苦短，过一天便少一天。

看似简单，要每天快乐地早起绝非易事。

因人生不如意十之八九，若每日醒来只是为了面对那些八、九成的不如意，当然能延宕一时算一时，早起一分，便多一分煎熬。

除非是心满意足，否则断断不肯欢天喜地面对惨淡人生。

闻鸡而醒，是因为心中满足，心中有爱。

一花一天堂，爱使一切艰难困苦如泰山崩于前。

这样的幸运不太多，也不会太少，《女曰鸡鸣》唱的就是这般幸运的妇人。

鸡鸣声方起，妇人已侧身倾听，身畔是熟睡的夫君，正自梦中微笑。

小园香径之中，柳下桃蹊，菖蒲花正盛开。

她的幸福也在盛开。

唤醒之前，她细细打量那温暖的面孔。

他是无知无识的男子，她是安贫乐道的农妇。

他孔武有力，是此去十乡八里最好的猎人。因而，他恰好猎取了她的芳心。

因为她不喜秀才迂腐，又觉那生来富贵的，仅知坐吃山空，不能养家，不能糊口。

她爱这个猎人，爱家中四壁挂满各种野兽狰狞的毛皮，每一张都诉说着他的英勇。她要这样平实暖和的幸福。

他们成亲了。

成亲那天，她着红戴翠，紧紧地依着他。而他，将一张豹皮铺在地上，驮着她进了新房。

那个良宵，"一尊相对喜君俱，醉归红袖扶。"

她的温婉朴实有了归宿。

之后，每天早晨，她都在鸡鸣声中坦然地醒来。而他也会跟着醒来，喝下她熬的热粥，然后豪气干云地去山里打猎。

不知不觉，这样的日子又到了冬天。

此刻，妇人轻轻推他：鸡叫了。

他半梦半醒回答，转头又欲睡去。

妇人含笑阻止了他的睡眠，男子睁开眼，顺着妇人的眼光向窗外望去。

满天都是星光。

这是生命的星光，带着生趣和美好理想的星光。而他们的平凡幸福也似这光芒，温和而永恒地闪耀。

男子负箭在背，纵身上马绝尘而去。

他离去的一瞬，马蹄卷起的菖蒲花散落一地。

男耕女织，琴瑟和谐，席上是家酿的米酒，和充满馨香的稻粮。

这便是幸福。

幸福的容易，在它存乎日常。只要有心，俯拾皆是。彼此珍惜，便可岁月静好。

粗茶淡饭有朴素的甜蜜，山珍海味也有精致的美好。贵乎在心。

史上有不少琴瑟和谐的范本。

如李清照。伊早有诗名，而夫君赵明诚精于金石，夫妇二人志同道合，不以节衣缩食为苦，但求一片珍贵的青铜碎片。

那样孜孜不倦安贫乐道，笙磬同音惹人艳羡。

《浮生六记》记载沈复与表姐陈芸的婚姻。

两人于花烛之夕比肩调笑，宛如密友重逢。二十三年同行同止，始终琴瑟和鸣。

沈复曾于七夕镌"愿生生世世为夫妇"图章二方，又曾请人绘月下老人图，常焚香拜祷以求再结来生。

鸿案相莊不一而足。

后芸失欢于公婆，夫妻痴情一往，略无怨尤。芸终因血疾频发不止，魂归一旦，弥留时唯心心念念缘结来生。芸虽亡，而沈复对她的深情却无止境。

光阴长河飞速流逝，永恒不变的是人的情感。

这些情感的皈依，是忆念不忘的分分秒秒，最平凡的，也最真实。

还有什么比这更幸福的呢？
如果，能有人像叶芝一般对你说出这样的誓言：
当你老了，头白了，睡思昏沉，
炉火旁打盹，请取下这部诗歌，
慢慢读，回想你过去眼神的柔和，回想它们昔日浓重的阴影！
多少人爱你青春欢畅的时辰，爱慕你的美丽，假意或真心，
只有一个人爱你那朝圣者的灵魂，爱你衰老了的脸上痛苦的皱纹。

"人生须臾、荣枯无常"，但我知道，纵然粗制草创，纹饰简陋，那鸡鸣声中是热乎乎的真实的幸福。　　　（何灝）

诗经小站

郑风·女曰鸡鸣

女曰鸡鸣，士曰昧旦。子兴视夜，明星有烂。将翱将翔，弋凫与雁。
弋言加之，与子宜之。宜言饮酒，与子偕老。琴瑟在御，莫不静好。
知子之来之，杂佩以赠之。知子之顺之，杂佩以问之。知子之好之，杂佩以报之。

女人说鸡叫，男人说天刚刚亮。你起来看夜空，启明星有光亮。遨翔遨翔，射野鸭与雁子不让。

射中了正好，给你烹饪从早。应该用来下酒，同你活到老。琴和瑟在弹奏，一切安静而美好。

知道你慰问我，送你杂佩不算宝。知道你顺着我，送你杂佩问你好。知道你恩爱我，送你杂佩用来报。

157

甘与子同梦

鸡既鸣矣，朝既盈矣。匪鸡则
鸣，苍蝇之声。
东方明矣，朝既昌矣。匪东方
则明，月出之光。
虫飞薨薨，甘与子同梦。会且
归矣，无庶予子憎。
——《齐风·鸡鸣》

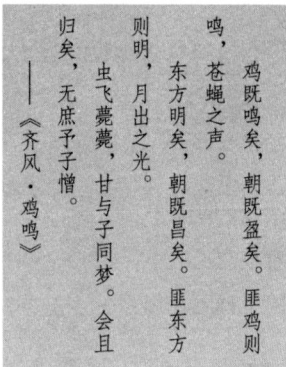

读这首诗，让人禁不住菀尔。

这是一段光明磊落的私房话。

说它光明磊落，因为它直接呈现了人内在本真的欲望。它庸常，它带着人间的烟火气息，却直指人心底最柔软的部分。

说它是私房话，因为这的确是一对夫妻极隐私的对白，这番床头语、耳边风，又岂是人人都愿意拿出来随便与他人分享的？

然，这就是《诗经》，这就是《诗经》呈现给我们的朴素却绮丽、平淡却珍贵的一幕幕人间剧。我相信，三百篇诗，反复述说的，也就只是一个简单的字：爱。

又是漫天鸡鸣。

妻催夫早起朝会，夫却贪恋着"与子同梦"。

我不愿意将这位男子想象成不愿早朝的君王，那样君临天下的人，毕竟不是生活在我们身边的那一个。我想，他就是一个普通的官员，而他们也是芸芸众生中的一对夫妇。

他不愿意早起，为的是拥抱一个漫天鸡鸣的黎明破晓、一份缠绵床榻的温存，而非一段遥远的地久天长。

人，谁没有偶尔地放纵，任性地沉醉呢？我并不在乎，这是错还是对，就算是执

158

迷，也执迷不悔。

妻说："鸡既鸣矣，朝既盈矣。"

夫说："匪鸡则鸣，苍蝇之声。"

鸡鸣和苍蝇之声，我怎么也联系不到一块儿去。明眼人都知道，这是不愿起床、留恋温柔乡的丈夫的无理借口而已。

妻又说："东方明矣，朝既昌矣。"

夫说："匪东方则明，月出之光。"

那不是熹微的晨光，明明是月光嘛。夫继续找着借口。

看着他耍赖，像一个索要糖果的孩子。妻不忍责备，眼里充满了爱怜。耳鬓厮磨的缠绵，何尝不是她内心所愿？情势到这一步，她就是有一万个理由，也无法抑制心中的那点贪念，贪恋这一点温暖。

夫说："虫飞薨薨，甘与子同梦。"

妻说："会且归矣，无庶予子憎。"

看着有点犹疑的妻，夫赶紧补充说，苍蝇嗡嗡正好当作催眠曲，我心甘情愿与你多躺一会。她想要的，也是人间烟火现世安稳，和温柔多情的男子相守一生。可她终究只是一个女子，"妇德"两个字像一柄无形的剑悬在她的头顶。

她是红颜，但不想成为祸水。她做不了那个"芙蓉帐暖度春宵"，让君王从此不早朝的杨贵妃；也不是那个烽火戏诸侯，只愿换一笑的褒姒。

她终于还是忍不住说了句：快快起来，朝会既散，可别惹得那些人憎恶我们。

儿女情长，必然会英雄气短。

卿卿我我，又怎敌得过兹事体大的功名仕进？

爱欲海沉埋男子躯，温柔乡老葬君王骨。

这个女子未必会拿这一套被宝玉喻为浊物、禄蠹的理论来说服夫君。仅妇德一条足矣。妇德条分缕析，多得去了。有一条很容易记，大意是黎明既起，洒扫庭除、拜见公婆。这是女子给夫家的第一印象，也是她今后能否见容于夫家、能否获取公婆的心的第一件大事。

《孔雀东南飞》中的刘兰芝，哪怕尚在新婚燕尔的浓情蜜意中，也狠狠自拔于枕

席，不敢有半点迟疑。"鸡鸣外欲曙，新妇起严妆。著我绣夹裙，事事四五通。"这嫁为人妇的第一要义，是万万不敢马虎随性的。

《浮生六记》中的沈三白与芸娘，那样的伉俪情深，琴瑟和鸣，也不敢有丝毫的违逆。且看他们的新婚之夜：

芸作新妇，初甚缄默，终日无怒容，与之言，微笑而已。事上以敬，处下以和，井井然未尝稍失。每见朝暾上窗，即披衣急起，如有人呼促者然。余笑曰："今非吃粥比矣，何尚畏人嘲耶？"芸曰："曩之藏粥待君，传为话柄。今非畏嘲，恐堂上道新娘懒惰耳。"

余虽恋其卧而德其正，因亦随之早起。自此耳鬓相磨，亲同形影，爱恋之而欢娱易过，转睫弥月。

芸娘虽为新妇，"每见朝暾上窗，即披衣急起，如有人呼促者然"，她怕的是"堂上道新娘懒惰耳"。三白虽"恋其卧而德其正，因亦随之早起"。

甜蜜的温柔，哪怕淹没了彼此的头顶，让人无法呼吸，也要走出来。

我们常常看到的是妻催夫，女子催男子。早起对男子，是必须的，无论是为了功名还是为了生计，是为了大事还是小事。对女子，则是天经地义的，就像呼吸一样融入了她们的生命。

《诗经》中还有一首《女曰鸡鸣》：

女曰鸡鸣，士曰昧旦。子兴视夜，明星有烂。将翱将翔，弋凫与雁。
弋言加之，与子宜之。宜言饮酒，与子偕老。琴瑟在御，莫不静好。
知子之来之，杂佩以赠之。知子之顺之，杂佩以问之。知子之好之，杂佩以报之。

女子说鸡叫了，天亮了，起床了。男子抬头看了看，说星星还挂在天上，早着呢。看来，也是一个贪恋温存的主儿。只是这个女子，会哄会劝，让他去猎雁，诱之以"宜言饮酒，与子偕老"的美好远景，诱之以"琴瑟在御，莫不静好"的现实近景。

哪个男子架得住这样的糖衣炮弹，哪个有情血肉敌得过恩爱如山？

甜蜜温柔的爱人。让她愿意做他的气泡、他淘气的小猫、他红翅膀的小鸟。让他愿意做她的勇士，她挡风遮雨的伞，她头顶的一片天。

在天空两只相拥的鸟会坠落；在水里两个相拥的人会沉下。人可以靠近一点相互取暖，但不能腻在一起彼此拖累。可以互相鼓励往高处飞，不能彼此牵扯往下沉沦。情人夫妻朋友兄弟亲子都一样，可以亲，不能腻，每当我们醉君复乐赛神仙，不知东方之既白的时候，都要及时警醒，乐归乐，该各自起身整装出发了。

偶尔的任性与沉醉是美的，偶尔的贪恋也是美的。

有欢可贪，有人可恋，活得兴高采烈，多好。

诗经小站

齐风·鸡鸣

鸡既鸣矣，朝既盈矣。匪鸡则鸣，苍蝇之声。

东方明矣，朝既昌矣。匪东方则明，月出之光。

虫飞薨薨，甘与子同梦。会且归矣，无庶予子憎。

听见鸡叫唤啦，朝里人该满啦。不是鸡儿叫，那是苍蝇闹。

瞅见东方亮啦，人儿该满堂啦。不是东方亮，那是明月光。

苍蝇嗡嗡招瞌睡儿，我愿和你多躺会儿。可是会都要散啦，别叫人骂你懒汉啦。

彼姝者子，在我室兮

东方之日兮，彼姝者子，在我室兮。在我室兮，履我即兮。东方之月兮，彼姝者子，在我闼兮。在我闼兮，履我发兮。
——《齐风·东方之日》

看到这首诗，想起白居易的诗：

> 花非花，雾非雾，夜半来，天明去。
> 来如春梦不多时，去似朝云无觅处。

彼女似花般迷人、似雾般迷离。夜半到来，在黑暗中尽情妖娆；天明离去，让人一亲芳泽却难以把捉。似春梦，事过无痕。似朝云，人去无踪。

还有与楚怀王巫山云雨、欢会无穷的女子：

> 妾在巫山之阳，高丘之阴，旦为朝云，暮为行雨。朝朝暮暮，阳台之下。

我无意将此诗中的女子视为如花如雾般的妓女，也不愿将它等同于朝暮欢会的神女。她应该只是一个浓情而又大胆的豪放女，自荐枕席，一晌贪欢，倒是真的。

《诗经》中私会、偷情的诗不止这一首。但大多数点到即止。还没有哪一首，像这一首一样，赤裸裸地向世人宣布：

彼姝者子，在我室兮，在我室兮。

彼姝者子，在我闼兮，在我闼兮。

一连两句复沓，不知道是唯恐天下人不知道的沾沾自喜，还是受宠若惊的难以置信。

说完了这句，男子仍然意犹未尽地补充道：

履我即兮。

履我发兮。

你看你看，她踩在我的膝上了，她站在我的脚跟前了。

不知道这两句露骨的实写是为了证实自己不是在梦中，还是为了向世人炫耀自己如何俘获了女子的芳心。

最后他还不忘点明这段私会起于"东方之月兮"，止于"东方之日兮"，一段露水情缘，让他回味无尽。

夏夜的微风撩起一个意味深长的浅笑，他已经在月亮下面等候多时了。你的足音，由远而近，神秘而又不可抗拒，每一步都狠狠踩在我的心尖上。"彼姝者子"，来我室兮！

夜的黑，撩起暗藏的激情。欲望大张着眼，在黑夜里张望，溢满心扉的痴缠闪烁着光彩，在倾城的月色下释放出万般的媚。三千年前的月亮，偷窥了人间多少情事，却一直默默无声，守口如瓶，洁白晶莹地悬挂在九天之上。

在私会的情人来说，时间都过得太快了。

天越来越明，情人的心，却越来越暗，越来越慌张。掩饰不住地张望，越陷越深越迷茫，生怕这一切只是好梦一场。

他们怕听到鸡鸣，怕见到曙光，甚至迁怒于黄莺儿。打起黄莺儿，莫教惊妾梦，只为了贪享这尘世之欢。

东方之日已升起，一宵恋情就此终结。他赤裸裸地站在白日之光下，像一个大梦

方醒的人，回味着经历的一切，忍不住向世人告白。

　　说实话，我不喜欢诗中的这个男子。《诗经》中那么多诗，虽写得放，却放而不荡；虽写得艳，却艳而不淫。因为他们有个纯洁的底子，有颗素朴的本真的心，有一份诚在里面。

　　这首诗中，男子的受宠若惊是真的，男子的喜不自胜是真的，男子的回味无穷是真的。只是他的情带着病态的卑微。

　　唯卑微者，才如此自喜自矜，且不遗余力地向外人昭示着自己的这段艳遇。

　　我也不喜欢这诗中的女子，虽然是情之所至，一发而不可收。若她知道了自己欢会的男人，日后把她当作炫耀的资本，她情何以堪呢?

　　我能想象，如此情烈的女子，该是何等的风情。

　　她的三寸金莲走起路来，一定是婀娜多姿，那柳腰款摆的媚态，足以撩起男人无限的情欲。

　　她的大胆里肯定又混合了羞怯。羞怯来自对异性的高度敏感，大胆来自对异性的浓烈兴趣。她躲避着又挑逗着，来即我膝，来即我发。她抗拒着又应允着，欲迎还拒，犹抱琵琶，激起了多少难以抵挡的风情。

　　如此，方能让这个男子恋恋不舍地回味。

　　爱是不自夸，不张狂，不做害羞的事。

　　爱是凡事盼望，凡事忍耐，凡事相信。爱是永不止息。

齐风·东方之日

东方之日兮，彼姝者子，在我室兮。在我室兮，履我即兮。
东方之月兮，彼姝者子，在我闼兮。在我闼兮，履我发兮。

　　太阳升起在东方。有位姑娘真漂亮，进我家门在我房。进我家门在我房，踩在我的膝头上。
　　月亮升在东方天。有位姑娘真娇艳，来到我家门里边。来到我家门里边，踩在我的脚跟前。

今夕何夕，见此良人

绸缪束薪，三星在天。今夕何夕，见此良人。子兮子兮，如此良人何！

绸缪束刍，三星在隅。今夕何夕，见此邂逅。子兮子兮，如此邂逅何！

——《唐风·绸缪》

束薪，捆住的柴草，喻婚姻甜蜜，缠绵不解。

《诗经》中的"薪"都比喻婚姻："三百篇言取妻者，皆以析薪取兴。盖古者嫁娶以燎炬为烛。"

这是美妙的比喻，有烛之温暖和悦，象征新婚的如胶似漆，也象征今生今世，甘苦与共。

《绸缪》描写新婚之夜的缠绵与喜悦。诗借"束薪"作象征，用"三星"作背景，以明亮的星图照亮新婚夫妇的爱恋。

"今夕何夕"？

"如此良人何"？

反复的慨叹，是不能置信又生怕是梦。

人生的初相见，常伴随无可置信的惶惑。

总会反复地问自己：你是不是真的属于我？那时，会生出强大的自私，将你的灵魂至躯体，全部据为己有。

而另一个人，更以俘虏的身份自喜。

人生的盲目以此为甚。

166

那是充满喜悦的盲目，一生难得的感情用事。

毕竟，并不是每段付出都能获得这样的捆绑。

《蝴蝶梦》里，"我"因为不了解丈夫迈克西姆的过去，始终担心自己并非他真心的选择。

因为，"对迈克西姆来说，我太年轻，太没有生活经验，而更重要的是，我不属于他生活的那个圈子。我像个孩子那样，像条狗那样，病态地、屈辱地、不顾一切地爱着他，但这无济于事。他所需要的不是这样一种爱情，他需要的是我无法给予的别种东西，是他以前曾领受过的另一种爱。"

"我"以为他始终爱着他失去的妻子：

"他并不爱我，他爱的是吕蓓卡，""他从来没把她忘掉，他仍日夜思念着她。他从来没爱过我，弗兰克。始终是吕蓓卡，吕蓓卡，吕蓓卡。"

直到吕蓓卡的船被找到，迈克西姆将自己与前妻的悲剧婚姻和盘托出后，而"我"才知道他们"从来不曾彼此相爱；两人在一起没有一时一刻的幸福可言。"迈克西姆真正爱的是自己时，"我"几乎狂喜。

因为，"我"终于明白，自己深深爱着的迈克西姆真正属于"我"，而不是别人。

那是苦尽甘来的幸福，是孤寂灵魂归家的疾行。

若为我国女子，当此之时，她必低头轻呼："如此良人何？"

那一刻的感情便极绸缪。

至于自此之后，跟前的这个人会变成附骨之蛆，生长在自己的衣食住行里。那种侵略是否意味着真正的占领，谁也难以说清。

唯一可以肯定的是，这种附着，在最初莫不心甘情愿。

从爱情到婚姻，绝对是种转变。虽不致天翻地覆，却也有穿透灵魂的裂变。

新婚便是这场转变的纪念。

纪念过去的浓烈，开启今后的平淡。

绸缪是新婚的基本形态，是感情最浓，也将开始变淡的时光。"情到浓时情转薄"。
一份感情，好到不能再好，便要开始变化了。
这是万物的定律，没有解药。

或者，是自携酒折花变做疏影照晴空，变了形容，不改变内容。
或者，是自翩跹飞舞半空来的惊喜，变做芙蓉开过雨初晴的淡定。
因为，婚姻之下的爱情，有了责任，有了亲情，也有了二人世界之外的他们和
她们。

那时，除了你，还有公公婆婆。
除了你，还有岳母泰山。
除了我们，还有那玲珑的小手和初生的娇弱柔软。
除了家，还有身外的世界，那些一时一刻无不存在的诱惑及考验。

变，不一定是不好的。
激情的强度如果持续太久，也许会招致覆灭。
反而在应当释放时释放，那些过往绸缪，都会在今后长成枝繁叶茂。
如盖的爱之树，才能庇佑一生的风雨艳阳。

因而，绸缪理应如此缠绵，如此婉转，如此一唱三叹，如此千折百回。
必得今夕如此浓烈，才能共渡今后漫长的柴米油盐。
所有今日积淀的，都是为了此去繁复不可知充满不测的人生。

是为未雨绸缪。　　（何灏）

唐风·绸缪

绸缪束薪，三星在天。今夕何夕，见此良人。子兮子兮，如此良人何！
绸缪束刍，三星在隅。今夕何夕，见此邂逅。子兮子兮，如此邂逅何！
绸缪束楚，三星在户。今夕何夕，见此粲者。子兮子兮，如此粲者何！

　　缠绕着捆柴薪，三星在天上明。今夜是何夜，见到这个好人？你啊你啊，像这样好人怎么办啊？

　　缠绕着捆青草，三星在屋角光皓。今夜是何夜，见这个不约人来得巧？你啊你啊，像这样不约的人怎样办啊？

　　缠绕着捆荆条，三星在户梢。今夜是何夜，见到这美同胞？你啊你啊，像这样的美人怎样办啊？

予美亡此，谁与独息

葛生蒙楚，蔹蔓于野。予美亡

此，谁与独处！

葛生蒙棘，蔹蔓于域。予美亡

此，谁与独息！

角枕粲兮，锦衾烂兮。予美亡

此，谁与独旦！

——《唐风·葛生》

如果很爱一个人，会变得很依赖。因为有他，才能经千叠岫，万重波，享尽人世光阴。

他的身死，是我的魂灭。世间万物皆为腐木。

世人皆爱苏东坡的《江城子》：

"十年生死两茫茫，不思量，自难忘。千里孤坟，无处话凄凉。纵使相逢应不识，尘满面，鬓如霜。夜来幽梦忽还乡，小轩窗，正梳妆。相顾无言，惟有泪千行。料得年年肠断处，明月夜，短松冈。"

这本是文人苏东坡在结发妻子病逝十年后的某夜，于密州梦回，同亡妻王弗重逢后的心情记录。

很多痛失亲爱的人，都做过相同的梦。

只因苏轼非同寻常的才华，将多数人共同的梦境写得非同寻常的华丽凄美，因而悼亡之诗，莫不以此为甚。

然而，我独爱《葛生》，朴素到接近哀号，但我爱这朴素。

名为生，实则心如死灰。苏轼之词肝肠寸断，但现实中，他有朝云相伴，心灵并不荒凉。

真正荒凉的，是这唱《葛生》的妇人。

《葛生》，《毛诗序》曾将此诗解为："刺晋献公也。好攻战，则国人多丧。"郑笺解释说："夫从征役，弃亡不反，则其妻居家而怨思"孔疏释："其国人或死行陈（阵），或见囚虏，……其妻独处于室，故陈妻怨之辞以刺君也。"

窃思之，诗怨则怨矣，但不必言必政治，不过是一般女子对亡夫切切的悼念罢了。关于此解，清郝懿行以"角枕"、"锦衾"为收殓死者用具为根据，证实《葛生》，悼亡也"。

我欣赏梅超风那样阴森却朴素的悼亡。

大漠里，满眼黄沙，只有几株野生的葛藤覆盖着同样焦灼的荆树丛。

这里是荒无人烟之地，却是我与风哥的温柔乡。

我叫铁尸，有世上最黝黑的脸，奇丑无比。

风哥叫铜尸，他"脸色焦黄，有如赤铜"，喜怒不形于色。

我们两个在常人看来酷似两具恐怖僵尸，人们管我俩叫"黑风双煞"，避之犹恐不及。

我并不在意，我的心就像我的名字一样是铁做的，"除了恩师和我那贼汉子，天下人人可杀！"

所以，只要同风哥一道，我真的很快活，每日勤奋地练我的爪子。

算起来，离开桃花岛已经十余年了，我同风哥的"九阴白骨掌"也初初练成。我们在道上闯荡，那些"成名的英雄人物，折在我们手里的不计其数"。那真是一段畅快的日子：春风得意马蹄疾。

直到武林中数十名好手大举围攻，我们都受了重伤，才不得不开始逃亡。

千辛万苦之后，在这贫瘠的沙漠里，算是找到了宁静。

这些年来，我们在大漠一隅的山上，秘密生活、练武，日子过得倒也安然。

不知不觉，我爱上了这样的生活，我跟风哥说，我们一直这样过下去好不好？

风哥当然说好，他一向都说好。

如果没有遇到"江南七怪"，我同风哥一定可以这样过下去的。

但是柯镇恶偏偏出现了。

他们"江南七怪"寻访六年，才在大漠找到了郭靖，巧不巧，竟把他约到我跟风哥栖身的山里。

这山里到处是我们练功用过的人头，因为这，被他们看破了行径。

"江南七怪"远不是我们对手，然而他们却轻易打破我们费尽心机觅来的宁静。

那晚，我比风哥先一步到得山上练功。

也是我要强，非要抢在风哥前展示成绩。我要风哥看到我五指力道均衡，宛如件件精美的艺术品。

我和平常一样，用"九阴白骨掌"插入那人脑中。

当时我正"撕开了死人的皮袄，扯开死人胸腹，将内脏一件件取出，在月光下细细检视"。

只见心肺肝脾件件都已碎裂。

我正止不住得意，心想要把这些战利品向风哥炫耀一番，好教他早早将秘要传授给我。

那晚，天上笼罩黑云，闪电龇牙嘴嘴划过。我收拾人头，打坐片时，就发觉了"江南七怪"。

我自恃身负神功，也不通知风哥便即迎战。

没想到，七怪联手攻我，一时不察，竟被柯镇恶的铁菱刺瞎双目。

我一下看不见了，只感觉双目中各有鲜血流下，直流至颈。

我恨极怪啸，唤风哥来援，谁知却唤来了死亡。

那时，我扶住大树，惨声叫道："我一双招子让他们戳啦。贼汉子，这七个狗贼只

要逃了一个，我跟你拼命。"

是我太狷介，如果我们那时便退，风哥不会死。

风哥听了我的话，便叫道："贼婆娘，你放心，一个也跑不了。你……痛不痛？站着别动。"

风哥嘴粗，但他十分爱我。但那夜是他最后的爱。

那一役，风哥意外地死在了郭靖尖利的匕首下。小子什么武功都不会，却偏偏刺中了风哥的练门——肚脐。

我从山上疾冲下来，连跌了几个筋斗，扑到风哥身旁，叫道："贼汉子，你……你怎么啦！"

风哥微声道："不成啦，贼……贼婆……快逃命吧。"

风哥一死，我的心也跟着死了。

一晚，又一晚，冬天，夏天，我啸叫山林：

"予美亡此，谁与独息？角枕粲兮，锦衾烂兮。予美亡此，谁与独旦？"

我那时方知，风哥原来比练成神功更加重要。

可是，就像我自那晚失去的光明，我再也握不到风哥的手。

我跟风哥是同门师兄妹，我们的师父是东海桃花岛岛主黄药师。

在春暖花开的桃花阵中，我与风哥暗生情愫，悄悄地成了亲。

虽然相爱，可是如被我们那脾气诡异的师父发觉，不但性命不保，而且死时受刑必极尽惨酷。

我同风哥"越想越怕，终于择了一个风高月黑之夜，乘小船偷渡到了东面的横岛，再辗转逃到浙江宁波"。

风哥临走时摸进师父的秘室，将师父视为至宝的半部《九阴真经》偷了来。

凭着这部经，我和风哥竟在江湖上呼啸来去，小有所成。

173

然而，因为学不到上半部中修习内功的心法，我们"但凭己意，胡乱揣摸，练的便都是些阴毒武技"。

我的容貌渐渐毁了，变得丑陋、狰狞。

风哥也一样。

这个世上，除了风哥，再没有人见过我的美丽。他们更加不知道，我曾有过那么美丽的名字："梅若华"。

如若早知相聚不过是，当初我一定放弃武功，让风哥赏心悦目地活。

"予美亡此，谁与独息？角枕粲兮，锦衾烂兮。予美亡此，谁与独旦？"

风哥已死，我活着还有何意？

因此，当在归云庄恩师与全真七子搏斗，欧阳锋在背后施袭时，我奋身扑了上去，挡在了恩师背上。

我为恩师舍弃了生命，不但报了师恩，更无须再忍受独活人世的凄凉。

我终于可与风哥重聚了。

"百岁之后，归于其居。"

"百岁之后，归于其室。"　　　　（何灏）

唐风·葛生

葛生蒙楚，蔹蔓于野。予美亡此，谁与独处！
葛生蒙棘，蔹蔓于域。予美亡此，谁与独息！
角枕粲兮，锦衾烂兮。予美亡此，谁与独旦！
夏之日，冬之夜。百岁之后，归於其居！
冬之夜，夏之日。百岁之后，归於其室！

葛藤生长覆荆树，蔹草蔓延在野地。我的爱人葬这里，孤单有谁与共处？
葛藤生长覆丛棘，蔹草蔓延在坟地。我的爱人葬这里，孤单有谁与共息？
牛角枕头光灿烂，锦绣被子色斑斓。我的爱人葬这里，孤单有谁可相伴？
夏季白日烈炎炎，冬季黑夜何时旦。百年以后同归宿，与你相会在一起。
冬季黑夜何时旦，夏季白日烈炎炎。百年以后归宿同，与你相守在黄泉。

莫失莫亡：相弃

彼狡童兮，不与我言兮。维子之故，使我不能餐兮。
彼狡童兮，不与我食兮。维子之故，使我不能息兮。

chapter 04

莫失莫亡：相弃

汎彼柏舟，亦汎其流。耿耿不寐，如有隐忧。微我无酒，以敖以游。

我心匪鉴，不可以茹。亦有兄弟，不可以据。薄言往愬，逢彼之怒。

——《邶风·柏舟》

《柏舟》是首哀伤的歌，在深秋的黄昏，透过阴暗的芦苇丛，一只阴郁的柏舟横在水面上。它的落寞在静缓的水流中暴露无遗，如同千百年来，感情无着与困守的女子——美丽，却痛到发指。

"泛彼柏舟，亦泛其流。耿耿不寐，如有隐忧。"女子的心极度忧伤，夜不能寐，如同那漂泊在水上的柏舟。

世间有许多夫妻，每对皆有他们的模式。不是每朵莲花都会遇见虔诚的香客，那伸手采摘的，或许是浪子。是浪子倒也罢了，大可拂袖而去，成全另一个春天。

偏偏他不是浪子，他只是粗糙、自私。

而她，是温婉的，同时又倔强。

最怕这样的外柔内刚，习惯给世界一个温和的外壳，内心却举起利刃，割了自己一刀又一刀。

割她的是她的夫君，那性情粗暴、不知体贴的夫君。当她为春风沉醉时，他嘲笑她的矫情；她低眉沉思，他又施以咆哮。

他爱她，却不认同她，当最初的缱绻过尽，有什么已经在他们之间横生。

而《柏舟》，便是在这样境地之下，女子的自白。

她说："微我无酒，以敖以游。"不是我没有美酒饮以解忧，只因这忧愁深远绵长，不是甘醇便可以消解。

她说："我心匪鉴，不可以茹。"我的心不似明镜，一切皆可容纳。

她说，"我心匪石，不可转也。我心匪席，不可卷也。威仪棣棣，不可选也。"我的心如同磐石不能转移。我的心不似苇席能随意卷折。我的容貌秀丽、贤惠淑德不胜枚举。

我是这样的美好，何以你无法了解我的内心？某年某月某日，她扎着麻花辫，脸颊不似如今瘦削，在春日的微风中亭亭玉立，令人心折。今时今日，她的脸色黯淡了，神色里说不尽无奈沧桑。

因为爱不是她想象的样子，爱没有为她锦上添花。

尽管如此，她仍是一忍，再忍，忍了又忍。情感的胶着、纠缠与软弱，恩情亲情爱情的混杂不清，太多太重，承受亦有限度。世间男子凭谁知？女子的含蓄承担，都不过因为当初的那颗心。那心曾在灿烂的云端，曾经相信，曾经执着，曾经深爱。

但，那些都不能抗拒今时今日的煎熬。

女子"亦有兄弟，不可以据。薄言往诉，逢彼之怒。"虽然有亲兄弟，却是不能依靠的。勉强去向他申诉，不过招致他的怒火而已。父母已老，弟尚混沌，这样的重负、痛苦该有多沉重。

更不论膝下同样善良的娇儿。

一场疲惫的婚姻，一个封闭自私懦弱的灵魂，多年有形无形变得拘囿。

长太息。

更太息真正束缚她的，是她自己的心。

但这束缚值得尊重。谁能忘记来处？因而忽略所来之径满目萧瑟。

遗憾的是，煎熬不止一处。夫家的长辈、兄弟、妯娌，通通都视她为异己。因而，妇人"忧心悄悄，愠于群小。觏闵既多，受侮不少。静言思之，寤辟有摽。"她为夫家不容，遭遇了太多痛苦。每当夜深人静，回想之中总禁不住捶胸苦闷。温婉的背后是太刚烈太纯正太不圆滑，无法取悦公婆；太正直太天真太没有机心，得不到夫家上下男女的认同。在一个不属于自己的地方忍耐着，憋屈已入骨髓。

蕾

莼菜

木瓜

甘棠

这样的委屈之下，妇人叹息："日居月诸，胡迭而微？心之忧矣，如匪浣衣。静言思之，不能奋飞。"太阳啊月亮，为何总是交替昏暗，心里的忧伤痛苦无法解脱，如同没有洗净的衣裳。反复思量这一切，却始终不能远去飞翔。

　　生存需要勇气。很多很多的勇气。
　　活着已经很不容易，何况要活得有尊严。何况要活得幸福。
　　这只柏舟，何时载喜载奔？
　　夜已深，这难以自决的妇人，思及种种，耿耿不寐，如有隐忧。
　　千百年来，忧愁的又何止她一人？　　　　（何灏）

诗经小站

邶风·柏舟

汎彼柏舟，亦汎其流。耿耿不寐，如有隐忧。微我无酒，以敖以游。
我心匪鉴，不可以茹。亦有兄弟，不可以据。薄言往愬，逢彼之怒。
我心匪石，不可转也。我心匪席，不可卷也。威仪棣棣，不可选也。
忧心悄悄，愠于群小。觏闵既多，受侮不少。静言思之，寤辟有摽。
日居月诸，胡迭而微。心之忧矣，如匪澣衣。静言思之，不能奋飞。

　　柏木船儿荡悠悠，河中水波漫漫流。圆睁双眼难入睡，深深忧愁在心头。不是想喝没好酒，姑且散心去邀游。
　　我心并非青铜镜，不能一照都留影。也有长兄与小弟，不料兄弟难依凭。前去诉苦求安慰，竟遇发怒坏性情。
　　我心并非卵石圆，不能随便来滚转；我心并非草席软，不能任意来翻卷。雍容娴雅有威仪，不能茌弱被欺瞒。
　　忧愁重重难排除，小人恨我真可恶。碰到患难已很多，遭受凌辱更无数。静下心来仔细想，抚心拍胸猛醒悟。

白昼有日夜有月，为何明暗相交迭？不尽忧愁在心中，好似脏衣未洗洁。静下心来仔细想，不能奋起高飞越。

终风且暴，顾我则笑。谑浪笑
敖，中心是悼。

终风且霾，惠然肯来，莫往莫
来，悠悠我思。

终风且曀，不日有曀。寤言不
寐，愿言则嚏。

曀曀其阴，虺虺其雷。寤言不
寐，愿言则怀。

——《邶风·终风》

这首诗中的女人不一定就是庄姜，嫁于卫庄公却无法得宠，在风雨如晦的夜哀怨连连。

她，是你，是我，是每一个将自己的喜怒哀乐系于男子一身，他在，世界就在，他不在，世界就此荒芜的小女子。

偏偏她遇人不淑。

这名男子是个花花公子。他有着精湛的调情技巧，能准确地拿捏女人的七寸，懂女人甚至超过了懂他自己。懂她，让她死心塌地，欲罢不能。却又不爱她，让她伤透了心。

"顾我则笑""谑浪笑敖"他放肆地调情，简直到了视若无人的地步，这让女子心中又惊又恼，却又甘之如饴。明明知道他的多情、他的花心就是砒霜，可心中依然贪恋那份体贴温存。有如扑火的飞蛾，她义无返顾地朝他扑过去，以为找到了一片光明，却落入了他布下的陷阱，耗尽了自己的感情、青春。

他三心二意，欲擒故纵。高兴的时候，惠然肯来，就像是给了她莫大的安慰。在她灰心失望的时候，有节奏地再放下了一个饵，让她一步一步地，前来咬钩。不高兴的时候，"莫往莫来"，他的来与不来，就是女子的晴雨表，决定了女子心情曲线图的走势。

今日不知是怎么了，左等也不来，右等也不来。

老天也是终风且霾、且曀、且阴，天地失色，日月无光，远处还有隐隐的雷声。情绪的狂风暴雨应和了自然界的风暴，眼中景，心中情，交织在一起。女子枯坐在室内，狂躁难安，心绪不宁。心中对这个花花公子又爱又恨。爱的是他的体贴温存，恨的是他不止对自己一个人体贴温存，此时此刻，不知他系马在何处，赏心乐事谁家院？

虽然如此之恨，她还是没出息地念着他。"寤言不寐，愿言同嚏。"想他想得睡不着，想他不住打喷嚏。人说，打喷嚏表明有人在想你了。是不是此时此刻的他，心有感应，送来了关怀的回应？真是因爱成痴，痴得可以。"寤言不寐，愿言则怀"，就算他没有感应，她也宁愿相信，此刻他也在思念着她。

让人说什么好呢？

爱情是女人的全世界，却不过是男人的一小部分，更是花心男人的小小伎俩。

对一个滥情的花心男人来说，你的忧伤、甜蜜、思念、纠结、痛苦、欢欣，与他无关，那只是你自己的事，他只是负责调动起这种种情绪而已，至于这个摊子如何收场，身处其中的人如何像坐着过山车般的颠簸，他无心体会，旁观而已。时不时，送点小温暖、小情调、小柔情，让女子好了伤疤忘了痛。

女人的幸福感就像分散投资，不能将幸福全押在男人身上，与其在遇人不淑或等不到人的时候自怨自艾，不如早做打算。

将希望寄托在注定无法给自己幸福的男人身上，谦卑又柔顺，失去爱便失去了全部。

这样子，迟早会失望的。

就像张爱玲与胡兰成。

一个以风流名士自居的人，阅人无数，可当他为张爱玲骨子里溢出来的贵族气折服时，他下定决心征服她。是的，征服她，征服的动机未必就是爱，一种男子的虚荣心而已。他调动一切手段精心编织情网，直到张爱玲发自内心地感到"他是爱我的"。

遇到了他，她便变得很低很低，低到尘埃里去了。全然没有了一个贵族后裔的骄傲。她一次次容忍他的滥情。他不失时机地勾搭上秀色寡妇范秀美，他用张爱玲给的钱养着护士小周，他甚至在逃难至山中时，暧昧勾搭男色。

她一次次说服自己忍，甚至亲自到山里去寻他，为的是见他一面。她一次次贪恋

着他曾经的好，在得知他背叛滥情的情形下依旧用自己的稿费周济他。

这样的谦卑和柔顺，依然挽不住一个浪子的心。

还好，张爱玲就是张爱玲，这个男人狠狠在她心上割刀子，她最终选择了决绝地放手。

"你不要来寻我，即或是写信，我亦是不看了的。"

有尊严地放手，是给自己一条生路，是对自己的一种成全。尽管这之后的她已是千疮百孔。

轻浮，随遇而爱，谓之滥情。

多方向，无主次地泛恋，谓之滥情。

言过其实，炫耀伎俩，谓之滥情。

我们可以设想诗中这位男子就是如此这般的花心，如此这般的滥情。

无条件痴心忠心于某一人，亦谓之滥情。

女人，丧失了自我，没有条件的痴心、忠心于这样一个男子，不亦是滥情？

诗经小站

邶风·终风

终风且暴，顾我则笑。谑浪笑敖，中心是悼。
终风且霾，惠然肯来，莫往莫来，悠悠我思。
终风且曀，不日有曀。寤言不寐，愿言则嚏。
曀曀其阴，虺虺其雷。寤言不寐，愿言则怀。

狂风迅疾猛吹到，见我他就嘻嘻笑。调戏放肆真胡闹，心中惊惧好烦恼。
狂风席卷扬尘埃，是否他肯顺心来。别后不来难相聚，思绪悠悠令我哀。
狂风遮天又蔽地，不见太阳黑漆漆。长夜醒着难入睡，想他不住打喷嚏。
天色阴沉黯无光，雷声轰隆开始响。长夜醒着难入睡，但愿他能将我想。

宴尔新婚，不我屑以

习习谷风，以阴以雨。黾勉同心，不宜有怒。采葑采菲，无以下体。德音莫违，及尔同死。行行迟迟，中心有违。不远伊迩，薄送我畿。谁谓荼苦，其甘如荠。宴尔新婚，如兄如弟。

——《邶风·谷风》

看了这首诗，我不知道说什么才好。

我只能说这是女人的宿命，尤其是古代以男子为天全然没有自我的女子的宿命。谁能抗得过命呢，谁能拗得过天呢？在命运面前，人都如此渺小、无助。作如此想，或许可以稍稍告慰一下那颗在风中飘摇欲坠的心。

就像《橘子红了》中的秀芬，在垂死之际，依然记得："娘说：'女人家的命就捏在男人手里，嫁个有良心的男人，命就好。嫁个坏良心的，命就苦。'"

又或者，我们说这是人尤其是男人人性的弱点。喜新厌旧，就像一种基因，从男子一出生时就渗入了他的血液。而古时的一夫多妻制，偏又给男子喜新厌旧培养了那么好的温床，一找到适宜的机会，就疯狂滋长。没有半点愧悔之心。

是天命，亦是人性，作女人的，只能如此想，才能麻木自己被痛感折磨得几乎钝了的心。

作为弃妇的她，五内俱焚，全然乱了分寸，可她的叙事却是极有分寸、极有章法的。

生活的土壤，给了她养分。在倾诉自己被弃的命运时，生活中的种种物象，被她信手拈来，取譬设喻，浓浓的生活气息扑面而来。生在生活中，长在生活中，生活给了她丰富的馈赠，却偏偏夺去了一个女人最宝爱的东西——家，夺去了她赖以安身立

命的土壤——夫家。

"习习谷风，以阴以雨"，你喜怒无常的坏脾气，就像这大风大雨。

"采葑采菲，无以下体"，你丢弃根本，视废为宝，浅陋无知。

"谁谓荼苦，其甘如荠"，荼虽苦至极，和你"燕尔新婚"带给我的痛苦相比，却甘如蜜。

"泾以渭浊，湜湜其沚"，我心清如玉，就算是一时乱了方寸，也不失其清之本性。

"就其深矣，方之舟之。就其浅矣，泳之游之"，河深舟渡、水浅泳渡，在困难面前，我总是应对自如。

你嫌弃我，就像"贾用不售"，还不如一堆卖不出去的货物。你憎恶我，"比予于毒"，视我如有毒的害虫。

我辛勤劳作，好比御冬的"旨蓄"，你无情虐待，就像湍急咆哮的水流。

斑斑劣迹，一言难尽。

想当初，同忧患。到如今，却不能共安乐。苦的尽处，是男子的甘来，是男子的新婚宴尔。"宴尔新婚，不我屑以。"女子像一个辛勤的农夫，播种了一季，劳作了一秋，到头来，摘取丰收之果的却是新妇，是男子。当他们沉浸在丰收的喜悦当中时，不念旧好也就罢了。可他偏偏雪上加霜，对女子甚至是不屑一顾，连看一眼也多余了。

当一个男人不再爱一个女人，她哭闹是错，静默也是错，活着呼吸是错，死了还是错。

欲加之罪，何患无辞？

由来只有新人笑，有谁听到旧人哭？

从弃妇的叙述中，我们有十足的理由相信，她应该彻底断绝念想，保持尊严，在男子面前转身。大可以像《氓》中的弃妇一样，决绝离开，给自己一点体面。可我们错了。

在男子忘情于宴尔新婚当中之时，她依然希望他"德音莫违，及尔同死"，不要违背了做人的美德，不要忘记了当初我们同死同穴的誓言。

在男子"不我屑以"，连看也不看她一眼，一纸休书将她打发走时，她去意徘徊，还抱着一丝丝天真的幻想，幻想着男子能送送她，哪怕只是到门口。

在男子视之如物，视之如害虫时，她依然无法正视，希望他"念昔者"，念她怎样和他一起共度艰苦。

温顺不是资本，勤劳不是资本，能干不是资本，在一个变了心的男子眼里，这些加起来也值不了新妇的烟视媚行！

女人的宿命！

嫁鸡随鸡，嫁狗随狗。只要不是一纸休书，把自己休回娘家去，一切都能忍。

她如此，霍小玉如此，赵五娘如此，一路下来，有多少如氓一样的男子，就有多少如她一样悲情的女子。

就像琦君《橘子红了》当中的大妈。

丈夫一年到头不着家，她无怨无悔，怀着无法为他生育的愧，为他张罗娶二娘，对他在外有烟花女子三姨太，也视若无睹。一年到头，只要大伯给她写几个字，她就心满意足了：

> 尽管大伯的信只有三言两语，回回都是那几个文言的字眼，西瓜似的在纸上滚，大妈双手捧着一遍又一遍地看，嘴角笑眯眯的。大伯的信，第一句总是"贤妻妆次"。"贤妻"，大妈一定是懂的，戏台上的相公常常喊"贤妻呀！"大妈说女人家一定要做一个贤妻，成全丈夫。

"贤妻"两个字，牢牢拴住了女人的一生。

成全，成全，直到将自己憋屈至死。

任你如何贤良淑德，日子久了，你也会从他心目中的一枝红玫瑰，变成他衣襟上的白饭粒子。

如果，这首诗中的女子不是生活在古代，而是生活在现代，我真想对她说：

女人最可悲的不是年华老去，而是在婚姻和平淡生活中自我迷失。女人可以衰老，但一定要优雅到死，不能让婚姻将女人消磨得失去光泽。

邶风·谷风

习习谷风，以阴以雨。黾勉同心，不宜有怒。采葑采菲，无以下体。德音莫违，及尔同死。

行行迟迟，中心有违。不远伊迩，薄送我畿。谁谓荼苦，其甘如荠。宴尔新婚，如兄如弟。

泾以渭浊，湜湜其沚。宴尔新婚，不我屑以。毋逝我梁，毋发我笱。我躬不阅，遑恤我后。

就其深矣，方之舟之。就其浅矣，泳之游之。何有何亡，黾勉求之。凡民有丧，匍匐救之。

不我能慉，反以我为雠。既阻我德，贾用不售。昔育恐育鞫，及尔颠覆。既生既育，比予于毒。

我有旨蓄，亦以御冬。宴尔新婚，以我御穷。有洸有溃，既诒我肄。不念昔者，伊余来塈。

和熙东风轻轻吹，阴云到来雨凄凄。同心协力苦相处，不该动辄就发怒。采摘蔓菁和萝卜，怎能抛弃其根部。相约誓言不能忘，与你相伴直到死。

出门行路慢慢走，心中满怀怨和愁。路途不远不相送，只到门前就止步。谁说苦菜味道苦，和我相比甜如荠。你们新婚乐融融，亲热相待如弟兄。

有了渭河泾河浑，泾河停流也会清。你们新婚乐融融，从此不再亲近我。不要去我鱼梁上，不要打开我鱼笼。我身尚且不能安，哪里还能顾今后。

过河遇到水深处，乘坐竹筏和木舟。过河遇到水浅处，下水游泳把河渡。家中东西有与无，尽心尽力去谋求。亲朋邻里有危难，全力以赴去救助。

你已不会再爱我，反而把我当敌仇。你已拒绝我善意，就如货物卖不出。从前惊恐又贫困，与你共同渡艰难。如今丰衣又足食，你却把我当害虫。

我处存有美菜肴，留到天寒好过冬。你们新婚乐融融，却让我去挡贫穷。对我粗暴发怒火，辛苦活儿全给我。从前恩情全不顾，你竟就将我休弃。

> 氓之蚩蚩，抱布贸丝。匪来贸
> 丝，来即我谋。送子涉淇，至于顿
> 丘。匪我愆期，子无良媒。将子无
> 怒，秋以为期。
> 乘彼垝垣，以望复关。不见复
> 关，泣涕涟涟。既见复关，载笑载
> 言。尔卜尔筮，体无咎言。以尔车
> 来，以我贿迁。
> ——《卫风·氓》

所有未能善始善终的爱似乎都一样，像绝美而下降的弧线。当其姿态可爱、优雅地划过心际，痴情女子总躲不过诱惑而哀伤的宿命。

因为，弧线的尾总是朝下的，即便曾盛放，也终将坠入黑暗的土地。

爱情往往如斯。再热辣的感情，到了都不过是片发黄陨落的桑叶。这样的忧愁，两千多年前的卫国女子已经尝过了。

《氓》是一首叙事诗。"我"手写"我"口，说的是我的恋爱、婚变以及决绝离去，如桑的初生、葱绿到凋落。

"氓之蚩蚩，抱布贸丝。匪来贸丝，来即我谋。"

氓，毛传曰"民"。蚩蚩，毛曰"敦厚之貌"，据韩诗义，则"蚩蚩"者，乃笑之痴也。

敦厚也好，微笑也罢，这个男子总是合乎女子的心意的。

男子打着"抱布贸丝"的旗号，其实"匪来贸丝，来即我谋"，范处义曰：从我贸丝，其意非为丝也，即欲谋我为室家耳。是时必有谋昏之言，诗之所不及，不然安得已有从之之意。

这个男子，当然是有预谋的。

刘义庆《幽明录》中有故事曰《买粉儿》，略云："有人家甚富，止有一男，宠恣过常。游市，见一女子美丽，卖胡粉，爱之，无由自达，乃托买粉日往市，得粉便去。初无所言，积渐久，女深疑之。明日复来，问曰：'君买此粉，将欲何施？'答曰：'意相爱乐，不敢自达，然恒欲相见，故假此以观姿耳。'女怅然有感，遂相许以私。"

后来《聊斋志异》的《阿秀》，开头也有相似的情节，乃买扇也。

"匪来贸丝，来即我谋"，此中自然藏了类似的故事，虽然没有细节，但八个字已尽曲折，还有起伏在时间中的喜嗔怨怒。

于最明媚的春日，明眸皓齿的男子带着醉人的笑容现世。不是只有女子才懂色诱，登徒子的血液里也流淌美艳。

他是这般温柔多情，如同桑叶中包裹排山倒海的绿意。他又肯为爱冒险，借着布匹交易来亲近。他积极、主动、大胆、热烈，手段乖巧、勇气可嘉。

意料之中，女子被打动了。

打动之后，便即倾心。倾心之后，男子变成她悲欢的根源："不见复关，泣涕涟涟。既见复关，载笑载言。"

跟着更爱至卑微，患得患失："匪我愆期，子无良媒。将子无怒，秋以为期。"分明是男子求爱，求爱不成，成了女子的歉疚。

就这样，局势发生了逆转。被追逐的迅速沦为追逐者。那追逐者则被奉若神明、有求必应。已经不再如珠如宝，这刻是女子急急要将终身付与。

"桑之未落，其叶沃若"，"桑之落也，其黄而陨"，多解作女子用来比喻自己色衰爱弛，但欧阳修说："'桑之沃若'，喻男情意盛时可爱；至'黄而陨'，又喻男意易得衰落尔。"

此解似较诸说为胜。

蜜恋中的男子沉醉，女子则沉溺。真的没什么好计较的，女子会说服自己。既然两情相悦，计较的便不是真爱。既如此，断断不要犹豫，恋爱要趁早，"于嗟鸠兮，无

192

食桑葚"，那样的迷恋如同饱食桑果昏醉的鸠鸟，趔趄行走在爱的沼泽地上。

但趔趄的，仅女子而已。郑笺云"用心专者怨必深"，最是觑得伤心处，因而"女之耽兮，不可说也"。

而爱不是男子的全部，自古皆然。

爱的辰光中，秋天逼近，与此呼应，爱也渐露萧瑟："桑之落矣，其黄而陨。"不过弹指的三年，毫无例外的，那曾经假借抱布贸丝来谋我的男子，得手之后，也终于"贰其行"而爱意消退了。

多情者必定薄幸。因感情既盛，自然源源不断、务求常变常新……

女子呢？

女子嫁了，心便尘埃落定，誓要做个贤妻。怎能不贤呢？不是说每个成功的男人背后都有一个女人吗？望夫成龙的女子只怕千百年都没有分别吧？

因此便义无反顾地一头栽进去："夙兴夜寐，靡有朝矣。"为了那别在心尖的男人，整整三年起早贪黑，熬啊熬，终于把自己熬成了黄脸婆。

而男人，这时的男人赫然变了。

当女人带着欣慰的憨笑，撑着变形走样的身躯功勋卓著地立在那光鲜的男人背后时，男人"言既遂矣，至于暴矣"。

女人的舍生取义只换来男人的冷漠残忍。那旦旦信誓早已云淡风轻、春梦了无痕……

几个不知情的兄弟，尚在一旁助纣为虐齐齐咥笑。世间男子焉知女子心境？

事已至此，还能怎样呢？也只得放弃吧——"反是不思，亦已焉哉"。

"淇水汤汤，渐车帷裳"。被弃的女子收拾心情决绝离去，只当这场消逝的爱是我之心被急流浸湿了帷裳……

《氓》之中广泛采用了对比手法。

婚前："总角之宴，言笑晏晏"；婚后："夙兴夜寐，靡有朝矣"。

婚前："不见复关，泣涕涟涟，既见复关，载笑载言"。婚后："静言思之，躬自悼矣"，"于嗟女兮，无与士耽"，"女之耽兮，不可说也"。

婚前："氓之蚩蚩"，"来即我谋"，"信誓旦旦"；婚后："言既遂矣，至于暴矣"，"二三其德"。

这几重对比，既是手法，也是现实。

不得不承认，《氓》是爱的蜕变、爱的消亡和哀悼。很不幸的，多半也是男欢女爱的真理。

关于《氓》中女子的被弃，事出有因。

首先是"士"之变。"不见复关"，"士贰其行"，"士也罔极，二三其德"，由此可见一斑。

其次，"自我徂尔，三岁食贫"到"言既遂矣，至于暴矣"，由贫富的变化引发婚姻危机。

女子的痴缠一路到唐代，也不过留下霍小玉临终"我为女子，薄命如斯！君是丈夫，负心若此"的气苦；往前走到元末，又拨动赵五娘被新弦替代的旧弦之音。

李生是氓、蔡伯皆是氓，始乱终弃的男子皆是氓。你方唱罢我登场，盛世烟花中代代上演同样的传奇。

如何是好？

我不同情陨落的爱情。

爱的根底在心甘情愿。当时的誓言，过后的变迁都是真实。世间哪得双全法？有锥心刺骨的拥抱，便有丧魂落魄的失却。你这刻甜蜜地抱紧，便当准备日后无法挽回的放开。

在繁花似锦的都市游走，你能看见许多寂寞灵魂于流光中飞舞。有一些，寻着了归宿，许多，则丢掉了最初。

敢爱，就要敢寂寞。

真的，每个痴心女子，都是氓的女子。痴候千年，也寂寞千年。做得最漂亮的，

倒是被弃时那"休要再提"的倔强。覆水难收，泼出去的爱也一样。你要走，我为你祝福。

然而，我说的不独是女子，这世间，被弃的男子，也是一样。

宇宙间种种皆会产生、会成长、会衰落、会终被埋葬，岂独弱不禁风的爱情？岂独氓？

自有情始，便有情终。　　　（何灏）

诗经
小站

卫风·氓

氓之蚩蚩，抱布贸丝。匪来贸丝，来即我谋。送子涉淇，至于顿丘。匪我愆期，子无良媒。将子无怒，秋以为期。

乘彼垝垣，以望复关。不见复关，泣涕涟涟。既见复关，载笑载言。尔卜尔筮，体无咎言。以尔车来，以我贿迁。

桑之未落，其叶沃若。于嗟鸠兮，无食桑葚！于嗟女兮，无与士耽！士之耽兮，犹可说也。女之耽兮，不可说也。

桑之落矣，其黄而陨。自我徂尔，三岁食贫。淇水汤汤，渐车帷裳。女也不爽，士贰其行。士也罔极，二三其德。

三岁为妇，靡室劳矣；夙兴夜寐，靡有朝矣。言既遂矣，至于暴矣。兄弟不知，咥其笑矣。静言思之，躬自悼矣。

及尔偕老，老使我怨。淇则有岸，隰则有泮。总角之宴，言笑晏晏。信誓旦旦，不思其反。反是不思，亦已焉哉！

那汉子满脸笑嘻嘻，抱着布匹为换丝。换丝哪儿是真换丝，悄悄儿求我成好事。那天送你过淇水，送到顿丘才转回。不是我约期又改悔，只怨你不曾请好媒。我求你别生我的气，重订了秋天好日期。

195

到时候城上来等待，盼望你回到关门来。左盼右顾不见你的影，不由得泪珠滚过腮。一等再等到底见你来，眼泪不干就把笑口开。只为你求神问过卦，卦词儿偏偏还不坏。我让你打发车儿来，把我的嫁妆一起带。

　　桑树叶儿不曾落，又绿又嫩真新鲜。斑鸠儿啊，见着桑葚千万别嘴馋。姑娘们啊，见着男人不要和他缠。男子们寻欢，说甩马上甩。女人沾了，摆也摆不开。

　　桑树叶儿离了枝，干黄憔悴真可怜。打我嫁到你家去，三年挨穷没怨言。一条淇河莽洋洋的水，车儿过河湿了半截帷。做媳妇的哪有半点错，男子汉儿口是又心非。十个男人九个行不正，朝三暮四哪儿有个准。

　　三年媳妇说短也不短，一家活儿一个人来担，起早睡迟辛苦千千万，朝朝日日数也数不完。一家生活渐渐兜得转，把我折腾越来越凶残。亲弟亲哥哪晓我的事，见我回家偏是笑得欢。前思后想泪向肚里咽，自个儿伤心不用谁来怜。

　　当年说过和你过到老，这样到老才真够冤。淇水虽宽总有它的岸，漯河虽阔也有它的边。记得当年我小他也小，说说笑笑哪儿有愁烦，记得当年和他许的愿，事儿过了想它也枉然。回头日子我也不妄想，撒手拉倒好赖都承当。

维子之故

彼狡童兮，不与我言兮。维子之故，使我不能餐兮。彼狡童兮，不与我食兮。维子之故，使我不能息兮。

——《郑风·狡童》

《诗经》中的爱情说复杂也复杂，它千姿百态，绚烂如春天的花园。种种爱恨情愁，种种幽微曲折的心思，在这里都找得到源头。现代人情感世界里上演的一切，在这里早都一一预演了一遍。

《诗经》里的爱情说简单也简单，无外乎求不得的渴盼、爱别离的痛苦、在一起的幸福。

每一段爱情都有强者和弱者，从一开始就注定了。弱者不是处于下风，只是更期待的那个人。在《诗经》中我们常常看见，更期待的那个人，是女子。处于下风的男子有，只是都集中在恋爱阶段，一旦那求不得的到了手，情势就会急转直下。

于是，在婚姻状态中，我们听不见男子的声音，看不见男子正面的，这一切都淹没在女子的哭泣或倾诉声中，我们只能从女子的心思中揣度拼凑男子的形象。

斯达尔夫人说：爱情对于男子只是生活的一段插曲，对于女子则是全部。视为插曲者，自有另一片广阔天地可以安放自己的身心和情绪。视为全部者，一旦有了什么风吹草动，整个世界都会陷落，她们的心思会格外敏感脆弱。

这首《狡童》是一个敏感脆弱的女子的心灵独白。

彼狡童兮，不与我言兮。维子之故，使我不能餐兮。

你啊你，为什么就不跟我说话了呢？就是因为你的不言不语，我再也吃不下任何东西。对男子来说，女子秀色可餐。对这个女子来说，男子的言语可餐。到底是自己过于敏感多疑、索求过多，还是他本来就了无兴趣、心有旁骛？种种猜度、种种忿恨在她心里暗战着，纵横的心思狠狠在她心里拉着犁，留下了纵横满目的辙痕。

可自尊让她还是无法开口讲明一切。

爱和自尊总是捆绑在一起，世人都习惯了扮演高高在上的冷艳角色。尽管她的内心早已缴了械，早已卑微得到了尘埃里去。

可是他偏偏不给她一点缓和的机会。

彼狡童兮，不与我食兮。维子之故，使我不能息兮。

他的举动更加恶劣了。先还只是不言不语，面对面的暗战，人还是见得着的。现在呢，他索性连她做的饭也不吃了！在一起吃饭，是一种仪式，是一个男人对一个女人的承诺：我还在乎你。不与我食，连面对面的机会也没有，就算是冷战，女子连对手也找不到了，现在的她有如伸手在打空气！没有丝毫回应，就连她的歇斯底里怕也是自己的独角戏了。真是让人绝望。

男女之间，往往不是赏赐便是惩罚。你感激上帝让你遇到这个人，同时，你又会怀疑上帝是派这个人来惩罚你的。为什么只有他可以让你快乐，也给你痛苦，为什么任性的你偏偏愿意为他改变？

偏执的女子，一旦陷入爱情，就成了自己的囚徒。

我们不知道，这个"狡童"到底值不值得她让自己成为卑微痛苦的囚徒。

狡，同"佼"。若他是个"佼童"，是个美少年，是她心目中的良人，她大可以放下自己的脆弱，放下自己无端的猜度，放下过度的索求，给自己也给他一片属于各自的空间，让各自冷静下来。水越摇晃越浑浊，放置一段时间，渣滓自会沉淀，一切会变得澄澈。

若他是个"狡童"，是个狡猾的坏男人呢？她这样无食、无息，无休无止地把自己折磨死了，却换不回他怜恤一顾。

男人知道你爱他就不会开口说爱你了，因为他处于上风；男人只有自信心不够的时候，才会对女人说"我爱你"。想把一个男人留在身边，就要让他知道，你随时可以

离开他。一个人自以为刻骨铭心的回忆，别人早已经忘记了；唯一可以强横地霸占一个男人的回忆的，就是活得更好。

像《氓》中的那个弃妇一样，这次我决定离开，我要活得更好。

虽然，那个时候，让女人离开男人活得更好的空间是那么逼仄，那么无望。

或者，无论他是"佼童"，还是"狡童"，他只是先民万千普通夫妇中的一个。他的"不与我言、不与我食"只是幸福生活中的一段插曲，一段变奏。

日复一日地生活，日复一日地重复。

幸福有时就是重复，甚至连吵架也是重复的，为了一些琐事吵架，然后冷战，疯狂思念对方，最后和好。

和好的前提是：我们期待对方所爱的不只是我的外表、我的成就，这一切只是我的一部分，并且会随着时日消逝。我们期待他爱的是我那一片地域，那里有我的脆弱和自卑，有我最无助和最羞耻的时刻，有我的恐惧，有我的阴暗面，有我的习惯，也有我的梦想。

爱是宽容，是成全，是忍耐，是永不止息。

读这首《狡童》总是会想到郑风里的另一首《山有扶苏》：

山有扶苏，隰有荷华。不见子都，乃见狂且。
山有桥松，隰有游龙。不见子充，乃见狡童。

女子心目中期待的良人"子都""子充"没有出现，出现的却是"狂且""狡童"。可字里行间，我们读不出女子的失落，反而嗅出了暗藏在其中的喜悦。《狡童》中的"狡童"，是"佼"，还是"狡"，不得而知。唯一可以知道的就是：无论他怎样让女子伤心、痛苦、失落，女子还是离不了他，还是期待着他的回心转意。

这个世界上，坏男人总是让女子既恨又爱，既着迷又痛苦。总是心甘情愿做一只飞蛾，扑向那个男子燎燃的爱火。

和呆木瓜相比，坏男人，懂得温柔体贴。她们贪恋着这份温柔体贴，却也恨着他

不止对自己一个人温柔体贴。

他们解风情，总是让女人欲罢不能。

他们懂情调，总是给女人惊喜。

更要命的是，他们有着让女人捉摸不透的那点"坏"，充满了诱惑气息。让她们心甘情愿为他受苦。为你我受冷风吹，寂寞时候流眼泪。牵挂是苦，思念是苦，失望是苦，猜忌是苦，伤心是苦，冷战是苦。

百转千回的苦，山重水复的折磨，不知道有几个女子等到了柳暗花明。

但愿这许多痛苦，最后会成为世间女子的救赎。

诗经小站

郑风·狡童

彼狡童兮，不与我言兮。维子之故，使我不能餐兮。

彼狡童兮，不与我食兮。维子之故，使我不能息兮。

你这个美少年啊，不和我说话啊，因为你的缘故，使我茶饭不思啊。

你这个美少年啊，不和我吃饭啊，因为你的缘故，使我难以入睡啊。

子不我思，岂无他人

子惠思我，褰裳涉溱。子不我
思，岂无他人？狂童之狂也且！
子惠思我，褰裳涉洧。子不我
思，岂无他士？狂童之狂也且！
——《郑风·褰裳》

《诗经》中爱而不得的惆怅，男女都一样。

得不到，都是最好的。

得到了，能"琴瑟在御，莫不静好"是好的，能"执子之手，与子偕老"的更好。

只是，我们听到更多的是女子的悲音，看到更多的是团扇见弃的轮回，没有半点新意。淹没在女子的泪水当中，我不得不承认：弱者啊，你的名字叫女人。

然而，在这首《褰裳》当中，我终于看见女子任性了一回，一扫低眉顺眼的卑微，以一个支配者的身份对男子说：子不我思，岂无他人？子不我思，岂无他士？天涯何处无芳草，你不在乎我，在乎我的人有的是。失去了你这棵树，我还有整片的森林。这种霸气，真是让人神旺！

当然，这是一个尚处在热恋阶段的女人。因为没得到，因为没吃定，她便有了足够的底气和资本，可以在男子面前像个刁蛮的公主。

事情的经过是这样的：

他与她约好了，明早在溱水岸边相见。

一夜相思折磨、辗转反侧，小伙子早早起床来到了溱水岸边。他要渡过溱水，才

能见到在岸的另一边的女子。来到岸边的他顿时傻了眼：河水一夜之间暴涨！平时可以"深厉浅揭"的河，此时暗流汹涌，实在有些吓人。

昨晚，他只顾着内心的雨暴风狂，哪知道外界的狂风暴雨。

眼下别无选择的他，只得按捺住内心的焦虑，望眼欲穿地等着过河的舟子到来。

他在这边等，她在那边等。一种相思，两处闲愁。

他等的是过河的舟子，她等的是过河的情人。

只等得她内心泛起种种疑虑：他不来了吗？途中出什么事了吗？他不在乎我了吗？种种情绪交织在一起，忽而是爱，忽而是恨，忽而是怜悯，忽而是怀疑，眼瞅着溱水河面，心却似河上之舟，上下颠簸。

种种情绪，在他到来的那一刻终于找到了发泄的出口："子惠思我，褰裳涉溱。"你要是真的在乎我，管得了河深河浅，提起衣服就可以趟过河。

爱的执恋，可以跨越千山万水。河的深浅，全在你的一念之间。

真是无理而妙。她知道这是无理取闹，可她偏偏要这样。她不是不知道河的深浅，她只是想试探一下他对自己爱的深浅。

女人喜欢用任性来试探男人的底线。

偏是这个男子太傻，他不知道辩解。至少看着他急于辩解的样子，她内心会泛起一阵狂喜：他还是在乎我的嘛。

他也不会甜言蜜语哄这个女子开心，或是女子根本没有给他机会，如大雨倾盆般地道出了下面的话："子不我思，岂无他人？子不我思，岂无他士？"

如果你真的相信了这个女子的话，你才是最大的傻瓜！

大张旗鼓地离开都只是试探，真正的离开没有告别，悄无声息。像一首乐曲在奏到高潮的时候，没有过渡，戛然而止。

这便是女人的小心思，尤其是恋爱中的女人的小心思。明明在乎他，却偏要故意拿话去伤害他，刺激他。用攻击来试探底线，用伤害来索取关爱。

太爱一个人的时候，恰是内心最虚弱的时候。

到此为止，我们才明白，这个女子的任性与强悍，只是表象。其实她的内心比谁都患得患失。

所以，她停下了自己的任性，收敛了自己的蛮横。看着他一脸无辜的样子，她的内心忽然变得如水般温柔。疾言厉色转为撒娇式的温言软语：

你这个傻瓜啊，天底下最傻的傻瓜！

谁都知道，"傻瓜"一词，是对爱人的昵称，不是人人都配得上的。

他确实是傻，傻就傻在不懂女人的小心思。

我的爱从来没有远离过你，只是有时，它会用试探的方式，看你在不在意。

《红楼梦》中那个爱使小性儿的黛玉，怕失去了茫茫人海中唯一之灵魂伴侣，才总是在宝玉面前任性。任性，是给深爱着的人的专利，只有在毫不相干或毫不在意的人面前，我才会收起我的本真，让你看到我的理智和冷静。

且说宝玉正和宝钗顽笑，忽见人说："史大姑娘来了。"宝玉听了，抬身就走。宝钗笑道："等着，咱们两个一齐走，瞧瞧他去。"说着，下了炕，同宝玉一齐来至贾母这边。只见史湘云大笑大说的，见他两个来，忙问好厮见。正值林黛玉在旁，因问宝玉："在那里的？"宝玉便说："在宝姐姐家的。"黛玉冷笑道："我说呢，亏在那里绊住，不然早就飞了来了。"宝玉笑道："只许同你顽，替你解闷儿，不过偶然去他那里一趟，就说这话。"林黛玉道："好没意思的话！去不去管我什么事，我又没叫你替我解闷儿。可许你从此不理我呢！"说着，便赌气回房去了。

宝玉忙跟了来，问道："好好的又生气了？就是我说错了，你到底也还坐在那里，和别人说笑一会子。又来自己纳闷。"林黛玉道："你管我呢！"宝玉笑道："我自然不敢管你，只没有个看着你自己作践了身子呢。"林黛玉道："我作践坏了身子，我死，与你何干！"宝玉道："何苦来，大正月里，死了活了的。"林黛玉道："偏说死！我这会子就死！你怕死，你长命百岁的，如何？"宝玉笑道："要象只管这样闹，我还怕死呢？倒不如死了干净。"黛玉忙道："正是了，要是这样闹，不如死了干净。"宝玉道："我说我自己死了干净，别听错了话赖人。"正说着，宝钗走来道："史大妹妹等你呢。"说着，便推宝玉走了。这里黛玉越发气闷，只向窗前流泪。

没两盏茶的工夫，宝玉仍来了。林黛玉见了，越发抽抽噎噎的哭个不住。宝玉见了这样，知难挽回，打叠起千百样的款语温言来劝慰。不料自己未张口，只

见黛玉先说道："你又来作什么？横竖如今有人和你顽，比我又会念，又会作，又会写，又会说笑，又怕你生气拉了你去，你又作什么来？死活凭我去罢了！"

……

林黛玉啐道："我难道为叫你疏他？我成了个什么人了呢！我为的是我的心。"

宝玉道："我也为的是我的心。难道你就知你的心，不知我的心不成？"

珍惜身边那个任性、撒娇、唠叨、爱哭的姑娘。信任你才会任性、喜欢你才会撒娇、关心你才会唠叨、心疼你才会落泪。……每个姑娘都有冷静持重的一面，只有她不爱你，才会让你看到。

诗经小站

郑风·褰裳

子惠思我，褰裳涉溱。子不我思，岂无他人？狂童之狂也且！
子惠思我，褰裳涉洧。子不我思，岂无他士？狂童之狂也且！

你要是心上把我爱，你就提起衣裳趟过溱水来。要是你的心肠改，难道没有别人来？你这傻小子呀，傻瓜里头数你个儿大。

你要是心上还有我，你就提起衣裳趟过洧水河。要是心上没有我，世上男人还不多？你这傻小子呀，傻瓜里头数你个儿大。

不忘初心，方得始终

羔裘豹祛，自我人居居！岂无
他人？维子之故。
羔裘豹褎，自我人究究！岂无
他人？维子之好。

——《唐风·羔裘》

世界上最难的事，莫过于在热闹之中按兵不动，在诱惑面前不忘初心。

这首诗写了一个在鲜衣怒马、红尘紫陌中逐渐忘了初心、忘了我是谁的男人和一个不忘初心、眷恋旧好的女人。

"羔裘豹祛，自我人居居！""羔裘豹褎，自我人究究！"他穿着袖口镶着豹皮的华服，在她的面前露出骄色，不可一世。真正的美人不是用华服来撑场子的，真正的君子也不会用珠光宝气来昭告自己的雍容闲雅。那种从骨子里流出来的优雅与自信，纵是粗服乱头，也难掩其冰清玉洁之质地和成色。

羔裘豹祛，一般是贵族、士大夫所穿的衣服。我们不知道，诗中的这个男子，是生而为贵族，还是从一个凤凰男跻身于贵族之列的。从他"居居""究究"的暴发户神色当中，我更愿意相信，他是一个凤凰男，从底层跃上了枝头，便忘乎所以。以为穿上一身华服，自己便是真正的贵族，忘记了华服遮盖之下的血管里流淌着的依旧是卑微的血液。

衣不如新，人不如旧。他两样都占全了。

有了"羔裘豹祛"，他可曾惦记着从前的布衣暖、饭菜香？

有了"羔裘豹褎"，他眼里只有新人笑，可曾听到旧人哭？

得意时忘形，失意时忘形，俱是一种浅薄。

一路丢盔卸甲，一颗初心早已遗落在岁月深处，光阴丛中。

而她偏偏固守着那点初心，不肯随波逐流。

岂无他人？维子之故。

岂无他人？维子之好。

不是没有他人可交，顾念着往日的情义，顾念着你的旧好，我站在原地，跟不上你变幻的步伐，守着被你弃若敝屣的曾经。

我的心在告诉我要远离你，我的脚却不由自主迈向你。

守着那点初心，哪怕此刻无法踏上征途，也要将它好好珍藏在心中。不让它因岁月冲刷而斑驳失色，不让它因物是人非而丢弃风中。

这个初心，不是单单指过去，而是人心底最可贵、最本色的美好情愫。没有世俗的烟熏火燎，没有欲望的打磨雕琢，一直被纯真喂养着。

多么固执的天真。

人生本来萍聚萍散，一切风流，终将云散。光阴交替，年华逝去，我们都是这样的无能为力。还说什么当初，说什么誓约。在岁月风尘的打磨下，在人事变迁的无常里，在命运之手的拨弄下，谁能一直不改初心，谁能陪你一直到底，谁做得了一片纹丝不动的树叶，谁又能在骤起的风中不起一丝涟漪？

曾经的友人，走的走，归的归，散的散，去的去。前尘往事，恍然一梦。如今再也不敢提起。月色太浅，夜色太深，前路不明，归去，已归不去。过往的一切，无处可寻。

月浅灯深，梦里云归何处寻？

原来，友情长不过永远。

深情如纳兰容若者，到底也辜负了春心，只落得独自闲行独自吟。

他和表妹青梅竹马，却只能看着她宫门一入深似海，从此萧郎是路人。

他和卢氏结为夫妻，却在拥有的时候，不懂得珍惜，当时只道是寻常。在懂得珍惜的时候，又天涯孤旅，离多聚少。终于在一起了，天妒红颜，情深不寿，到而今，

伊人独伴梨花影，冷冥冥、尽意凄凉。天人自此永隔。

他视沈宛为红颜知己，却穿不透世俗的网，无法相濡以沫，只能相忘于江湖。

所有的牵手，都不能白头。

所有的相逢，都成了陌路。

姹紫嫣红的开始，秋风团扇的结局。

原来，爱情长不过流年。

不忘初心，方得始终。像远古的回音，有种不真实的感觉。

《小王子》说："我们整天忙忙碌碌，像一群群没有灵魂的苍蝇，喧闹着，躁动着，听不到灵魂深处的声音。时光流逝，童年远去，我们渐渐长大，岁月带走了许许多多的回忆，也消蚀了心底曾今拥有的那份童稚的纯真，我们不顾心灵桎梏，沉溺于人世浮华，专注于利益法则，我们把自己弄丢了。"

我们再也回不去了。

这个女子感动着我的不只是一点初心，还有她的自尊。

岂无他人？维子之故。

岂无他人？维子之好。

不是离不开你，不是没有他人，我也有我的自尊，但我没忘记那个故，那个好。当他试图用"居居""究究"显示他的尊严时，岂知他的尊严就从此刻散落了一地。而她为了顾恤着他的体面，为了帮他拾落起尊严，选择了不离不弃。

尊严这个东西，其实是和欲望成反比的，你想得到一个东西，就会变得低三下四，死皮赖脸。而当你对眼前这个人、这件事只有懂得和慈悲的时候，尊严就会在你心中拔地而起。

真正的强者，与其在意别人的背弃和不善，不如经营自己的尊严和美好。

朱安一生守望，把自己放在"大先生"鲁迅的尘埃里，却始终没有开出花来。张幼仪，这个被徐志摩讥讽为"小脚与西服"的女子，经历了离婚之痛，经历了丧子之痛，却用自己的自尊赢得了鲜花与掌声。她在金融业屡创佳绩，在股票市场出手不凡，创立的云裳时装公司成为引领上海时尚的最高端。

就是她，念着徐志摩与她"一日夫妻百日恩"，在离婚之后依然赡养着徐的家人。

在徐志摩飞机失事后，毅然决然前往，为他料理后事。

和那些放下尊严，放下个性，放下固执，却死死放不下一个人的女人相比，她更让人钦佩。

无论时空怎么转变，世界怎么改变，你怎么改变，我依然记得我是谁。保留那点点初心，那点点自尊，在欲望的洪流中泅渡，让人相信这世上还有一种从不曾改变的真。

诗经
小站

唐风·羔裘

羔裘豹祛，自我人居居！岂无他人？维子之故。
羔裘豹褎，自我人究究！岂无他人？维子之好。

穿着镶豹皮的衣服，对我们却一脸骄气。难道没有别人可交？只是为你顾念情义。
豹皮袖口的确荣耀，对我们却傲慢腔调。难道没有别人可交？只是为你顾念旧交。

如何如何，忘我实多

鴥彼晨风，郁彼北林。未见君子，忧心钦钦。如何如何，忘我实多！

山有苞栎，隰有六驳。未见君子，忧心靡乐。如何如何，忘我实多！

山有苞棣，隰有树檖。未见君子，忧心如醉。如何如何，忘我实多！

——《秦风·晨风》

这首诗是一个被遗忘者的悲歌。

有人说其主旨是写男女之情，有人说是君臣之情。方玉润《诗经原始》说："男女情与君臣义原来相通，诗既不露其旨，人固难以臆测。"

诗无达诂，尤其是一首好诗。全凭读者一点慧心。又或者，这首诗写的既非情人，也非君臣，而是普普通通的众生？

我把被遗忘者想象成一个女子。

"鴥彼晨风，郁彼北林。"薄暮黄昏时分，晨风鸟奋力振着羽翼，向着蓊郁的丛林深处飞去。晨风，多么诗意的名字，却原来是鹰之一种，着实让人惊心。哪怕勇猛如它、孤傲如它、自由如它，在黄昏时分，也要归家。

"山有苞栎，隰有六驳""山有苞棣，隰有树檖"，密密的丛林里，高处有栎树和常棣，低处则生长着榆树和山梨，纵横交错，苍翠满目。在落日的余晖笼罩下，有着静穆的美和金色的忧伤。

忧伤的是那个女子。茫茫天地，万物各得其所。而她的心却没有归去，黄昏把她的影子拉得很长，她眼里盯着那抹渐渐暗下去的余晖，心里充满了忧伤。

未见君子，忧心钦钦。

未见君子，忧心靡乐。

未见君子，忧心如醉。

天越来越暗，越来越黑，却怎么也暗不过她心里的希望之光。没有看到那个人，她心里开始忧伤。还没有看见那个人，她心里的忧伤在疯长，长势太猛，挤得那个叫"欢乐"的柔弱植物无处立足。依然没有看见那个人，什么痛苦，什么失望，什么期盼，统统搅在一起。她像是一个醉了的人，神思恍惚，不知所往。

再见不到那个她等的人，我不知道她会不会崩溃。

万千思绪交集在一起，她心里念念不忘的只有这一句：如何如何，忘我实多。一遍又一遍，像念着咒语，爱中带着恨，失望中间杂着奇迹会发生的希望，不甘中带着绝望。

怎么可能，怎么可能，难道你已把我忘得精光？

这个你，是女子等待的约会情人，还是出门在外、久久不归的良人？都有可能。

女子的心，从来都是敏感多疑的，尤其是在等待的时刻。

等待越久，心会越慌。心里慌张，种种念头都会浮上来。她开始怀疑自己，难道是我不够好，他已经把我忘？难道是他"香车系在别家树"，找到了更好的归宿，乐不思蜀？难道是自己不够耐心，也许他已经在来的途中，再等等，再等等，哪怕再多一分钟。那个抱柱而死的尾生，虽然等不到他的女子，那个女子最后不也是来了吗？难道是他遭遇了不测，夭折了回家的梦？

越想越慌，越慌越想。

忧心如水，不可断绝。解救的方子只有一个：见到他。见到他，一切都尘埃落定。

未见君子，忧心钦钦，忧心靡乐，忧心如醉。这"忧"怎一个字了得。

既见君子呢？

《诗经》中其他的篇章早已替我们作答。《隰桑》《草虫》《菁菁者莪》中都在唱着：

既见君子，我心则喜。

既见君子，我心则休。

亦既见止，亦既觏止，我心则降。

亦既见止，亦既觏止，我心则夷。

见到了你，我心则喜、则休，则降，则夷。

则喜，则休，是掩饰不住的欢欣雀跃。

则降，则夷，用得真是神妙。没看见你，我的心是悬在半空的，无处着落，无处安放。见到了你，我的心会落下来，一种安心踏实的感觉，像脚踩在坚实的大地上。没看见你，我的心曲曲折折，皱皱巴巴，一种被碾揉到无序的状态。见到了你，我的心会变得熨帖，会平整，像一面清明平滑的镜子，只映照着你的影子。

又或者被遗忘者是一个有着儒家风范的臣子或君子？

比如屈原。满篇的香草美人，以喻君子。《离骚》《山鬼》《少司命》《大司命》等等，哪一篇没有一个如美人般的君子？

他"虽九死其犹未悔兮"地等着楚怀王信任自己、任用自己，他用"路漫漫其修远兮，吾将上下而求索"的坚贞试图打动自己的君。世人皆浊，他不愿"淈其泥而扬其波"，众人皆醉，他不愿"哺其糟而歠其醨"，忠而见疑，信而被谤，是以见放。

放逐也没有改变他的志向。一篇篇缠绵悱恻的人神之恋、人鬼之恋，所指都是为君所亲、为君所信，以实现其美政的理想。

"乐莫乐兮新相知，悲莫悲兮生别离"。别离，是未见君子，我心钦钦，相知是既见君子，我心则喜。颜色憔悴，形容枯槁，是因为君"如何如何，忘我实多"。

他被君遗忘在江泽，流浪的心找不到想要的归宿，宁赴湘流，葬于江鱼之腹中。安能以皓皓之白，而蒙世俗之尘埃乎？

他"深思高举"，弹冠振衣，怀抱洁操弃绝浊世，让楚地那滔滔的汨罗之水消解胸中块垒。

水清濯缨，水浊濯足。而他，始终没学会与世浮沉，始终做不了一个高蹈远举的渔父。

情人也好，君臣也好，他们只学会了等待，等待被遗忘，却没有学会遗忘。

有一天，你会发现，你曾深爱的那个人，早在告别的那天，已消失在这个世界。所有的爱和思念，期盼与等待都只是属于自己曾经拥有过的纪念。

你曾经寄予厚望、生死以之的那个人，早已经在时光的洪流中，遗忘了初心，面目全非地随波逐流在这个浑浊的红尘中。所有的理想与信赖，都只是感动自己的一厢情愿。

有些人是可以遗忘的，有些人是可以纪念的。有些事可以心甘情愿、至死无悔，有些事我们无能为力，只能放下，只能遗忘。

在被他遗忘之前，学着遗忘。

听说，鱼的的记忆只有 7 秒钟，看见，转身，遗忘。游一圈，就已经不记得自己来时的路。

有时我想，做一条鱼多好。

这样，就不会有那么多被遗忘的悲伤。

诗经小站

秦风·晨风

鴥彼晨风，郁彼北林。未见君子，忧心钦钦。如何如何，忘我实多！
山有苞栎，隰有六驳。未见君子，忧心靡乐。如何如何，忘我实多！
山有苞棣，隰有树檖。未见君子，忧心如醉。如何如何，忘我实多！

疾飞那个晨风鸟，茂盛的北林可藏了。没有看见君子人，心里忧愁不算少。为什么啊为什么，把我忘掉不得了。

山上有丛生的柞树，洼地上有树叫六驳。没有看见君子人，心里忧愁不快乐。为什么啊为什么，把我忘掉恩情薄。

山上有丛生的郁李，洼地上有树叫山梨。没有看见君子人，心里忧愁像喝醉。为什么啊为什么，把我忘掉把我弃。

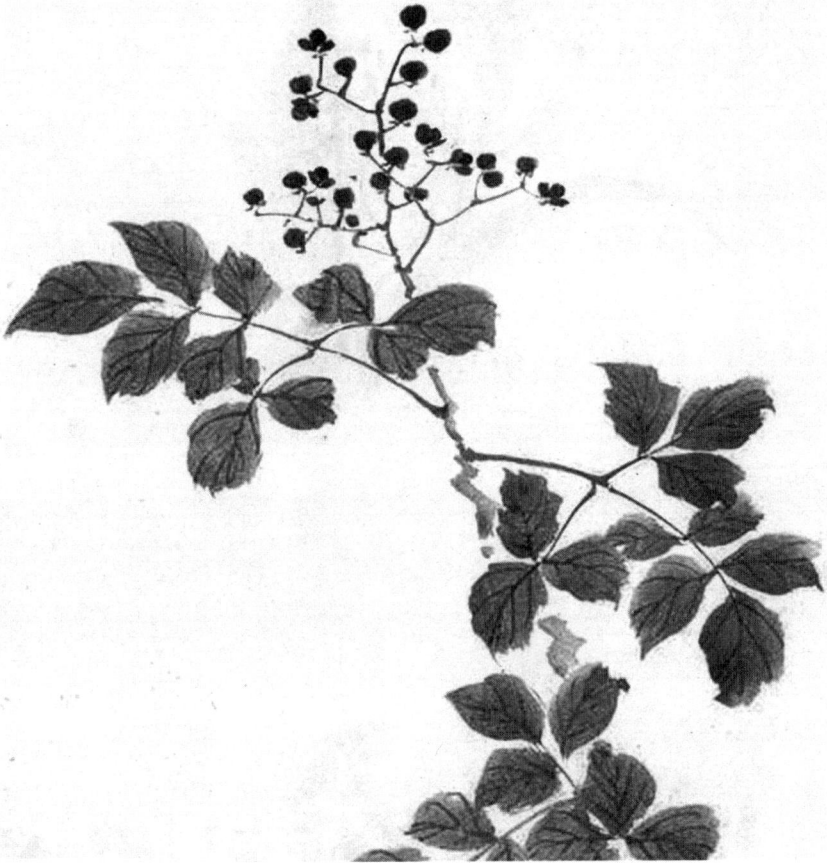

樗

谖

芥

烟火人间：生活

溱与洧，方涣涣兮。士与女，方秉蕳兮。女曰"观乎?"士曰"既且。""且往观乎! 洧之外，洵讦且乐。"维士与女，伊其相谑，赠之以芍药。

溱与洧，浏其清矣。士与女，殷其盈兮。女曰"观乎?"士曰"既且。""且往观乎! 洧之外，洵讦且乐。"维士与女，伊其将谑，赠之以芍药。

烟火人间：生活

以欢喜心过生活

采采芣苢，薄言采之。采采芣苢，薄言有之。采采芣苢，薄言掇之。采采芣苢，薄言捋之。采采芣苢，薄言袺之。采采芣苢，薄言襭之。

——《周南·芣苢》

《诗经》里的植物真多，活在《诗经》里的女子有那么多美丽的哀愁，也有那么多素净的欢乐。

春天的原野上，一切都充满着蓬勃的生机。田沟边、山坡上、河畔旁，如卷耳、如薇、如萱草、如蒌蒿，都那么自然随性地生长着，叶叶心心，舒卷有余情，让人看了，心里透着一股子植物的清香，绿意，感觉充满了欢喜和希望。

这个时候，素面朝天的纯朴的女子，会挎着篮子，应和着春天的节拍，到郊野采摘野菜了。可是，并不是所有的采摘者都怀着一样的心情。一样的繁花，你看到的是花开，我看到的是凋谢。一样的月儿，你看到的是圆满，我看到的是残缺。一样的春天，采卷耳的女子，因思念而"不盈顷筐"，采芣苢的女子因欢喜，却装满了她的衣兜。

是的，这首《芣苢》是一首欢快的调子。

读着她，你仿佛看见一群女子在春天里，提着篮子，迈着轻捷的步子，向广阔无垠的田野里奔去。嫩生生的芣苢，在微风中挥动它们绿色的手掌，招呼着，欢迎着。和煦的阳光，微醺的和风，绿色的田野，一切像一幅优美的画，召唤着女子们走进画中，成为画中的风景。

此情此景，唯有欢喜二字可以当之。

215

所以，元代吴师道说，此诗终篇言乐，不出一"乐"字。

所以，清人方玉润在《诗经原始》中说："读者试平心静气涵咏此诗，恍听田家妇女，三三五五，于平原旷野、风和日丽中，群歌互答，余音袅袅，若远若近，忽断忽续，不知其情之何以移，而神之何以旷。"

所以，采芣苢的女子们，在欢乐心的鼓荡下，先是不慌不忙地"采之"，再是一棵一棵地"掇之"，然后索性将满心的欢欣化成满把满把地"捋之"，最后索性提起衣襟"袺之"，将芣苢兜满了怀。

《毛诗序》说："诗者，志之所之也。在心为志，发言为诗。情动于中而行于言，言之不足，故嗟叹之，嗟叹之不足，故咏歌之，咏歌之不足，不知手之舞之，足之蹈之也。"我们相信，这些女子情动于中，故咏歌之。她们是唱着歌儿采着芣苢的。

尘世充满劳绩，她们却诗意地栖居在大地上。

原来，她们是最早的哲学家，是生活的艺术家，也是艺术的生活家。没有刻意，没有造作，而她们的一言一行，一举一动，却是任何艺术家也模仿不了的。

采芣苢，是一种聚会，一种感召。

一种狂欢，一种释放。狂欢应和了春天的天然秩序，释放则是劳绩尘世的平衡调和。

明代田汝成《西湖游览志》云："三月三日男女皆戴荠菜花。谚云：三月戴荠花，桃李羞繁华。"在我看来，唱着歌儿采芣苢，就像这三月三日戴荠菜花儿一样，也充满了仪式感。人们需要狂欢，需要释放，也需要仪式。因为仪式感，能给人带来庄重感，带来生之希望与信心。

多好啊，这些仪式。

世间予我千万种满心欢喜，沿途逐枝怒放。

它以千万种姿态出现，以千万种面孔出现。

其形各异，其质一也。

在体味着采芣苢的女子们的素净的欢喜时，我总忘不了另外一种带有仪式感的欢喜。那就陶行知先生和吴树青女士结婚时，他别出心裁的结婚证词：

天也欢喜，地也欢喜，人也欢喜，欢喜我遇到了你，你也遇到了我。当时是你心里有了一个我，我心里也有了一个你，从今后是朝朝暮暮在一起。地久天长，同心比翼，相敬相爱相扶持，偶然发脾气，也要规劝勉励。

　　天也欢喜，地也欢喜，人也欢喜。用在这里形容这首诗，真是再贴切不过了。

　　芣苢，就是车前子。它有很多别名：马舄、车前、当道、陵舄、牛舌草。从别名中不难看出，这种植物，生长在路旁，在陵间，在道上，总归是任人践踏、任车碾压的地方。这种植物，与马有关，与牛有关，总之是供人采食的。
　　可这种卑微，这种平凡，这种随处生长的顽强，像极了尘世中辛勤劳绩的先民。
　　而它们，在尘埃中开出花来。
　　她们，也在尘世中开出欢欣的花来。

　　　　车轱辘菜哟叶儿圆，长也长不高来爬也爬不远。
　　　　花开无艳蜂儿不采，尘土盈装少人怜。
　　　　车轱辘菜哟叶儿圆，撸也撸不尽来采也采不完，
　　　　山泉煮青白显，不加油盐苦也甘。
　　　　车轱辘菜哟叶儿圆，踩也踩不死来压也压不烂，
　　　　山野险崖皆为家，愿伴春风碧河川。

　　车轱辘菜也是它的别名之一。我不知道，诗中的女子采这些车轱辘菜，是给牛马吃，自己吃，还是当药用？有人说此草有治不孕之功效。不用管，不用细究，也许是兼而有之。我在意的是：愿伴春风碧河川。
　　碧河川，也碧了人的心情，还有希望，这样便足够好！

周南·芣苢

采采芣苢，薄言采之。采采芣苢，薄言有之。
采采芣苢，薄言掇之。采采芣苢，薄言捋之。
采采芣苢，薄言袺之。采采芣苢，薄言襭之。

车前子儿采呀采，采呀快快采些来。车前子儿采呀采，采呀快快采起来。
车前子儿采呀采，一棵一棵拾起来。车前子儿采呀采，一把一把捋下来。
车前子儿采呀采，手提着衣襟兜起来。车前子儿采呀采，掖起了衣襟兜回来。

拱手焚香，谁许我一世姻缘

于以采蘋？南涧之滨；于以采藻？于彼行潦。于以盛之？维筐及筥；于以湘之？维锜及釜。于以奠之？宗室牖下；谁其尸之？有齐季女。

——《召南·采蘋》

古人对宇宙和自然充满了敬畏之心。因为他们自知个人的渺小与生命的短暂。

"寄蜉蝣于天地，渺沧海之一粟"，人不过是天地之间的小小蜉蝣，是沧海之中的小小一粟。万象森然，罗至于前，他们有着太多的未知，也有着太多的恐惧。

所以，他们敬天、敬地、敬祖先。

皇天、上帝、社稷、寝庙、山林、大川，是他们要祭祀的天神、地祇；圣贤、先祖是他们要祭祀的人鬼。

上至天子，下至小民，他们会在各种各样的场合、各种各样的时节，因为各种各样的企求，而举行祭祀。

江山社稷和婚丧嫁娶，在他们的心目中同样重要。

这首《采蘋》，写一个待嫁的小女子，在婚前准备一场盛大的祭祀。

毛传云："古之将嫁女者，必先礼之于宗室，牲用鱼，芼之以苹藻。"方玉润《诗经原始》云："女将嫁而教之以告于其先也。"

正如扬之水先生所说，此诗通篇叙事，不假修饰，不用一个形容词，却于平淡谐美中写出了烛照女子生命的一点精神之微光。

奴仆们在有条不紊地准备着祭祀用品。

"于以采蘋？南涧之滨；于以采藻？于彼行潦。"南涧采蘋、行潦采藻，貌似一问

219

一答，实是自问自答，在哪里采摘这些祭品，她心里明镜儿似的。我常常想，如蘋藻这般微末渺小的植物，怎么也入得了祭祀这大雅之堂呢？或许，天地化育及于自然，也及于刍狗，在人类眼中里蘋藻虽然至贱，却也是万物中的一分子，自然也有资格呈献在祭坛之上了。

"于以盛之？维筐及筥；于以湘之？维锜及釜。"这是在准备盛放和烹调祭祀之牲的器具了。神原来也和人一样，食五谷，还要食肉。准备了燎帛之具的蘋藻，自然要准备供神祇食用的牲肉了。

那边采来了蘋采来了藻，这边方筐子圆筐子也已经摆好，还有大锅小锅里的食品正在热烈地沸腾着。一切准备妥当，所有的祭品，浩浩荡荡地要运到宗庙的祠堂里去了。

只等主角盛装出场。

对一场盛大而又隆重的祭祀，人人都怀着热烈的期待。这种期待写在目光里，写在表情上，写在他们活色生香地准备祭品的过程中。

空气里飘散着祭品的香味，也弥漫着激动、期盼和喜悦。

在祭祀开始的那一刻，一切热烈都归于寂静、归于肃穆。人神交接的那一刻，人人都有一颗臣服膜拜的心。

知道谁是主持祭祀的人？齐家漂亮的小女儿。

"于以奠之？宗室牖下；谁其尸之？有齐季女。"

还在等待仪式的日子里，她的心里早已浮漫着快乐和憧憬。桃之夭夭，灼灼其华。之子于归，宜其室家。宜室宜家，大家都这么期盼着，她也怀了这样的心思，憧憬着。

拱手焚香，谁许我一世姻缘，岁月静好？

全诗至此轻轻收束，蓄足了势。幕后的无限风光，全凭读者去遐思，去领略了。

想起那个在春日宴上的女子。

春日宴，绿酒一杯歌一遍。再拜陈三愿：一愿郎君千岁，二愿妾身常健，三愿如同梁上燕，岁岁长相见。

齐家小女儿，焚香三拜，有宜室宜家的期盼，也有同君如梁上燕、岁岁长相见的儿女私心么？女儿家的心思，想必脱不开这个永恒的主题。

就算被林语堂先生誉为"中国文学史上最可爱的女人"者芸娘，和沈复伉俪情深时，也不能免俗。

沈复在《浮生六记》里描述了他与芸娘祭拜月老，祈求白头偕老的浪漫场景：

是年七夕，芸设香烛瓜果，同拜天孙于"我取轩"。余镌"愿生生世世为夫妇"图章二方，余执朱文，芸执白文，以为往来书信之用。

是夜月色颇佳，俯视河中，波光如练习，轻罗小扇，并坐水窗，仰见飞云过天，变态万状。芸曰："宇宙之大，同此一月，不知今日世间，亦有如我两人之情兴否。"余曰："纳凉玩月，到处有之。若品论云霞，或求之幽闺绣闼，慧心默证者固亦不少。若夫妇同观，所品论者，恐不在此云霞耳。"未几，烛烬月沉，撤果归卧。

我焚香感动了谁，这明月，让回忆皎洁。

爱在月光下完美。

诗经
小站

召南·采蘋

于以采蘋？南涧之滨；于以采藻？于彼行潦。
于以盛之？维筐及筥；于以湘之？维锜及釜。
于以奠之？宗室牖下；谁其尸之？有齐季女。

哪儿可以去采苹？就在南面涧水滨。哪儿可以去采藻？就在积水那浅沼。
什么可把东西放？有那圆篓和方筐。什么可把食物煮？有那锅儿与那釜。
安置祭品在哪里？祠堂那边窗户底。今儿谁是主祭人？少女恭敬又虔诚。

岂敢爱之？畏人之多言

将仲子兮，无逾我里，无折我
树杞。岂敢爱之？畏我父母。仲可
怀也，父母之言，亦可畏也。
将仲子兮，无逾我墙，无折我
树桑。岂敢爱之？畏我诸兄。仲可
怀也，诸兄之言，亦可畏也。
——《郑风·将仲子》

这是一段尚处在地下状态不敢见光的私情。

一提到"郑卫之音"，淫靡、香艳、暧昧这些字眼便会自动关联起来，跳入一闪念之间。《诗经》中的郑风和卫风，本是以情诗著称，尤其是一些自由、奔放带着野性的私情。

先秦民风相对开放，还没有那么多羁束，但也要依规而行。男女之情，最好要有父母之命或媒妁之言，否则便会被目为淫奔、私奔。身处其中的人，注定不被祝福，注定在无形的压力旋涡中颠沛流离。

修得正果的，自然幸运。大部分却只有轰轰烈烈的开始，一地狼藉的结局。

这个女子，一定很单纯。所以很快被男子的小情小调、频频示好给征服。不可抑止地被俘获，甜蜜地眩晕。情感上贪恋着这份被人爱的虚荣和温情，希望他来，希望他留，希望他再来。他的一切，填满了她的世界。所以男子折了她家的杞树，继而折了她家的桑树，然后又折了她家的檀树，她一点也没有心疼，却反反复复向那个小二哥情郎剖白自己的心声"仲可怀也"。男子一折再折，岂不是她内心的纵容与允诺给了他无尽的动力？

这个女子，有些怯懦。少女的情怀，疾于思念，怯于相见。她心存畏惧，这份畏惧给泛滥的激情圈上了栅栏。因为，他们的爱情没有告之父母，也没有告之兄弟。也许是时机尚未到，也许是门不当户不对，也许是这个男子本来就不是女孩子父母兄弟

理想中的那类人。"父母之言，亦可畏也""诸兄之言，亦可畏也"，父母兄弟之言，还只是限于家丑，发展下去，"人之多言，亦可畏也"，家丑就外扬了。她没有《大车》中那个女子的勇气。面临着一个门户优越的大夫子弟，她说"岂不尔思？畏子不敢""岂不尔思？畏子不奔"，单是这种豪气也胜了须眉。

这个男子，孟浪得很。也许是被爱的欲念冲晕了头，很有些不管不顾。不知道是爱给他的勇气多一些，还是欲给他的动力胜一筹，他挡不住自己的脚步。全然没有斯斯文文、温文尔雅去三媒六聘的念头。如果爱，就请周全爱，要让自己得到她家人的认可与祝福。有了这份成全与担当，方是真爱。

他私会的路子是越走越邪。先是"逾我里"，虽然是偷偷的，心里还有几分底气和无畏，偷爬的是她家的大门楼，至少是正门。继而是"逾我墙"，正门不敢爬了，只好从侧面的院墙往里爬。最后是"逾我园"，侧面也索性不爬了，改成后门，直接翻她家的后园墙。

想那待月西厢下的崔莺莺，内心里不知是怎样半推半就、欲说还休地盼着那翻过后花园院墙的张生呢。还有那杜丽娘，不也是在后花园的梅树下做了一个绮丽的春梦，不在梅边在柳边，与书生柳梦梅演绎了一段生而可以死、死而可以生的缠绵痴情？

后花园，男女私会的最佳场所。落满了传奇，落满了香艳的气息，在时光的河里，漂浮着，诱惑着无数怀春的女子的心。园内的杞树、桑树、檀树、梅树，默默地装点着一切，也见证着一切疯狂。

女子害怕的不是男子的热情，她害怕的是人言。
父母之言，兄弟之言，人之多言。
众议成林，无翼而飞，三人成市虎，一里能挠椎。
这个世界上，传播最快的，不是病菌，是人言。杀人而无形的，也是人言。在人言面前，任你百炼成刚，也终会丢盔弃甲，落荒而逃。或是，被唾沫淹死，连逃的可能也没有了。
看看人言或是流言是怎样活活地撕毁了他人的幸福，杀人于无形的。
霍达的小说《红尘》给了我们一个绝佳的范本。
德子是一个普普通通、其貌不扬的人力车夫，足迹踏遍了北京大大小小的胡同。

他每天欢实地拉着车，所得的一切心甘情愿地回家交给他的媳妇。媳妇人长得美，羡慕得别人直流口水，都说他是撞了大运。媳妇贤惠，拉了一天的车回到家，她早就准备好了一切，日子踏实软糯得像他碗中的白米饭，洁净却又丰盈。媳妇体贴，给了他一个热被窝，让他洗涤了一切疲累，连梦里的笑都是实实在在的。

他满意、他知足。他没有花里胡哨地表达爱意或感激的方式，他选择了将他满心的欢喜和满身的劲用在了拉车上，他每周末谁也不拉，只拉着他的媳妇在北京的胡同里奔，拉着满车的幸福。而他们的幸福，也成了北京胡同里的一大"西洋景"。

媳妇内心有一块不敢触碰的伤，一个隐秘的痛。解放前，因为战争，迫于生计的她曾做了窑姐。如果这个伤口不是被她天真的幻想揭开，如果她一直选择将它埋葬在心的深处，她依然会是德子手心里的宝贝，街坊邻里眼中的好女人，无数男子心目中可望而不可即的大美人。可是，解放后的平反政策给了她天真的幻想，她太想洗掉耻辱，太想做一个干净清白的好女人，太想做心疼她的男人心中的一块无瑕的玉了。她选择了坦白，为的是平反。

可是，她错了。杀人可以平反，放火可以平反，唯独做了窑姐的人，永世不得翻身。这段耻辱的经历就像烙在她身上的一块胎记，无法抹去。就像流淌在她身体里的血液，要想重生，唯有置于死地。

她这个不洁的人，在众人的眼里只配去扫厕所。别人的白眼她可以忍，别人的唾沫她可以咽，只要，她的男人德子还对她心存体恤，还从心底里疼着她的痛，还觉得她是一个清净的女子，她仍然充满感激，充满生之希望。男人的爱，是她的天，她的呼吸，她的空气，她的全世界。

可男人的爱，在流言中摇摇晃晃了。男人的心，在讥笑中发虚了。回家的步子，开始跌跌撞撞了。

他拉车没有力气了，他神经变得敏感了，他害怕面对别人的目光，害怕别人的指指点点，往日拉着媳妇在北京胡同里的幸福今日变成莫大的嘲讽，他像是在光天化日之下被人脱光了衣服的女子，处在审判中。他借酒浇愁，他害怕回家。他内心不忍，可他没有勇气面对。直到，一个反映日本慰安妇的电视剧《望乡》在北京胡同里盛况空前地传开了。人家热情空前高涨着，因为他们在现实中找到德子媳妇这样一个范本。

流言传来传去，有人借此满足了自己的窥探欲，有人借此意淫，有人借此道貌岸然，有人借此幸灾乐祸，有人只是想在无聊生活中增加一点调味品，用别人的痛苦、用道德的审判满足自己空虚的内心，打发无聊的日子。

德子对媳妇的一点不忍与怜恤彻底耗尽了，死了。

媳妇唯一的希望和生机破灭了，最爱的人，往往伤你最深。

媳妇一夜没有合眼，挨到天亮，德子起来了，连瞅都没瞅，也不漱口，也不洗脸，就走了。

媳妇的魂儿又无处依托了，悠悠忽忽上街买菜。街上的人好像昨晚上都看了《望乡》了，瞅见她就像瞅见了阿崎婆似的。叽叽咕咕，指指点点。她低着头，买了一条鱼，赶紧回家。她心里空荡荡的，也不知怎么把鱼弄干净的，怎么把鱼烧熟的。端下来，凉了再热，热了又凉，就这么等着德子回来。

她现在什么事儿都没有了。再仔细想，也想不起还丢下了什么。不，丢下的不少，那……都是该丢的。她不打算像阿崎那样满怀深情地回到家乡去受哥哥的白眼。她不打算再去求德子搬回来住。和他过了二十多年，权当一场梦吧。醒了好，人不能靠做梦过日子。她也不打算再到胡同里，大街上走走，去看这些年到过的地方，见过的人。算了，那么大的世界，那么长的路，这个世界真累人。

那么多的人，那么多的脸，那么多的嘴，那么多的话，这个世界真累人。

红尘来啊来，去啊去，都是一场空，一场梦。她没有什么好眷恋的了，她决定去往一个好去处：天堂。

那里没有车来车往，没有流言蜚语。

德子搬走了以后，再也没回来过。他不愿意再回到这地方，也希望别人把他和媳妇忘掉，就像这儿从来没住过这一户似的。这实际上办不到。胡同里少了他这一户，人们便感到了不大不小的欠缺，感到生活中少了一点调料。人们需要有不完美的人来衬托自己的完美，需要用无聊的话题来打发自己的无聊。时常提起德子和她媳妇的事，好像十分怀念似的。每来一个人，指着说："看，这里以前住过一个妓女"，说话间，满脸充满了鄙夷。

善只能在歇斯底里的叫喊中逃逸，美在道德审判的大义凛然中萎谢。流言，撕开

了人性的遮羞布。

郑风·将仲子

将仲子兮，无逾我里，无折我树杞。岂敢爱之？畏我父母。仲可怀也，父母之言，亦可畏也。

将仲子兮，无逾我墙，无折我树桑。岂敢爱之？畏我诸兄。仲可怀也，诸兄之言，亦可畏也。

将仲子兮，无逾我园，无折我树檀。岂敢爱之？畏人之多言。仲可怀也，人之多言，亦可畏也。

求求你小二哥哥，别爬我家大门楼呀，别弄折了杞树头呀。树倒不算什么，爹妈见了可要吼呀。小二哥，你的心思我也有呀，只怕爹妈骂得丑呀。

求求你小二哥哥，别把我家墙头爬呀，别弄折了桑树芽呀。树倒不算什么，哥哥们见了要发话呀。小二哥，哪天不在心上挂呀。哥哥言语我害怕呀。

求求你小二哥呀，别向我家后园跳呀，别弄折了檀树条呀。树倒不算什么，人家见了要耻笑呀。小二哥，不是不肯和你好呀，闲言闲语受不了呀。

泛彼柏舟，在彼中河。髧彼两
髦，实维我仪。之死矢靡它。母也
天只！不谅人只！
泛彼柏舟，在彼河侧。髧彼两
髦，实维我特。之死矢靡慝。母也
天只！不谅人只！

——《鄘风·柏舟》

就那么匆匆一瞥，姑娘就认定了那个在柏木船上的少年郎"实维我仪""实维我特"。

少年郎"髧彼两髦"，头发分披在两边，显然还没到弱冠之年，还不是真正意义上的成年人，是一个青葱的少年郎。

也许就是这种青葱的活力，深深攫取了少女的心。没有缘由，没有考量，就是一种直觉，或是一种眼缘，她便认定了他是她此生此世的"Mr. right"！

她甚至想得更远，说得也很决绝：之死矢靡它！到死我也不会改心肠。

人的一生有太多无常和无法预料，唯一能把握的只是当下，谁又能料到下一分下一秒，会有什么样的事情发生。而这个少女，却为她的终身都做好了谋划，我心如铁，至死无悔。

到底是年轻啊。

年轻有很多资本，说永远，说将来，说至死。

这个决绝的誓言是对母亲干扰阻挠的反抗，天真得可以，纯粹得可以，勇敢得可以。

少女与母亲的较量，其实是青春与成年、理想与世俗、激情与理智、单纯与世故

227

的较量。

哪一个母亲不曾年轻过，不是从少女时光走过来的呢？

但一旦成了母亲，审视世界的眼光就会带着母性。

她多了些世故，少了些单纯。多了些功利，少了些热情。多了些理智，少了些感觉。

以爱为名，母亲并不看好那个尚未弱冠的愣头小伙子。也许他不够成熟，也许他不懂责任，也许他无力承担，也许他没有足够的力量走完未来不测的路。也许他家世不好，也许他门不当户不对……种种考量，都基于一个过来人的经验，一种世俗的标准和眼光。

以爱为名，少女看好的偏偏就是这个尚未成熟的小伙子。也许他不够成熟，却充满青春的活力。也许他不懂责任，却有着大把大把的好时光，足够挥霍与浪漫。也许他家世真的不好，可这有什么要紧呢，只要两个人的心是贴近的，有情也能饮水饱。

激情中的少女，对世俗的烦扰根本没有准备，也许她只是想跟他待在一起。仅此而已。

少年时我们追求激情，成熟后却甘于平庸。在我们寻找、伤害、背叛之后，还能一如既往地相信爱情，真需要勇气。

年轻时我们总是在开始时无所畏惧，在结束时痛彻心扉。成熟后可能避免了幼稚的伤害，却也错过了开始的勇气。

请相信青春可贵并不因为那些年轻的时光，而是那颗充满了勇敢和热情的心。

不怕受伤，不怕付出，不怕去爱，不怕去梦想。

那些能预知的，经过权衡和算计的世俗生活对我毫无吸引力，我要的不是这些，而是看到生命的激情。

谁的青春不迷茫呢？

没有迷茫的青春注定是无色彩的、苍白的，如一潭死水。

以年轻为名义，奢侈地挥霍自己的青春，做自己想做的事情。还没有年轻，就已经老去；还没有单纯，就已经世故；还没有开放，就已经凋谢，这样的青春，又有什么意义呢？

我不知道这首诗中的母亲，是否向女儿妥协了，是否给了她一次机会。如果选对了，祝福她；如果错了，至少她经历过了。因为懂得，所以慈悲。

可那些在世俗标准的衡量下，父母精心为儿女挑选的婚姻，又有几个不是伴着泪水，以悲剧的形式毁灭的呢？

《孔雀东南飞》中的焦仲卿与刘兰芝那么相敬如宾，却因了焦母的不喜欢，活活拆散了一对人间的有情人，只让这个世间又多了一对至死遗恨的冤魂。陆游与唐婉那么知音相惜，却因为陆母的不喜欢，让有情人终成陌路，各自在沈园的暮色下吟唱着憔悴的离歌。宝玉与黛玉，一对灵魂的伴侣，木石前盟，姻缘天定又能奈何？在世俗的标准下，宝玉人守着"山中高士晶莹雪"，心却系着"世外仙姝寂寞林"。到底成辜负。

唯一可以告慰的是《浮生六记》里的沈复和芸娘。

他们既是人间一世的烟火夫妻，柴米油盐地经营着世俗的日子；又是世间的神仙眷属，优雅浪漫地在这个红尘中酝酿着一抹诗意。素朴的生活底色上，透着几分旁逸斜出的精致与雅韵。

多希望这种美好，能一直持续下去。

可芸娘无论多么可意，无论怎样集中了世间男子心目中红玫瑰与白玫瑰的双美，却还是忤了婆母的意。

世间一切美好的东西，都带着让人感伤的气息。

符合中国男子所有理想标准的芸娘，最终无法和沈复成就一个天长地久的传奇，在忧郁中过早离去！

世俗的力量如铜墙铁壁，要穿透它，需要勇气。

年轻是最好的武器。

不要笑诗中年轻的女子，动不动就说到生死，就说到永恒。对一个过来人来说，几十年如一瞬，会从指缝中匆匆溜走。对一颗年轻的心来说，三五年可能就是一辈子，一瞬间就是永恒。

若干年后，也许女子会笑话自己说"之死矢靡慝"的轻率，却绝不后悔少女的激

情，还有，那一颗热爱生命、充满向往的热烈的心！

诗经小站

廊风·柏舟

泛彼柏舟，在彼中河。髧彼两髦，实维我仪。之死矢靡它。母也天只！不谅人只！
泛彼柏舟，在彼河侧。髧彼两髦，实维我特。之死矢靡慝。母也天只！不谅人只！

　　柏木船儿漂荡，在那河中央。那人儿海发分两旁，他才是我的对象。我到死不改心肠。我的娘啊，我的天啊！人家的心思你就看不见啊。
　　柏木船儿漂荡，在那河边上。那人儿海发分两旁，我和他天生一双。我到死不变主张。我的娘啊，我的天啊！人家的心思你就看不见啊。

落叶飘飞的时节

这个世界上，能深深触动人灵魂的景有两种：花之放，叶之落。

生如夏花之绚烂，死如秋叶之静美。泰戈尔留下的唯美句子，有如天外之音，照彻灵府。

花之放，鲜妍明媚，绚烂了春天，喧哗了整个季节。一阵风、一阵雨，繁华萎谢，零落成尘。开时有多热烈，谢时就有多么荒凉。

看过樱花吗？积攒了毕生的力量，为了一时的盛放。开时，繁花似海，如梦如幻。偏偏花期极短，开到了极致，便意味着凋谢的来临。那匹叫时光的白驹，从指缝中倏忽而逝，带走了一切明艳与张扬，让人来不及回味，就不得不直面满目的苍凉。

叶之落，是悲秋的开始。

"袅袅兮秋风，洞庭波兮木叶下。"一叶落，而知天下秋。忧患的屈子，行吟江泽，在疾景流年中更加明白了生命的无常，世事的无常。

秋之时，满目的黄叶红叶，风一吹，便簌簌作响。风吹得猛烈了，一片片叶子如飞舞的蝶，划着优美的曲线，离开了眷恋的树枝，扑入了大地的怀抱。

地上铺着一层层黄叶，心中唱起了忧伤的歌。

叶落的时候，明白欢聚；花谢的时候，明白青春。

叶落的季节，是古人在心中唱歌的季节。

萚兮萚兮，风其吹女。

萚兮萚兮，风其漂女。

望着漫天飞舞的落叶，心中好似展开一匹绸缎，有什么东西在轻柔撩拨着我，温柔如水却又让人不得安宁，我给它取了一个美丽而庄重的名字：忧愁。

忧愁在我心中沉寂，正如黄昏在寂静的林中。我的心里暗潮涌动，在这一刻，我只想找到一个发抒的出口。我不想大放悲声，我也不想独自饮泣。对，我想唱歌。就像走夜路的人会唱歌一样。

叔兮伯兮，倡予和女。

叔兮伯兮，倡予要女。

好人儿、亲人儿，你来唱吧，我来和吧。

世间一切曾经美好、曾经珍贵的事物，只繁华一瞬就静悄悄地寂灭。花开必有花谢，是自然规律。一切以时间为序，渐次熄灭。

一切美好的东西，都带着忧愁。在长长的一生里，为什么，欢乐总是乍现就凋落，走的最急的都是最美的时光？

渺小如你我，卑微如你我，平凡如你我者，能做些什么呢？我无法放下心中的悲伤，也不想被这寂寞和悲伤吞没。我不怀恋过去，也不奢望将来，让光阴流逝，让叶儿零落，而我，只想把握现在，只想感受自己的存在，只想在此刻放声歌唱。

这会让我的心变得充实而宁静。

把寂寞和忧愁唱出来。

这首诗中的人懂，李白也懂。

花间一壶酒，独酌无相亲。举杯邀明月，对影成三人。月既不解饮，影徒随我身。暂伴月将影，行乐须及春。我歌月徘徊，我舞影零乱。醒时同交欢，醉后各分散。永结无情游，相期邈云汉。

一千多年前的唐朝的月亮似乎比今天更为明亮，一千多年前的唐朝的天空也似乎比今天更为开阔。诗人在开着百花的芳馨的土地上，摆下一张桌子，对着明月自斟自饮。然而，就在这份惬意和酣畅之中，良辰美景像个幽灵，化为甜蜜的温柔，在诗人

易感的心灵上猛然刺了一刀。诗人感到美丽的受伤——"独酌无相亲"！

人的心灵大概是这样的，在美中最容易感到美中不足，而寻常时却往往并不觉察。在花好月圆之中，寂寞袭来了。此时美景与杯中美酒，无人与共，徒唤奈何，真是寂寞啊！但诗人毕竟多情而易感，他不会轻易被寂寞所压倒。他"举杯邀明月，对影成三人"；他将寂寞唱了出来，一醉千年。

夫天地者，万物之逆旅；光阴者，百代之过客。而浮生若梦，为欢几何？

效古人"秉烛夜游"，会桃李之芳园，开琼筵以坐花，飞羽觞而醉月。"况阳春召我以烟景，大块假我以文章"，不有佳作，何伸雅怀？

在寂寞和忧愁面前，这才是无人能及的风流。

只是这份寂寞和忧愁对现代人而言已是一种奢侈了。

是谁扼杀了哀愁呢？是那一声连着一声市井的叫卖声呢，还是让星光黯淡的闪烁霓虹？我们被阻融在青山绿水之外，不闻清风鸟语，不见明月彩云，哀愁的土壤就这样寸寸流失。

诗经小站

郑风·萚兮

萚兮萚兮，风其吹女。叔兮伯兮，倡予和女。
萚兮萚兮，风其漂女。叔兮伯兮，倡予要女。

草皮儿，树叶儿，好风吹你飘飘起。好人儿，亲人儿，领头唱吧我和你。
草皮儿，树叶儿，好风吹你飘飘上。好人儿，亲人儿，你来起头我合唱。

溱洧之滨

这首诗歌写上巳节里，青年男女在溱洧之滨的一次酣畅淋漓的狂欢。

早在周朝，每逢三月的第一个巳日，人们会在水边祭祀，用香熏的草药沐浴。后人称之为禊。《周礼·春官》："女巫掌岁时祓除衅浴。"

用来熏香的草药，通常是兰草。兰汤沐浴，香气袭人，隆重而又浪漫。所以，这首诗中"士与女，方秉蕑兮"，人人手中拿着的恰是祈福的兰草。

他们目的很明确：想和神签下契约，将心中所有美好的凤愿植入他的心田。

此时的上巳更像一种仪式，一种风俗，一种宗教。

孔子最美好的理想也选在了这场春日之会："暮春者，春服既成，冠者五六人，童子六七人，浴乎沂，风乎舞雩，咏而归。"

只是这个节日除了仪式感，还衍生了意想不到的好处。

少男少女趁着这个时节相爱了。祈福消灾的风俗慢慢变成爱的欢会，自然的春天变成爱情的春天。

甚至，这种风俗被当时的周王朝以法令的形式给予肯定，不遵守者还要受罚。"仲春之月，令会男女，于是时也，奔者不禁。若无故而不用令者，罚之。司男女之无夫家者而会之。"在这个爱情的春天里，不从事爱情活动将受到惩罚，这真是人类历史上的神来之笔。

在他们心目中，这一切自然而圣洁。春天万物交感、阴阳二气和合，人们在春日祭祀之时欢会，不正是对自然界春生夏长秋实之规律的模仿吗？

律己的坦诚、理想的浪漫、宗教的神秘、自然的定律，这一切，在这里如水乳般交融了。

所以，这首诗中的上巳节，是中国最古老的情人节，是男男女女大大方方互结欢好的狂欢节。此时，他们尽情挥霍着自己的青春，蛰伏了一冬的热情被唤醒，唯有燃烧才能找到出口。

这天，人人怀着难以名状的兴奋、期待和喜悦。

"溱与洧，方涣涣兮。"溱水与洧水，早早迎来桃花汛，涣然冰释的还有人们的热情。春水涣涣，春心也跟着骀荡。

青年男女们按捺不住内心的狂喜，欲望在心中疯长。他们盛妆丽服，三五成群，相互邀约着奔向溱洧之滨。去加入春天的欢会，去享受春天带给他们骚动的热情与丰厚的馈赠。

岸边林木茂密，枝头鸣声啁啾。

欢欣和期待撑满了心房，撑破了春天。

男男女女，往来如织，热闹如集市，人人手拿兰草和芍药，各自寻找着那个可以赠予的人。

这可是爱情的信物啊。投我以木桃，报之以琼瑶。今天不必了，暂且以一枝兰草或一枝芍药相赠即可。

无关堕落，顺应天理，一派天真。

群体欢会，有这样一对男女和一个特写：

如织的游人里，一个女孩子一下子看到了心仪的男人，心一动。也不做任何掩饰，更不必扭怩，借着节日的气氛，谁都可以恣情任性。

女孩子端直走到男子面前，问："哎，去那边看看好么？"

巨大的热情让男子猝不及防，抑或是幸福的眩晕。他有点傻，竟然说："已经去过了。"

女孩子偏偏被他这种傻傻的样子迷住了，不依不饶，半嗔半劝，调皮地说："且往

观乎！洧之外，洵讦且乐。"再去一趟又何妨，洧水边上喜洋洋。

然后，士与女，伊其相谑，赠之以芍药。

互赠芍药后，定情嬉戏。

芍药，无疑是这场欢会中最受欢迎的礼物。凭借着它，某男某女走到了一起。凭着它，自然的春天向爱情的春天过渡。

一次欢会的仪式在芍药的香氛中完成了。

为什么他们偏偏钟爱芍药，就像现代情人钟情的是玫瑰？

因为芍药有一个很溺情的名字：江蓠。江蓠，将离。柔情似水，佳期如梦。沉浸在柔情之中的男男女女，哪一个舍得即将到来的分离？该如何自处呢？只好赠一枝芍药，让你牢牢记住我，见物如见人。

到了魏晋时代，上巳节有了更为浪漫的意义。

它已经不是情人间的生命狂欢，而是文人雅士们的风流云聚。这天，皇室贵族、公卿大臣、文人雅士临水宴饮，众人坐于环曲的水边，将盛着酒的觞置于流水之上，任其顺流漂下，停在谁面前，谁就要将杯中酒一饮而尽，并赋诗一首。魏明帝曾专门建了一个流杯亭，东晋海西公也在建康钟山立流杯曲水。

历史上最著名的一次"曲水流觞"是王羲之与其朋友的兰亭会。这次兰亭会，王羲之不但留下了名流千古的书法，更留下了锦心绣口的文章：

永和九年，岁在癸丑，暮春之初，会于会稽山阴之兰亭，修禊事也。群贤毕至，少长咸集。此地有崇山峻岭，茂林修竹，又有清流激湍，映带左右。引以为流觞曲水，列坐其次。虽无丝竹管弦之盛，一觞一咏，亦足以畅叙幽情。

是日也，天朗气清，惠风和畅。仰观宇宙之大，俯察品类之盛，所以游目骋怀，足以极视听之娱，信可乐也。

夫人之相与，俯仰一世。或取诸怀抱，悟言一室之内；或因寄所托，放浪形骸之外。虽趣舍万殊，静躁不同，当其欣于所遇，暂得于己，快然自足，不知老之将至。及其所之既倦，情随事迁，感慨系之矣。向之所欣，俯仰之间，已为陈迹，犹不能不以之兴怀。况修短随化，终期于尽。古人云："死生亦大矣！"岂不痛哉！

我不知道，现代人苦苦追寻的浪漫在哪里，我只知道，人生的浪漫以此为甚。

是真名士，自风流。

人生任何美好的享受都有赖于一颗澄明的心，当一颗心在低劣的热闹中变得浑浊之后，它就既没有能力享受安静，也没有能力享受真正的狂欢了。

诗经
小站

郑风·溱洧

溱与洧，方涣涣兮。士与女，方秉蕳兮。女曰"观乎？"士曰"既且。""且往观乎！洧之外，洵訏且乐。"维士与女，伊其相谑，赠之以芍药。

溱与洧，浏其清矣。士与女，殷其盈兮。女曰"观乎？"士曰"既且。""且往观乎！洧之外，洵訏且乐。"维士与女，伊其将谑，赠之以芍药。

溱水长，洧水长，溱水洧水哗哗响。小伙子，大姑娘，人人手里兰花香。妹说："去瞧热闹怎么样？"哥说："已经去一趟。""再去一趟也不妨。洧水边上，地方宽敞人儿喜洋洋。"女伴男来男伴女，你说我笑心花放，送你一把芍药最芬芳。

溱水长，洧水长，溱水洧水清浏浏。男也游，女也游，挤挤碰碰水边走。妹说："咱们去把热闹瞧？"哥说："已经去一趟。""再走一趟也不妨。洧水边上，地方宽敞人儿乐陶陶。"女伴男来男伴女，你有说来我有笑，送你香草名儿叫芍药。

东门之池，可以沤麻

东门之池，可以沤麻。彼美淑姬，可与晤歌。

东门之池，可以沤纻。彼美淑姬，可与晤语。

东门之池，可以沤菅。彼美淑姬，可与晤言。

——《陈风·东门之池》

桑麻，一提到这两个字，就能嗅到一股甜蜜的乡土气息。

它为先民们铺设了朴素的生活背景，让他们在土地上深深扎下了根。吃的是粗茶淡饭，穿的是粗布麻衣，埋骨需要的是桑梓之地。

它护佑着它的子民，像护佑着它的孩子。桑林之下有着最原始的生命狂欢、情的沉醉。桑麻林中有着最切切的期盼，也有着从心底自然流出来的生之欢悦。

就像这首诗中所写的一样。

麻是劳动者最贴心的衣料，也是诸侯、大夫、士日常所需。

年年在护城河旁沤麻、清洗、梳理，成了青年男女的必修课，也成了他们盼望的欢聚。因为，彼时，他与她可以在一起。一起劳作，一起谈笑，一起欢歌，没有疲累，没有厌倦，有的只是生命的欢悦。

他们在异性的世界中探险，带来发现的惊喜。在异性的世界中沉醉，滋养着各自的生命。最后，在某一个异性的身边定居，获得家园般的安宁。

"门外有护城河，可以浸麻可泡葛。"护城河好，可浸麻可泡葛。更好的还在后头："温柔美丽的姑娘，与她相会又唱歌。"至此，小伙子喜欢来到护城河的原因便昭然若揭了。

小伙子掩饰不住内心的狂喜，一遍又一遍反复唱着歌，唱着来到护城河真好，可

以与美丽姑娘倾情相和，可以和美丽姑娘互诉衷肠。

年年沤麻，年年可相聚。年年有欢乐的歌声飘在护城河上，年年小伙儿找到可意的姑娘，姑娘找到可心的情郎。

这劳动，真是让人欢喜。

人充满劳绩，却可以诗意栖居在这片沧桑的大地上。只要我们心中有期盼，有念想，它都可以成为我们心底珍藏的幸福。

也许只是在某个晴好的日子里，与伙伴登上山顶去吹吹风。或是，在某个落雪的夜晚，与友人守着红泥小火炉，共话美好的曾经；或是，在皓月当空的永夜，与爱人在一株树下坐上片刻。诸如此类的温暖，都会充实我们的回忆和生命。

只要，有你在，便足够。

只要，和相爱的人厮守在一起，这光阴都是美的。草木山川都有了情感，每寸肌肤都得到舒展，哪怕此时此刻正重复单调地辛苦着。只要有了爱，就会发觉自己是最幸福的人，粗衣素布也温暖，清茶淡饭也温馨。

很想知道，姑娘小伙在护城河边的故事会有怎样的延续。

我在《东门之枌》中找到了答案：

> 东门之枌，宛丘之栩。子仲之子，婆娑其下。
> 穀旦于差，南方之原。不绩其麻，市也婆娑。
> 穀旦于逝，越以鬷迈。视尔如荍，贻我握椒。

我爱，是我爱的开篇。我被爱，才是爱的落幕。

小伙子爱上的是子仲家的二姑娘。

"东门之枌，宛丘之栩。子仲之子，婆娑其下。"东门的那棵白榆，宛丘的那棵柞树，都见到了子仲家好女儿舞婆娑。婆娑的舞姿，婆娑了恋人的眼睛，婆娑了充满爱情味道的晨昏和整个世界。

"穀旦于差，南方之原。不绩其麻，市也婆娑。"欢乐在蔓延，蔓延到了南方平原。这良辰美景奈何天，姑娘放下手中纺的麻，在市集上热情地舞了起来。

有人说，"穀旦于差"中的"穀旦"是一个具有祭祀意味的节日，是一个狂欢的

节日。

《诗》中的灵台、闷宫、上宫都是可供祭祀狂欢的地方，这是庙祭。溱洧、汉水、淇水等河边旷野是墓祭的狂欢之所。燕之祖、齐之社稷、宋之桑木、楚之云梦还有这首诗中的南方之原，是更为著名的狂欢之地。

这一天，男男女女，前往南方之原，可以不绩其麻，可以市也婆娑。相爱者，都可以享受这场生命的狂欢，燃烧着青春与激情。

"縠旦于逝，越以鬷迈。"良辰美景总前往，唯爱和美人不可辜负。屡次前往已相熟，爱情走到了水到渠成的这一步了。

"视尔如荍，贻我握椒。"你在我眼里是最美，美得如一朵荆葵花。明艳、热烈而又谦卑地匍匐在土地之上，没有半点虚荣的气息。以花喻美人，我们搜肠刮肚、千回百转、煞费心机地找啊找，却发现，没有什么比小伙子信手拈来的荆葵花来得贴切。它接地气又有一颗朴实的爱着的心来滋润，任是普通也动人。

姑娘温柔地一低头，贻我握椒，转身便走。

姑娘送的不是木桃、不是木李，而是一嘟噜花椒！木桃、木李是尚带着青涩的爱恋，小心翼翼地试探，不食人间烟火的浪漫。花椒不同，它越过了春华，直接到了秋实。她不需要再试探，多次相见，已经相知，她现在要的是一个明明白白的相守。花椒多子多实，那意思是告诉小伙子：娶了我吧，我想和你在一起。一起坐在家的老院子，一起过着小日子，一起生许许多多个胖儿子。

我已成熟，待君采摘。

这种朴实与生命喜悦混合在一起，有一种质感，一种芳香，在现代是找不到的。

想到这些古老的文化，我的心中会激起某种怀旧情绪。说是怀旧，其实也许是一种渴望，渴望体会那时候历史进程那种甜美的缓慢。古埃及文化延续了好几千年，古代希腊持续了差不多一千年时间。从这一点来看，人的生活在模仿着历史：一开始，它沉湎于一种纹丝不动的缓慢中，然后，渐渐地，它加快了速度，后来，越来越快。

那种极简的麻衣暖、饭菜香几乎成了一种奢求，一种刻意为之的时尚。

心中回响着这样一个简单的旋律：

叫她替我做件麻布衣衫

（绿林深处山冈旁）

芫荽，鼠尾草，迷迭香和百里香

（在白雪封顶的褐色山上追逐雀儿）

上面不用缝口，也不用针线

（大山是山之子的地毯和床单）

她就会是我真正的爱人。

（熟睡中不觉号角声声呼唤）

多少柔软，在时光的深巷中深藏。

诗经小站

陈风·东门之池

东门之池，可以沤麻。彼美淑姬，可与晤歌。
东门之池，可以沤纻。彼美淑姬，可与晤语。
东门之池，可以沤菅。彼美淑姬，可与晤言。

东门外有护城河，可以浸麻可泡葛。温柔美丽的姑娘，与她相会又唱歌。
东门外有护城河，泡浸纻麻许许多。温柔美丽的姑娘，与她倾谈情相和。
东门外有护城河，泡浸菅草一棵棵。温柔美丽的姑娘，与她叙话真快活。

取妻如何？匪媒不得

伐柯如何？匪斧不克。取妻如何？匪媒不得。

伐柯伐柯，其则不远。我觏之子，笾豆有践。

——《豳风·伐柯》

天上无云不下雨，云是雨的媒。

地上无媒不成双，地上的人若要结成双，必得有"媒"。

这首诗讲的就是"媒"。古代中国，男女双方一般要经过媒人从中说合，才能"结连理""谐秦晋""通二姓之好"。

媒妁在聘娶婚约中发挥着非常重要的作用。要完成一桩婚姻，必须履行"六礼"，即纳采、问名、纳吉、纳征、请期和亲迎。每一个环节都离不开媒妁的穿针引线。"昏礼者，将合二姓之好，上以事宗庙，下以继后世也，故君子重之。"

媒妁有着细微的区别。《说文解字》：媒，谋也，谋合二姓；妁，酌也，斟酌二姓也。也有人认为，男方的媒人称为媒，女方的媒人称为妁。

"伐柯如何？匪斧不克。"怎么砍伐斧子柄？没有斧子砍不成。

"伐柯伐柯，其则不远。"砍斧柄啊砍斧柄，这个规则就近前。

正如伐柯离不开斧子，男子要找到一个心目中的妻子，"匪媒不得"。

斧头要找到一支适合的斧柄，"其则不远"，要有一定的规则与程序。

男子要找到一个心目中的妻子，"笾豆有践"。要有媒人、迎亲礼等基本的礼仪安排。笾和豆整齐地摆着，先祭祀祖先，再款待宾客，才能欢天喜地将新人迎进门里。

人生的大事，至此方告隆重圆满。

"斧"字谐"夫"字，柄子配斧头，喻妻子配丈夫。

斧子找到合适的斧柄，丈夫配到了合适的妻子。这首诗的"比"，就近取譬，如在目前，却贴切得严丝合缝。信手拈来，就很完美。

五里不同风，十里不同俗。

《诗经》中的十五国风，跨越了广袤的地域，展现了周王朝不同地区多彩多姿的民俗画卷。有追求个性与自由的恋爱，也有遵父母之命、媒妁之言的传统婚约。

桑间、濮上、淇水、上宫、东门、南原，都留下男男女女追逐情爱的身影。"仲春之月，令会男女，奔者不禁"的神来之笔，为他们发抒情爱，立了一个人性化的规约。

但这一纸规约，哪里挡得住"春色满园"，总会有枝枝红杏，逸出墙外。

> 野有死麕，白茅包之。有女怀春，吉士诱之。
>
> 期我乎桑中，要我乎上宫，送我乎淇之上矣。

这是发乎自然却无法止乎礼仪的男女欢会。

只是，"父母之命，媒妁之言"像一柄高悬的剑，时时警醒着身处情中难以自拔的男男女女。

《孟子·滕文公下》："不待父母之命，媒妁之言，钻穴隙相窥，踰墙相从，则父母国人皆贱之。"

所以，女子害怕不遵从礼仪的"人言可畏"：

> 将仲子兮，无逾我里，无折我树杞。岂敢爱之？畏我父母。仲可怀也，父母之言，亦可畏也。
>
> 将仲子兮，无逾我墙，无折我树桑。岂敢爱之？畏我诸兄。仲可怀也，诸兄之言，亦可畏也。
>
> 将仲子兮，无逾我园，无折我树檀。岂敢爱之？畏人之多言。仲可怀也，人之多言，亦可畏也。

所以，当初氓这个小伙子急于示好求婚，女子会理智地告诉他：

> 匪我愆期，子无良媒。将子无怒，秋以为期。
> 尔卜尔筮，体无咎言。以尔车来，以我贿迁。

三媒六聘的大礼，一件一件是少不得的。她要的只是一份庄重的承诺，一份"执子之手，与子偕老"的虔敬。如此，才能在日后漫长的婚姻生活中，知道珍惜，才能抵挡流年中风雨如晦的侵袭。

所以，公然挑战礼约规制的贵族女子会遭受"千夫所指"。

> 蓺麻如之何？衡从其亩。取妻如之何？必告父母。既曰告止，曷又鞠止？
> 析薪如之何？匪斧不克。取妻如之何？匪媒不得。既曰得止，曷又极止？

有媒，社会才更有序，男女的社交才会纳入礼仪之规。

媒，是男女双方发生联系的中介。这个中介，提到它，我们的脑海中便会泛起这样的形象：她头戴大红花，穿红着绿，腰间还系着一条丝帕子。走东家，串西家，口吐莲花，只说得天花乱坠，乌鸦变俊鸟。

当然，也有可爱的"媒人"，比如《西厢记》中那个俊俏巧嘴的小丫头红娘。她虽非专职红娘，却促成了张生与崔莺莺的一世情缘。莺莺见到张生后早已是春心暗动，却碍于情面和礼仪不好开口。丫鬟红娘早已窥透郎情妾意，积极为二人穿针引线，寻找时机。莺莺托红娘带给张生一封信："待月西厢下，迎风户半开，隔墙花影动，疑是玉人来"，这分明是暗示张生夜半越墙私会。越墙私会，这情形分明就是《将仲子》当中那个孟浪的小二哥啊。

张生如约赴会，莺莺以礼为由，假装恼怒，致使张生病情更重。这是相思病，红娘岂是不知？又为二人穿针引线，莺莺以探望张生之病为由，入得张生房内，终于破男女之大妨，春心骀荡。

也有更诗意的媒人。

《天仙配》中织女和牛郎是人神恋，自然在人世找不到媒人。于是大槐树便做了

麦

荏菽

凌霄

他们的媒人，二人在树下许下生生世世为夫妻的愿。

《聊斋志异》中有更多的书生与花精的缠绵爱恋。其媒人自然是花了。

树为媒，花为媒，古人也真是浪漫。

不但将植物赋予了人性，可以为媒。动物也如是，虎可为媒，龙可为媒。

明陈继儒《虎荟》卷六："陈氏义兴山中，夜闻虎当门大虓，开门视之，乃一少艾，虽衣襦凋损，而妍姿不伤。问知是商女，随母上塚作寒食，为虎所搏至此。陈妇见其端丽，讽之曰：'能为吾子妇乎？'女谢，惟命。乃遂配其季子。踰月，其父母踪迹得之，喜甚，遂为婚姻，目曰虎媒。"

《汉书·礼乐志》："天马徕龙之媒。"颜师古注引应劭曰："言天马者乃神龙之类，今天马已来，此龙必至之效也。"后因称骏马为"龙媒"。

龙媒成全的虽不是男女之好，其"媒"之性是一致的。都是让不相干的人或事发生了联系。

植物学上尚有虫媒花与风媒花之别。前者是借昆虫为媒介授粉的花，它们大都色艳味浓。所以招蜂引蝶的多是此类。后者借风来传播花粉，色淡味轻。

可见这"媒"，贯穿在宇宙人世中，处处可见。

这首诗以"伐柯"为喻朴素明朗，浅显易懂，后世遂以"伐柯""伐柯人"称作媒人，称替人做媒为"作伐""伐柯""执柯"。

诗经
小站

幽风·伐柯

伐柯如何？匪斧不克。取妻如何？匪媒不得。
伐柯伐柯，其则不远。我觏之子，笾豆有践。

怎么砍伐斧子柄？没有斧子砍不成。怎么迎娶那妻子？没有媒人娶不成。
砍斧柄啊砍斧柄，这个规则在近前。要想见那姑娘面，摆好食具设酒宴。

桑园故事

十亩之间兮，桑者闲闲兮。行
与子还兮。
十亩之外兮，桑者泄泄兮。行
与子逝兮。

——《魏风·十亩之间》

《诗经》中提到的树木有五十多种，最多的是桑树。

《桑中》《氓》《七月》……还有这首《十亩之间》，都可以看见桑的影子。桑，是古代劳动人民心目中的家园、故乡，某种意义上，甚至是一种图腾。

华盖般的桑树，站成永恒的姿势。一半在风中飞扬，一半在尘土里安详。飞扬的是男男女女欢悦的情思，安详的是永难割舍的故园之思。

对这首《十亩之间》，也可作如是观。

有人说这首诗是采桑者劳动结束时呼朋引伴同归的欢歌，洋溢在其中的是劳动之后的欢乐与满足。

夕阳西下，缀在天幕边。鸟儿归巢，成群结队地飞过采桑女的头顶。采桑人的筐子，满满的，汪着一团闭绿。采桑人的脸上，挂着汗珠，在傍晚春风的吹拂下一点点风干。三三两两的采桑女背起满筐的桑叶，准备回家去了。夕阳的余晖，为她们镀上一层层柔和的光，有如一幅画，她们却全然不知。

十亩之间兮，桑者闲闲兮。桑田内的人，结束了一天的忙碌，一副闲适安逸的模样，穿过斑驳的树影，向桑园外，那个叫家的方向走去。

十亩之外兮，桑者泄泄兮。桑田外的人，说说笑笑，偷得浮生片刻闲。整理着桑

246

叶，等着自己的伴。

那个最慢的，还在桑园深处呢。

"行与子还兮""行与子逝兮"，她们一齐叫，快点啊，我们等你一起走呢。那边的那个，忙不迭地答着：来了，就来了。步子一定是慌慌张张的。

夕照的掩映下，她们或三五成群，或两两成双，向着炊烟升起的地方，兴冲冲地走去。

远方的炊烟摇曳着温暖，回家吧，我在等你。

一群采桑人，一首集体创作的生活抒情诗。有点闲散，有点暖意，那种况味，有种说不出的恬淡和诗意。

如家园般的桑林啊。不需要华丽的言辞，不需要高深的理论，就是那样从容地站在原野里，站在先民的房前屋后，成为他们的庇护，成为与他们血脉相关的一部分。

如呼吸般自然，却不可或缺。

正如《诗·小雅·小弁》里所写，桑树是父母亲手所栽，应该像敬奉祖先一样对待它：

> 惟桑与梓，必恭敬止。靡瞻匪父，靡依匪母。
> 不属于毛，不离于里。天之生我？天之生我？

孟子在向统治者宣讲他的治国之道时，首先提到的不是别的，而是桑树。在他看来，桑是衣食父母，是农耕社会的生存之根本。

> 五亩之宅，树之以桑，五十者可以衣帛矣。鸡豚狗彘之畜，无失其时，七十者可以食肉矣；百亩之田，勿夺其时，数口之家，可以无饥矣。

工夫和坚韧使桑叶变成绸缎。

本着一颗纯朴的初心，日出而作，日入而息，凿井而饮，耕田而食。

不奢求，不贪欲，和田园打成一片。才能从心底里流淌出素朴自然的歌，就像这首《十亩之间》。

也有人说，这首诗不是一般劳动者的歌子，而是一首情歌。是采桑结束后，男女相邀的爱的信号。

"行与子逝兮""行与子还兮"，是情人相约，一起奔向桑林深处——属于他们的爱的乐土。

《墨子·明鬼》曰："燕之有祖，当齐之社稷，宋之有桑林，楚之有云梦也，此男女之所属而观也。"桑林与祖、社稷及云梦，原本是各国较大的祭祀场所。

只是祭祀活动慢慢从宗教转变成为一种风俗。

桑林之会，也从宗教祭祀变成了男女欢会，从自然的春天走向了人性的春天。

所以，先秦诗歌中"桑林"又是一个带有特定意味的场所。它笼罩着一层玫瑰色，事关男女之情。典型的莫过于《桑中》："期我乎桑中，要我乎上宫，送我乎淇之上矣。"

十亩之间，十亩之外，桑者皆闲闲泄泄。结束了一天的劳作，男男女女要在间隙寻找属于自己的乐土，寻找生命的狂欢。他们各自呼唤着自己心目中的那一个，携手走向人生的春天。

我要在你身上去做，春天在桑树上做的事情。

像初阳一般醒来，光阴里所有的美，都会如期而至。我们是一群去往春天的人。芳草萋萋，绿波依旧。那些兜兜转转的暖，被爱慢慢还原，盛开在春天的田野里。

桑林之爱，在后世不但流转着，演绎着不同的版本。

刘向整理的《列女传》中有这样几个关于"采桑女"的故事：

陈辨女者，陈国采桑之女也。晋大夫解君甫使于宋，道过陈，过采桑之女。止而戏之……采桑之女乃为之歌曰："墓门有棘，斧以斯之。"……大夫乃服而释之。

鲁秋洁妇者，鲁秋胡之妻也。既纳之五日，去而宦于陈，五年乃归。未至其家，见路旁有美妇人方采桑而说之。下车谓曰："力田不如逢年，力桑不如见国卿。今吾有金，愿以与夫人。"妇曰："……夫子已矣，不愿人之金。"

秦氏，邯郸人。有女名罗敷，为邑人千乘王仁妻。王仁后为赵王家令。罗敷

出采桑于陌上，赵王登台见而悦之，因置酒欲夺焉。罗敷巧弹筝，乃作《陌上桑》之歌以自明，赵王乃止。

　　故事发生的地点都是上古男女自由欢会的所在：桑林；故事发生的时间都是：仲春；故事的内容都是男子见采桑女之美，纠缠之。

　　发生在桑林圣地的男女相悦相亲的欢爱，变成了无行男子对采桑女的纠缠。桑林作为相思欢爱的圣地，本来带着正统的、秩序的色彩，如今却慢慢走向了反面。

　　无论怎样演变，如万物复苏般涌动着的是欲望，生命中最原始的欲望。

诗经小站

魏风·十亩之间

十亩之间兮，桑者闲闲兮。行与子还兮。
十亩之外兮，桑者泄泄兮。行与子逝兮。

一块桑地十亩大，采桑人儿都息下。走啊，和你同回家。
桑树连桑十亩外，采桑人儿闲下来。走啊，和你在一块。

今我不乐，日月其除

蟋蟀在堂，岁聿其莫。今我不
乐，日月其除。无已大康，职思其
居。好乐无荒，良士瞿瞿。

蟋蟀在堂，岁聿其逝。今我不
乐，日月其迈。无已大康，职思其
外。好乐无荒，良士蹶蹶。

——《唐风·蟋蟀》

一只蟋蟀，引发了一场关于生命的思索。

流年似水，太过匆匆。转瞬间，已是"蟋蟀在堂，岁聿其莫"。姹紫嫣红的春天尚在记忆里留着余温，惊回首，已到了岁末。

一些故事还来不及开始，就被写成了昨天；一些人还没有好好相爱，就成了过客。

时光这只青鸟轻巧掠过，想抓住它的尾巴，不知还算不算晚？

今我不乐，日月其除。

今我不乐，日月其迈。

今我不乐，日月其慆。

浮生若梦，为欢几何？"其除""其迈""其慆"的时光洪流滚滚向前，我要用怎样的步子，才能将你追得上？

一个声音在心中响起：人生苦短，何不秉烛游，何不及时行乐？倚马挥毫，方不负春风秋月的脉脉情深。

另一个声音在心中响起：无已大康，职思其居。好乐无荒，良士瞿瞿。享乐而不为乐所享，役物而不役于物，乐而不淫，哀而不伤，才不负君子良人之本色。

活在当下与未雨绸缪，原是天平的两端，缺了哪一端，生命都会倾斜。漫漫人生路，不过是在这两端寻求一种平衡的艺术。

几千年前的今天，一只蟋蟀，让人捕捉到了其中的玄机，窥探到了生命的秘密。

人啊，到底怎样度过短暂的一生？

有人说，世上没有永恒不变的事物，欢乐不长久，欲望不长久，生命本身，总会走到尽头。所以，人生在世，最要紧的是及时行乐、活在当下。

"人生须行乐，君知否。容易两鬓萧萧。""人生得意须尽欢，莫使金樽空对月。"

人生苦短，两鬓易萧萧，古人尚且秉烛夜游，我辈也不输其后。功如何？名如何？利如何？禄如何？古人说，统统不值一壶酒。钟鼓馔玉不足贵，古来圣贤皆寂寞。诚哉斯言！今儿个，放下一切，拼此身博得，短衣射虎，沽酒西郊，岂不快乐？

流年似水，世事如棋，谁都难以预料下一步的劫数。今夜的一轮明月明天照见的又会是哪些人？今夜共一轮明月光的人，明天又在天的哪一方？今夜听见这只蟋蟀的鸣叫的人，明年又在天涯的哪一端？

所以，《圣经》说："不要为生命忧虑吃什么，喝什么，为身体忧虑穿什么。生命不胜于饮食吗？身体不胜于衣裳吗？你看那天上的飞鸟，也不种，也不收，也不积蓄在仓里，尚且得养活，你们不比飞鸟贵重得多吗？"

一生中，只有一天是我自己的，那就是今天。

把心窗打开，让阳光进来，放下那些负累，拾捡一路花香，快意人生，且歌且行，活出一个真性情的自我来。

就是这一只蟋蟀，钢翅响拍着金风。落在你的院子里，夜夜唱歌。

这只蟋蟀，在《诗经》众多的昆虫里，不是最华丽的，也不是最奇特的，却是最能触发人思情的一只，最有泥土气息的一只，最与人亲近的一只。

《诗经·豳风·七月》："七月在野，八月在宇，九月在户，十月蟋蟀入我床下。"

就是这一只蟋蟀，诗人Y先生说："在海外，夜间听到蟋蟀叫，就会以为那是在四川乡下听到的那一只。"

它唤起的不只是时光之慨、生命之思，而是一种浓浓的故园情。

就是这一只蟋蟀，在蒲松龄的笔下，呈露了人不如虫的触目惊心的荒凉。

就是这一只蟋蟀，触发了诗人的诗心，引出一曲宛如天籁的乐音。

就是那一只蟋蟀 ／ 在《豳风·七月》里唱过 ／ 在《唐风·蟋蟀》里唱过 ／ 在

《古诗十九首》里唱过／在花木兰的织机旁唱过／在姜夔的词里唱过／劳人听过／思妇听过

就是那一只蟋蟀／在深山的驿道边唱过／在长城的烽台上唱过／在旅馆的天井中唱过／在战场的野草间唱过／孤客听过／伤兵听过

就是那一只蟋蟀／在你的记忆里唱歌／在我的记忆里唱歌／唱童年的惊喜／唱中年的寂寞／想起雕竹做笼／想起呼灯篱落／想起月饼／想起桂花／想起满腹珍珠的石榴果／想起故园飞黄叶／想起野塘剩残荷／想起雁南飞／想起田间一堆堆的草垛／想起妈妈唤我们回去加衣裳／想起岁月偷偷流

诗经小站

唐风·蟋蟀

蟋蟀在堂，岁聿其莫。今我不乐，日月其除。无已大康，职思其居。好乐无荒，良士瞿瞿。

蟋蟀在堂，岁聿其逝。今我不乐，日月其迈。无已大康，职思其外。好乐无荒，良士蹶蹶。

蟋蟀在堂，役车其休。今我不乐，日月其慆。无已大康，职思其忧。好乐无荒，良士休休。

蟋蟀在堂屋，一年快要完。今我不寻乐，时光去不返。不可太享福，本职得承担。好乐事不误，贤士当防范。

蟋蟀在堂屋，一年将到头。今我不寻乐，时光去不留。不可太享福，其他得兼求。好乐事不误，贤士该奋斗。

蟋蟀在堂屋，役车将收藏。今我不寻乐，时光追不上。不可太享福，多将忧患想。好乐事不误，贤士应善良。

寄蜉蝣于天地，渺沧海之一粟

蜉蝣是一种渺小的昆虫。幼虫期稍长，个别种类有活到二三年的。一旦化为成虫，即不饮不食，在空中飞舞交配，然后很快死去。它们喜欢在日落时分交配，死后坠落地面，积成厚厚一层，让人触目惊心。

目睹了这个朝生暮死的小生命，我的心里充满了忧伤与哀戚。

心之忧矣，於我归处。
心之忧矣，於我归息。

如果死是它的归宿，我的归宿又在哪里？哪里才是我的归宿？
人之一生，不过是"寄蜉蝣于天地，渺沧海之一粟"而已。
我们，都是茫茫宇宙间的蜉蝣。
每念及此，忧从中来，不可断绝。

然而，蜉蝣带给我的不只是忧伤，不只是哀戚，不只是人生苦短、生命渺小的自怨自怜。

蜉蝣之羽，衣裳楚楚。

蜉蝣之翼，采采衣服。

它那么弱小，那么微渺，却长着一对相对于它身体而言很大很大的、透明美丽的翅膀。修饰华丽，楚楚动人。拖着两条长长的尾须，用生命跳舞，纤巧动人。

"育微微之陋质，羡采采而自修。不识晦朔，无意春秋。取足一日，尚又何求？"虽朝生暮死，尤修其羽翼。虽只有一日之光阴，却从不懈怠，从不委屈自己，从不敷衍生命，轰轰烈烈地生，尽情展现自己的美，在天空中留下灿烂的痕迹，为圆一个再生的梦。

然后，再轰轰烈烈地死去。

一瞬间的美丽，一刹那的永恒。

死亡将美丽凝固，将瞬间变成永恒。

它拥有的，是生死双美之境。

这个世界上如蜉蝣一样的生命很多很多。

譬如蟪蛄。庄子曾说："朝菌不知晦朔，蟪蛄不知春秋。"蟪蛄是蝉的一种。

它们会在黑暗的地底下待上几年甚至十几年，才能见到光明，羽化成虫。然后拼尽全身的力气嘶鸣。嘶鸣是它们的生存仪式，是它们向世界大声宣告：这世界，我曾经来过。属于它们生存的光阴并不多，短短的六七十天而已。伴着盛夏的烈日，它们燃烧着自己短暂的生命和激情，然后死去。

譬如樱花，日本人心中的图腾。"做花当做樱花，做人当做武士"，这是充满生之忧患的日本人的信仰。

樱花，开的时候，灿若锦霞，铺天盖地的美。然，最美的时刻意味着它的凋落。一朵樱花的花期不过 7 天，一树樱花的也不过 16 天。所以，开的时候，它要一心一意地开，惊艳了世间。落时，就痛痛快快地落，没有丝毫留恋。

就像任生任死的日本人，他们不拘泥于生死之事，活着的时候每时每刻都要竭尽全力生存，要死时果断抛弃一切求生之恋，痛痛快快地去死。

在最美的一刻凋谢，让瞬间成为永恒。

譬如烟火。我站在河岸，观望着一场热烈的烟火。看它腾空而起的决然，怒放的妖娆，熄灭的黯淡。它用一个瞬间凝望着一生一世，怎样算长，怎样算短，燃烧的那

一秒便是永恒的瞬间。

还有如烟火般的人。

他们生如夏花之绚烂，死如秋叶之静美。

如苏小小。她艳丽而短暂的一生，不受世俗羁绊，追求爱与自由。她在孤独中灵魂独舞，在生命的绝美之处，黯然离场。死时年仅十九岁。她的一生迷倒了众生，迷惑了男人，用她的青春祭奠了一个传奇，一个梦。

如纳兰性德，一个孤独的相国公子。金碧辉煌的宫殿里藏不住他金碧辉煌的忧伤。他至情至性，却情深不寿，惠极而伤。生命在绝然处凄然凋零，在华幕开启时黯然离场。只留下倾倒众生的传奇。他信手一阕的词便波澜过你我的世界，凡夫俗子只能以仰望的姿势追寻着他的背影。

如徐志摩，那个"我将于茫茫人海中，寻找我唯一之灵魂伴侣，得之我幸，不得我命"的多情种，那个一生燃烧自己，追求爱、美与自由的精灵，那个"我心有猛虎，在细嗅蔷薇"的忧郁者，那个连死也死得与众不同，从高空中坠落并粉身碎骨的追梦人。

人的生命，不能以时间长短来衡量。心中充满爱时，刹那即永恒。有信仰的人，刹那即永恒。

生命是如此短暂而脆弱，人世是如此无常与多变，渺小如芥粒、如微尘的我们，有时真的很无助，很迷茫。

人在流光的裹挟中，趑趄前行。

君不见，高堂明镜悲白发，朝如青丝暮成雪？

君不见，青鬓长青自古谁，弹指黄花九。

自古以来，谁能青鬓长青，谁能红颜永驻？今天还在上演着欢聚的盛宴，明天却只能唱着心酸的离歌。今日的你还在春风得意，明日的你可能万劫不复。今日的红颜风流，明日的一抔黄土。

君不见，那个踌躇满志、横槊赋诗、剑麾南指、席卷东吴、意欲并吞天下的曹操，落得个折戟沉沙、梦想幻灭的结局；那个雄姿英发、羽扇纶巾，谈笑间，樯橹灰飞烟灭的周瑜，在啜饮着胜利的琼浆时，可曾想到过若"东风不与周郎便"，其结果也只能

是"铜雀春深锁二乔"。

所有的运筹帷幄，抵不过一阵偶然的东风。所谓的成功，也只是因为他拥有了更好的机遇。任你有怎样的雄才伟略，也逃不过命运之手的拨弄。

无常的魅影在历史上、在生命中穿梭。

历史，是写在沙上的，风上的，水上的，丹青上的，却从来不曾写在后来者的心上吗？

苍茫的是天地，永恒的是时光。历史一页页散落在风中，无处寻觅。

除了眼泪是真实的，告诉我，还有什么能够亘古长留？

诗经小站

曹风·蜉蝣

蜉蝣之羽，衣裳楚楚。心之忧矣，於我归处。
蜉蝣之翼，采采衣服。心之忧矣，於我归息。
蜉蝣掘阅，麻衣如雪。心之忧矣，於我归说。

蜉蝣的羽啊，像穿着衣裳鲜明楚楚。心里的忧伤啊，不知哪里是我的归处？
蜉蝣的羽啊，像穿着衣衫修饰华丽。心里的忧伤啊，不知哪里是我的归息？
蜉蝣多么光泽啊，像穿着礼服洁白如雪。心里的忧伤啊，不知哪里是我的归结？

我徂东山，慆慆不归

我徂东山，慆慆不归。我来自东，零雨其濛。我东曰归，我心西悲。制彼裳衣，勿士行枚。蜎蜎者蠋，烝在桑野。敦彼独宿，亦在车下。

——《豳风·东山》

　　每个人的心里，都有一方魂牵梦萦的地方。得意时想到它，失意时想到它。逢年逢节，触景生情，随时随地想到它。海天茫茫，风尘碌碌，酒阑灯灺人散后，良辰美景奈何天，洛阳秋风，巴山夜雨，都会情不自禁地惦念它。

　　这个地方，就是故乡。

　　离家的日子越久，回归的声音就越来越清晰。

　　"我徂东山，慆慆不归"，打我远征到东山，一别家乡好多年。归来吧，归来吧，是谁在将我声声唤？

　　是天边飘浮的那朵云，是日暮时分的那一缕风，还是眼前蒙蒙的细雨？

　　归来，我将归来。

　　我东曰归，我心西悲。今儿就要离东方，我心西飞向家乡。蒙蒙的细雨，淅淅沥沥，淋湿了荒郊，淋湿了原野，淋湿了我的思念和心中莫可名状的喜悦。只是这喜悦等得太久了，我简直有些受宠若惊，奢侈的甜当中间杂着一丝丝悲伤。

　　行役在外，宵衣旰食，刀口上舔血的日子，连悲伤也是一种奢侈。就在今天，真实得触手可及的今天，我要归去。我可以把我的内心袒露在日光下，我可以流下压抑在心中的泪水，也可以用脆弱代替坚强。我要做一件日常穿的衣裳，脱下一身军服，再也不用把兵当。蚕蜷曲地爬在桑树上，瑟瑟发抖。我能感受到它的凄凉，就像往日

的我，"敦彼独宿，亦在车下"。独宿在兵车的轮下，餐风宿露。

我有种奇怪的感觉，在茫茫天地间，我们竟是同病相怜的。

我来自东，零雨其濛。

家越来越近，细雨丝毫没有停下来的意思，伴着我一路走来。悲喜莫名的心，变得越来越沉重。

近乡情更怯，不敢问来人。

我渴望走近你，又害怕走近你。我不是过客，我是你的归人。曰归，曰归，归何处？你做好了准备吗，准备迎接一个久候的归人？

我是如此渴望，却又如此害怕。我怕我的渴望会变成一片荒凉。期望越大，失望越大。我在患得患失中想象着你的模样。

是不是蔓生的藤疯狂地长着，已经侵占了原本那个叫家的地方？是不是螺蠃满室爬着，把它视作自己的天堂？是不是蜘蛛网已经挂满了窗，不见爹娘？门外还有深深浅浅的鹿迹，告诉我，那里早已是一片荒凉。

黑暗中，明灭变幻的磷火，闪着诡异的光。

我只一个转身，往昔便成了荒凉的墓地，充满阴森的死寂。

不可畏也，伊可怀也。

家园荒凉怕不怕，越是荒凉越牵挂。我是你的孩子，无论你怎样荒凉，怎样萧索，你永远是我心灵的原乡。

我来自东，零雨其濛。

无计可消除的哀伤，无计可消除的向往，无计可消除的，还有我对你的思念。

家就是你，你就是家，我的妻。你让一切漂泊都有了方向，有了意义。让一切离恨都能得到纾解和补偿。

你在做什么呢？

墩上老鹳不停唤，好像在预言着有人要归来。一声唤，一阵慌，抬头看看，远远的路上，并没有身影归来。秋鸿有信，人却一去渺无凭。你一定又要失望了，忍不住唤声叹气。屋外的柴堆上，有个葫芦团又团，那还是三年前撂在那里的吧？葫芦团团，人却难圆，睹物思人，更是让人情何以堪。

"洒扫穹窒，我征聿至。"别叹息，别失望，快把屋子收拾起来，这次我真的要归来了。

只是，你还记得我的模样吗？怕只怕，纵使相逢应不识，尘满面，鬓如霜。

若你愿耐心等多一天，定会令历史因此改变。漫漫长又三年。

又见面万千说话尽怀念，但只字未讲瑟缩嘴唇边。让你甜蜜倚于身边，让美丽回忆于今天重演。回忆三年前，你嫁给我的那一天。

"仓庚于飞，熠耀其羽"，它们在分享着这份喜庆，修饰羽翼，与我一起迎接这份盛装以待的心情。"之子于归，皇驳其马。"送亲的马车，显赫威仪，庄重虔敬，载着如桃之夭夭般"灼灼其华"的你，载着"之子于归，宜期室家"的祝福，载着我"执子之手，与子偕老"的庄重承诺。

"亲结其缡，九十其仪"，你似桃花、似艳阳，是我单薄年华里的唯一的一笔浓墨重彩，涂抹在我已经变得苍白的生活画布上，散发着光辉，我唯有善待。

你说三年不足惜，我轻笑着不言语。你看我的世界里，你浓墨重彩画一笔，要多大的雨，才能冲洗所有记忆？

我说我一直等你，你是否还在原地？岁月的风霜，是否已改变了你的模样？逝水的流年，是否斑驳了曾经鲜活的誓言？

其新孔嘉，其旧如之何？

抖落一身的尘埃，还有满腹的心事，我已归来。

"人世难逢开口笑，菊花须插满头归"，是洒落旷放的归。

"柴门闻犬吠，风雪夜归人"，是闲云野鹤的归。

"少小离家老大回，乡音无改鬓毛衰"，是人世沧桑的归。

"近乡情更怯，不敢问来人"，是彷徨难测的归。

我的归来，悲喜莫名。在快乐的时候，感到微微的惶恐，在开怀的时候，流下纵横的泪水。想得到却又怕失去。

我在各种悲喜交集处。

回忆至此，心中五味杂陈。

序幕已经拉开，藏在后面的会是怎样的对白？全凭有情的人去猜。

花半开最美，情留白最浓。

豳风·东山

我徂东山，慆慆不归。我来自东，零雨其濛。我东曰归，我心西悲。制彼裳衣，勿士行枚。蜎蜎者蠋，烝在桑野。敦彼独宿，亦在车下。

我徂东山，慆慆不归。我来自东，零雨其濛。果臝之实，亦施于宇。伊威在室，蟏蛸在户。町畽鹿场，熠耀宵行。不可畏也，伊可怀也。

我徂东山，慆慆不归。我来自东，零雨其濛。鹳鸣于垤，妇叹于室。洒扫穹窒，我征聿至。有敦瓜苦，烝在栗薪。自我不见，于今三年。

我徂东山，慆慆不归。我来自东，零雨其濛。仓庚于飞，熠耀其羽。之子于归，皇驳其马。亲结其缡，九十其仪。其新孔嘉，其旧如之何！

打我远征到东山，一别家乡好几年。今儿打从东方来，毛毛雨儿尽缠绵。听得将要离东方，心儿西飞奔家乡。家常衣裳缝一件，从此不再把兵当。山蚕屈曲树上爬，桑树地里久住家。人儿团团独自睡，独自睡在车儿下。

打我远征到东山，一别家乡好几年。今儿打从东方来，毛毛雨儿尽缠绵。栝楼藤长子儿大，子儿结在房檐下。土鳖儿屋里来跑马，蜘蛛儿做网拦门挂。场上鹿迹深又浅，磷火来去光闪闪。家园荒凉怕不怕？越是荒凉越牵挂。

打我远征到东山，一别家乡好几年。今儿打从东方来，毛毛雨儿尽缠绵。墩上老鹳不停唤，我妻在房唉声叹。快把屋子收拾起，行人离家可不远。有个葫芦团又团，撂在柴堆没有管。葫芦在家我不见，不见葫芦整三年。

打我远征到东山，一别家乡好几年。今儿打从东方来，毛毛雨儿尽缠绵。记得那天黄莺忙，翅儿闪闪映太阳。那人过门做新娘，马儿有赤也有黄。娘为女儿结佩巾，又把礼节细叮咛。回想新娘真够美，久别重逢可称心？

昔我往矣，杨柳依依

采薇采薇，薇亦作止。曰归日
归，岁亦莫止。靡室靡家，猃狁之
故。不遑启居，猃狁之故。

采薇采薇，薇亦柔止。曰归日
归，心亦忧止。忧心烈烈，载饥载
渴。我戍未定，靡使归聘。

——《小雅·采薇》

《诗经》中有许多描写战争的诗，如《小雅·采薇》。

当那位戍边归来的兵士，唱着"昔我往矣，杨柳依依。今我来思，雨雪霏霏"行走在归途，他那葱绿的青春已经结束。

鹅毛般的雪，预告了他人生的冬天。

《小雅·采薇》的流传，全赖之中美丽的诗句。

《世说新语·文学》记载：谢公（谢安）因子弟集聚，问《毛诗》何句最佳？遏（谢玄）称曰："昔我往矣，杨柳依依；今我来思，雨雪霏霏。"

这个自战争的残酷土壤中生出的浪漫结尾，已经凌空而去，另表一枝了。

在杨柳的轻柔、雪花的飞舞之下，兵士深沉的痛楚被华丽地掩盖了。

这并非普通、简单的痛楚。

而是一种崇高。

《小雅·采薇》从一开始说了两件事：思归及不能归。

黑暗的穹庐之下，烛光闪烁的帐篷中，小兵归心似箭："曰归曰归，岁亦莫止。"

然而，他不能回去，"靡室靡家，猃狁之故。"

西周后期，政治腐败，国势衰弱，诸侯外叛，四夷内侵。猃狁部落，位于中国的西北方，对朝廷威胁最大。《小雅·采薇》中描述的战争，就是周王朝为了解除外族侵

扰，被迫发动的自卫反击战。

正因为如此，一个小小的士兵，才毅然"不遑启居"，万里不惜死，保卫国家。

国家，是另一个家，是千万个小家赖以生存的大家。

他为了这大家，放弃了小家："黄沙百战穿金甲，不破楼兰终不还。"

一个小兵而已，却付出了大义。

那是怎样的大义？

"彼路斯何？君子之车。"将帅的马车高大威猛，而小兵只能徒步奔袭；"驾彼四牡，四牡骙骙。君子所依，小人所腓。"多威武雄壮的战马，而小兵只能借以掩藏。

他当然也曾豪情万丈，"红旗半卷出辕门"；也曾为战争的残忍黯然神伤，"相看白刃血纷纷"，痛饮葡萄美酒，醉卧沙场。

他们无数次与侵略者斡旋，"岂敢定居？一月三捷。"

他们紧握"象弭鱼服"，日夜警戒凶顽的猃狁。

但，与此同时，他的家凋零了。"少妇今春意，良人昨夜情。"好花正开，青春少年，他却奔赴狼烟滚滚的战场。

为着一寸被侵占的国土，他牺牲了自己全部的幸福。

这样的牺牲值得敬仰。

在他命悬一线的那些日夜里，薇发芽了，又已衰亡。终于，兵士完成了使命，可以回到朝思暮想的家。那是一条漫长的归家路，他走得太悠久，青丝已变白发："昔去雪如花，今来花如雪。"

回家的路上，兵士变成了诗人，他吟唱着："昔我往矣，杨柳依依；今我来思，雨雪霏霏。"

这不是华丽，而是沧桑。

如钱钟书先生所说："《采薇》之'昔我往矣，杨柳依依；今我来思，雨雪霏霏。'写景而情与之俱。征役之况，岁月之感，胥在言外。"

"三春白雪归于青冢"，带着无法痊愈的伤痛和舍生取义的自豪，他微笑着老去。

（何灏）

小雅·采薇

采薇采薇，薇亦作止。曰归曰归，岁亦莫止。靡室靡家，猃狁之故。不遑启居，猃狁之故。

采薇采薇，薇亦柔止。曰归曰归，心亦忧止。忧心烈烈，载饥载渴。我戍未定，靡使归聘。

采薇采薇，薇亦刚止。曰归曰归，岁亦阳止。王事靡盬，不遑启处。忧心孔疚，我行不来！

彼尔维何？维常之华。彼路斯何？君子之车。戎车既驾，四牡业业。岂敢定居？一月三捷。

驾彼四牡，四牡骙骙。君子所依，小人所腓。四牡翼翼，象弭鱼服。岂不日戒？猃狁孔棘！

昔我往矣，杨柳依依。今我来思，雨雪霏霏。行道迟迟，载渴载饥。我心伤悲，莫知我哀！

豆苗采了又采，薇菜刚刚冒出来。说归去呀说归去，到了年末仍没回。没有妻室没有家，都是为了和猃狁打仗。没有时间安居休息，都是为了和猃狁打仗。

豆苗采了又采，薇菜变得嫩又柔。说归去呀说归去，不能归去心忧愁。心里忧愁如火焚，饥渴交加实难忍。驻防的地点没有定，无法使人带个信。

豆苗采了又采，薇菜茎叶变老了。说归去呀说归去，又到了十月小阳春。征役无休又无止，没有时间可安宁。心中发愁像生病，到如今不能回家。

那盛开着的是什么花？是棠棣花。那个大车是谁坐？是将帅们的从乘。兵车已经驾好了，四匹雄马高又大。怎敢安然来住下？一个月里多次交战！

驾起四匹雄马，四匹雄马高又强。将帅们坐在车上，士兵们也靠它隐蔽。四匹马训练得很娴熟，带上象弭鱼皮箭囊。岂不每天戒备忙？猃狁之难很是急。

回想当初出征时，杨柳依依情不了。如今回来路途中，大雪纷纷满天飞。道路泥泞难行走，又饥又渴真劳累。满腔伤感满腔悲，我的哀愁谁体会！

沧海一粟：人物

彼黍离离，彼稷之苗。行迈靡靡，中心摇摇。知我者谓我心忧，不知我者谓我何求。悠悠苍天！此何人哉？

彼黍离离，彼稷之穗。行迈靡靡，中心如醉。知我者谓我心忧，不知我者谓我何求。悠悠苍天！此何人哉？

彼黍离离，彼稷之实。行迈靡靡，中心如噎。知我者谓我心忧，不知我者谓我何求。悠悠苍天！此何人哉？

chapter 06

沧海一粟：人物

大无信也，不知命也

这是一个极不自由的时代。男女的终身大事，要么遵循父母之命，要么依靠媒妁之言，全无个人半点意志在内。

娶妻如之何，必告父母。

娶妻如之何，匪媒不行。

这是一个极自由奔放的时代。男女欢会有官家提倡，法令保障，不用令还不行。

《周礼媒氏》曰："仲春之月，令会男女。于是时也，相奔不禁。若无故而不用令者，罚之。司男女之无夫家者而会之。"

这首诗中的女子，因为没有父母之命，没有媒妁之言，也没有在仲春之月这个特定的日子挑选自己的如意郎君，她选择了私奔。

私奔，从一开始，就是不被祝福的。

"蝃蝀在东，莫之敢指。""朝隮于西，崇朝其雨。"暮虹在东，截雨。朝虹在西，行雨。朗朗苍天，青青白日，无论是朝虹还是暮虹，有古人看来，都是阴阳不和失调而产生的淫邪之气。

真没想到，视若童话般美丽的彩虹，竟然带着这种淫邪之气。

这个女子的私奔，不但触犯了天理，还忤逆了人伦。

"女子有行，远父母兄弟"，远的何止是距离，更是心灵，是亲情，从此后，她将

267

陷入母不疼兄不爱的孤独之境。

"大无信也，不知命也。"不知命，岂止是不依父母之命，还意味着一种天命，一种如巫咒般的天命。

当私奔者怀着大无畏的心情，奔向理想中不受羁束的广阔天地时，岂能料到，他们奔向的是一个更小的格局。一个被舆论包围得密不透风的一方小天地，一个被道德束缚得越来越紧、自由之空气越来越稀薄的角落。

私奔，需要勇气。

不被祝福，背负原罪，独自为爱憔悴。

被人理解是幸运的，但不被理解未必不幸。一个把自己的价值完全寄托在他人的理解上的人，往往活得很累。

因为父母之命，焦仲卿违心地休了刘兰芝。因为父母之命，陆游不得不与唐婉，各自嫁娶，从此成路人。在感情的世界里，他们都郁郁寡欢，终其一生。

当司马相如，用一首《凤求凰》情挑卓文君时，卓文君没有丝毫忸怩迟疑。她要牢牢抓住属于她的春天，她的幸福。公然违抗父命，和司马相如开始了一场惊天动地的私奔。更要命的是，她私奔的地点，不是"远父母兄弟"，偏偏就在他父亲的眼皮子下面，当垆卖酒！这哪里是私奔，简直是公然挑战父权的权威。

结果，她胜利了，父亲屈服了。赐给她金钱，宝马和仆人。

但这个大团圆的故事，有一个不甚光彩的尾巴。当司马相如发达之后，慢慢冷落了这位不顾一切夜奔而来的卓文君。那种叫喜新厌旧的病菌在司马相如的血液里沸腾。

卓文君就是卓文君，一首《白头吟》，一句"愿得一心人，白首不相离"，挽回了司马相如那颗跃跃欲试、放马狂奔的春心。

私奔，也需要眼光。

红拂女初识李靖的时候，李靖还是一个一无所有的小伙子。

杨素当时执掌朝政，每天前来拜谒杨素的达官贵人、英雄豪杰不知凡几。一天，一个身着布衣的青年来见杨素，向杨素畅谈天下大势。此人身材伟岸，英姿勃勃，神态从容，见解非凡。红拂女阅人无数，还从未见过这样的人物，不禁一见倾心。

红拂女打听到这个布衣青年名叫李靖，住在长安的某旅馆中。于是，当天夜里，

红拂女便找到李靖的住所，以身相许，与李靖私奔了。

红拂女风尘之中识李靖，真可谓惊世骇俗之举！一面之缘，一见倾心。而李靖果然不负所望，成为一代重臣。

和卓文君比起来，红拂女的识见更胜一筹。

私奔，也是一种浪漫。

当富家女露丝爱上了穷画家杰克，她公然挑战未婚夫的贵族权威，与杰克在《泰坦尼克号》上演绎了一曲惊天地泣鬼神的生死爱情。

一边是华丽的舞会，身份显赫的公爵。一边是平民舱中的集体舞，一个穷而多情的画家。

她躲开公爵的监视，不顾一切地牵着画家的手，在《泰坦尼克号》上寻找一方属于两个相爱的人的世界。

尽管他穷困潦倒，可骨子里有种掩饰不住的浪漫气息。

浪漫本身就不是建立在法则和逻辑之上的。

私奔，得选择时代，选择对象。

选对了，是一场轰轰烈烈的反封建抗争，是一场捍卫人性人情之美的壮举。

选错了，是一场颜面扫地的绯闻。

鄘风·蝃蝀

蝃蝀在东，莫之敢指。女子有行，远父母兄弟。
朝隮于西，崇朝其雨。女子有行，远兄弟父母。
乃如之人也，怀昏姻也。大无信也，不知命也！

一条彩虹出东方，没人胆敢将它指。一个女子出嫁了，远离父母和兄弟。
朝虹出现在西方，整早都是蒙蒙雨。一个女子出嫁了，远离兄弟和父母。
这样一个恶女子啊，破坏婚姻好礼仪啊！太没贞信太无理啊！父母之命不知依啊！

小女人改变生活，大女人改变世界

籊籊竹竿，以钓于淇。岂不尔思？远莫致之。

泉源在左，淇水在右。女子有行，远兄弟父母。

淇水在右，泉源在左。巧笑之瑳，佩玉之傩。

淇水滺滺，桧楫松舟。驾言出游，以写我忧。

——《卫风·竹竿》

《诗经》中有很多诗，主人公是谁有很多种解说。儒生解经，总是要往比附、影射的路子上去，仿佛只有将诗中的主人公定位于王公贵族，才能夺目。我想，这每首诗，写的是每个像植物一样忠实生长在土地上的普通人。他们不张扬、不造作、不奢求，真实得犹如你身边的故人，他们的喜与忧、情和愁、爱和恨，有种洗尽铅华却逼近人心的素净美。读着他们的故事，他们的诗，有如新生。

但这首《竹竿》的主人公，我不会把她想成一位邻家少女，我相信魏源的考证，她就是许穆夫人。

许穆夫人的大姨妈文姜和母亲宣姜，是春秋时期齐国的公主，一对著名的姐妹花，交际场上的名媛。

惊人的美貌，贵胄出身。上天毫不吝啬，几乎给了一个女人所梦想的一切。但在最关键的地方，它却吝啬了。它没有赐给她一段完美的婚姻。

许穆夫人梦想中的夫婿是春秋五霸之一——齐桓公。他有男人霸道的阳刚之气、有君临天下的王者风范，还有霸道的温柔。

但她婚姻天平上的砝码，一端是政治，一端是利益。独独没有情感。

她收藏起自己小女子的情感，打叠起无数的不甘与伤心，嫁给了弱小许国的国君许穆公——一个乏善可陈、雁过无声的男子。

271

女子有行，远兄弟父母。

岂不尔思？远莫致之。

独在异乡为异客，一个小女子，怎能不思亲，不念家？

江山信美非吾土，一个人走得再远，灵魂始终眷念的地方，是故乡。

她想念青葱少女时代的无忧时光。"簋簋竹竿，以钓于淇"，拿着一根细细的竹竿，与众姐妹在清清的淇水上垂钓。在青山绿水间自由徜徉，听清风过耳，风在说着最温柔的情话。掬淇水在手，水里映着不染尘的笑容。

这样美，这样纯，沉淀在心的深处，时光的深处，想家的时候，拂去心灵的微尘，去梦里嗅一嗅那青草香。

这时的许穆夫人，还是一个小女人。

她想改变的，是自己的生活。

许穆不是她理想中的伟丈夫，但还好，给了她足够的自由。这个在政治上拿不起放不下的男人，在情感上，还是怜惜她的。

所以，忧愁了，她便"驾言出游，以写我忧"，在大自然的怀抱中，做一个任性的孩子。

"淇水在右，泉源在左。"多美啊，水，左边也是水，右边也是水，女儿本来是水做的骨肉，这是一种天然的亲近啊。人说，百川归宗，这清清流淌的淇水，是不是从故乡卫国一路流过来的呢？这淇水中，是否还留存着儿时的欢笑呢？

"巧笑之瑳，佩玉之傩。"花一样的女子，玉一样的笑容，风一样的婀娜，举手投足间，流露出优渥生活中淬炼出来的雅致与从容。

锦样的年华，水样流。

如果不是卫国出现了大的变故，她或许就甘心做着她的许穆夫人，做着一个小女人。

公元前660年，卫国被北方狄族包围，生死存亡之秋，短时间内，换了三个国君，都是许穆的亲哥哥，却没有一个能挑起大梁来。都是些没了脊梁骨的男人，此时的许穆君，也怕惹火上身，做冷眼旁观状。

许穆夫人毅然决然要回国力挽狂澜。

《载驰》完整记录了一个女子的坚定从容与执着，任许穆百般阻挠，她心中只有一个方向：故乡。

"载驰载驱，归唁卫侯。驱马悠悠，言至于漕。大夫跋涉，我心则忧。"载驰，载驰，一路风尘。她承受着巨大的孤独与寂寞，将无助与恐惧狠狠压在心底，以一个拯救者的形象，朝着故国而去。

"控于大邦，谁因谁极？大夫君子，无我有尤。百尔所思，不如我所之。"欲赴大国去陈诉，谁能帮助谁能援呢？她承受着多少非议的利刃与不被理解的冷漠，去找了她心目中的旧情人——齐桓公。

她没有看错。

卫国得救了。

她本想做个小女人，只改变自己的生活。在不完满的婚姻中竭力寻求着完满。

而际遇偏偏要选择她，选择她去做个大女人，改变世界。

放下爱情圆满，夫唱妇随，爱恨纠葛，她义无反顾投入了为家国、为存亡的大义之途。

"百尔所思，不如我所之"，这不是一个女子的狂妄，而是一群男子的懦弱。没有一个弱女子的奔走呼告，卫国的命运又将如何？

历史的舞台往往只记录一个人的精彩出场，却从不展示谢幕之后。在她这次让人惊艳的行动之后，许穆夫人过着怎样的生活呢？

从前，恐怕是回不去了。

所爱也只能埋在心里，用无限的回忆去供养。

即使历史让她以一个大女人的形象定格，内心深处，每个女人还是渴望做个小女人吧？

不是每个人，都适合和你白头到老。有的人，是拿来成长的；有的人，是拿来一起生活的。有些人，是拿来一辈子怀念的。

那个足以让她成长的男人，许穆公，有了。那个足以让她一辈子·怀念的男人，齐桓公，有了。只是，那个能"执子之手，与子偕老"的人，在哪里呢？

卫风·竹竿

籊籊竹竿，以钓于淇。岂不尔思？远莫致之。
泉源在左，淇水在右。女子有行，远兄弟父母。
淇水在右，泉源在左。巧笑之瑳，佩玉之傩。
淇水滺滺，桧楫松舟。驾言出游，以写我忧。

钓鱼竹竿细又长，用它垂钓淇河上。难道我会不思乡，路远无法归故乡。
泉源汩汩流左边，淇河荡荡流右边。姑娘长大要出嫁，父母兄弟离得远。
淇河荡荡流右边，泉源汩汩流左边。嫣然一笑皓齿露，身佩美玉赛天仙。
淇河悠悠日夜流，桧木桨儿柏木舟。驾车出游四处逛，借以消遣解乡愁。

硕人其颀，衣锦褧衣。齐侯之子，卫侯之妻，东宫之妹，邢侯之姨，谭公维私。手如柔荑，肤如凝脂，领如蝤蛴，齿如瓠犀，蟓首蛾眉，巧笑倩兮，美目盼兮。

——《卫风·硕人》

她带着绝世的仙姿，悲情的故事，从黄河岸边向我们走来。

她就是硕人——庄姜。

和许穆夫人一样，她没有权利选择爱情，直接遭遇婚姻，一场政治利益考量下的婚姻。

不一样的是，许穆夫人走出了婚姻的围城，在历史的画卷上留下了令人惊艳的一抹。而她，一生困守在围城中，埋葬了自己的青春韶华、喜怒痴嗔。

像一枝被供奉在庙堂里的花，雍容、华贵、庄严，却没有爱的土壤滋润，没有活泼泼的生命。

河水洋洋，北流活活。

迎亲的车队迤逦在黄河岸边，惊艳了整个卫国的臣民。当她带着少女玫瑰色的憧憬，带着几分骄傲、几分羞赧偷觑两岸围观的人群时，她可曾想到，等着她的是怎样一个凄切的结局？恐怕滔滔黄河都作泪，也洗不尽心底的许多愁。

她有着如此显赫的身世背景：齐侯之子，卫侯之妻，东宫之妹，邢侯之姨，谭公维私。与她有关联者，非公即侯，非富即贵，集万千荣耀于一身。

她有着绝世动人的仙姿：手如柔荑，肤如凝脂，领如蝤蛴，齿如瓠犀，蟓首蛾眉，

巧笑倩兮，美目盼兮。纤婉柔弱的手指嫩得像初生的白茅芽，柔弱无骨。光滑白腻的肌肤像凝脂，吹弹可破。颀长丰满的脖子像天牛的幼虫，有着性感的诱惑。整齐洁白的牙齿像瓠犀，口齿噙香。方正饱满的额头，弯而修长的蛾眉，活脱脱一个美人坏。还有两个小酒窝，黑白分明的眸流盼生波。

她有着符合先民美善合一审美标准的身材：硕人其颀，衣锦褧衣。修长高大，白白嫩嫩，秀色可餐，也宜于生育。

"硕人敖敖，说于农郊。四牡有骄，朱幩镳镳，翟茀以朝。"她在显赫的仪仗队的簇拥下，迈向了卫国。

她是《诗经》中唯一一位浓墨重彩的美人。其他的美女，是写意，是惊鸿一瞥。美人如花隔云端。她却是一幅工笔描抹的美人图，一句"巧笑倩兮，美目盼兮"点睛，整个美人便活了起来。

"大夫夙退，无使君劳"，得美人如此，只怕是君王沉醉在温柔乡，从此不早朝了吧？

事实上呢？

如果庄姜知道等着她的会是这样一个结局，当日出嫁时的渲染泼墨，是不是对自己的一种讽刺？是不是将自己的悲情撕开了，赤裸裸地摊在阳光下，供世人评说？

我们不知道，在新婚燕尔之夜，她会不会有"今夕何夕，见此良人"的激动和愉悦。她就像一张白纸，等着卫庄公来细细描画。

只可惜，卫庄公早已经写满了故事。

在她之前，卫庄公早已有了一个宠妾。他惑于嬖妾，深深沉溺。一个惑字，道尽了一切。

原以为以她高贵的身份，绝美的仙姿，在卫庄公面前，就算是不言不语，也掷地有声。而她贵族的尊严和矜持，也让她无法撕破脸面，去企求一个原本不爱她的人的施舍与怜悯。

爱情从来就不平等，你的宽容知礼就是比不上她的巧笑倩兮，你的端庄贤淑就是敌不过她的娇嗔痴嗲。你所有的美德，也抵不过她的一个媚眼。

她选择了忍。忍的结果是嬖妾骄而上僭，越发地蹬鼻子上脸。

荼

蔹

葛

因为自己"贤而不答，终以无子"，在"无后为大"的纲常下，她更加孤独了。

她选择了成全，成全原来好色的卫庄公娶了陈国的厉妫，连带着笑纳了其妹妹戴妫，并且视戴妫之子如己出。

她的凄凉寂寞，连国人都为之心酸。"国人悯而忧之"，赋《硕人》，这就是此诗的来历。

一个没有经历过爱情滋养的女人，再美好，也是供奉在庙堂之上的祭品。

那美如柔荑般的手指，抓住的只是空空。那如瓠犀般的牙齿，咀嚼过多少寂寞。那螓首在风霜的雕刻下，添了几丝伤痕？还有那剪不断、理还乱的幽怨，是不是才下眉头、又上心头？那双美目，恐怕再也不会流盼出艳异的波光，有的只是空洞与落寞。

可她偏偏不能说，不能诉，因为她是一国之后。

穿越那些深明大义的故事，略去那些举案齐眉的传说，她是一个无害但多余的人，无力地看着自己的痕迹被抹去，无力地选择做一个顾全大局的王后。

谁也不会对她不好，因为犯不着，就像谁也不会太在意她，因为没必要。

留在这个皇宫里，她还能有多少幸福？

可她将所有的苦，一个人默默地扛着。从没有想过，要摆脱这种命运，要离开这个伤心地。

只有在送戴妫走的时候，兔死狐悲，她联想到自己将来的结局，泣涕如雨。

人总是辜负最爱自己的人，总是习惯性地忽略对自己最好的人，因为我们心里明镜似的明白，伤害她们代价最小。因为她可以宽容一切。

如果还有如果，她是否会后悔？

后悔她容忍至死，也没有换来两全。

后悔成全了别人，自己却孤独终老。

后悔自己的矜持、宽容，独自斟饮孤独与屈辱？

与其在历史的庙堂上展览千年，不如在爱人的肩头上痛哭一晚。

卫风·硕人

硕人其颀，衣锦褧衣。齐侯之子，卫侯之妻，东宫之妹，邢侯之姨，谭公维私。
手如柔荑，肤如凝脂，领如蝤蛴，齿如瓠犀，螓首蛾眉，巧笑倩兮，美目盼兮。
硕人敖敖，说于农郊。四牡有骄，朱幩镳镳，翟茀以朝。大夫夙退，无使君劳。
河水洋洋，北流活活。施罛濊濊，鳣鲔发发，葭菼揭揭。庶姜孽孽，庶士有朅。

那美人个儿高高，锦衣上穿着罩衣。她是齐侯的女儿，卫侯的娇妻，东宫的妹子，邢侯的小姨，谭公就是她的妹婿。

她的手指像茅草的嫩芽，皮肤像凝冻的脂膏，嫩白的颈子像蝤蛴一条，她的牙齿像瓠瓜的子儿，方正的前额弯弯的眉毛，轻巧的笑流动在嘴角，好眼儿黑白分明多么美好。

那美人个儿高高，她的车停在近郊。四四公马多么雄壮，马嘴边红绸飘飘。坐车来上朝，车后满挂野鸡毛。贵官们早早退去，不让那主子操劳。

那黄河黄水洋洋，黄河水哗哗地淌，鱼网儿撒向水里呼呼响，泼喇喇黄鱼鳣鱼都在网。河边上芦苇根根高耸，姜家的妇女人人颀长，那些武士们个个都轩昂。

生如舜华

有女同车，颜如舜华。将翱将翔，佩玉琼琚。彼美孟姜，洵美且都。

有女同行，颜如舜英。将翱将翔，佩玉将将。彼美孟姜，德音不忘。

——《郑风·有女同车》

一辆华丽的马车，雍容地行驶在官道上。

马车上坐着一位颜如舜华的姑娘和一位仰慕者，这突如其来的艳遇，让他心花怒放。路越走越远越漫长，情越思越想越迷茫。

如何我才能走进你心房？

佩玉将将，佩玉琼琚。真真是"威仪盛饰，昭彰耳目"。这不是一个普通的姑娘，她是齐国的大公主——文姜。

齐是周天子分封给功臣姜子牙的领地，故齐人多姓姜，尤其是贵族。先秦时期，各国贵族都以取齐国女子为傲。因为她们有着高贵的血统，更有着得天地之精华的容颜。

这首诗中的文姜，应该正处在如花般的年龄，如花般地盛放。

只是女人的美，是盛放在爱人的目光中的，它需要爱来滋养。

在这个同车的仰慕者的心中，她美艳不可方物。

世间事就是这般阴差阳错。

以她为美者，只能远观，无法掬之在手，捧之在怀。

而那个她认为值得等待，值得为之盛放的人——郑国太子忽，却轻慢了她的美。

她与太子忽本已订婚，在她一心一意等待着做太子忽的新娘时，太子忽却以他自己门第卑微、"齐大不偶"为故，拒绝这桩婚姻。

对一个骄傲、美艳、充满憧憬的纯情大公主来说，这是对她极大的羞辱，是对美的践踏。他可曾想到，这一句拒绝的话，从此改变了一个女子的一生。

时隔不久，太子忽帮齐国打败了外族部落的入侵，文姜的父亲，以报恩为由，再次将这桩婚姻重提，太子忽再次拒绝。

这在文姜已经蒙了羞的尊严上，再次狠狠地踏上了一脚。

从前那个纯洁如玉、清纯如水的公主从那一刻开始，已经死掉了。

此时此刻，无论是谁，只要在她幽暗绝望的心灵里洒上一道微光，给她一点温暖，让她知道她依然可以是一个骄傲的公主，一个有魅力的女人，一颗男人心中的珍宝，她就会甘心臣服，充满感激。

这个人出现了，不是别人，是她同父异母的哥哥。

就算在比较开放的先秦时期，这种不伦之恋也为世俗所不能容。

没有祝福，没有认可，没有理性，这是一场从开始就注定了不得善终的孽缘。

兄妹二人，在不伦之途上，一路狂奔。

他们从暗暗偷情，到公然地出双入对。

直到父亲救火般地把文姜嫁给了一个急欲依附齐国的鲁桓公。如果文姜没有出嫁，这场不伦之恋，是他们兄妹两个人的事。一旦嫁人，就变成了三个人的事。

一走十八年。

这十八年她在重重阻碍中，不得与哥哥重温旧情。可这么多年，哥哥一直幽居在她的心口中。

她从未放下过，世间事，除了重拾旧日的激情，哪件不是闲事？

她终于等到机会了。那一年，她父亲死去，哥哥立为国君。那一年，她年过三十，已有了两个儿女。

按捺不住内心燃烧的欲望之火，他们幽会了！

刻意的妩媚纠缠着刻意的冷漠，强制的文静交织着强制的情欲。

多少欲擒故纵，多少欲说还休，到此刻只化成至死方休的缠绵。

一路燃烧的欲望之火，有摧毁一切障碍之势！于是，现在唯一的障碍，即自己的夫君——鲁桓公，在一场精心策划的谋杀中"意外"丧生了。

认真地疯狂，认真地勾引，认真地失身。

峰回路转地颓废。

让夫君在自己的欲望下丧生，她没有丝毫的愧悔，没有道德律。有的只是沉酣于被压抑了十八年的情欲、等待与思念中。

当儿子以新国君的身份要接这个缠绵君榻、乐不思蜀的母亲回鲁国时，她千不甘、万不愿，走到了中途，竟然在一个叫禚的地方，停了下来。

这是位于鲁国和齐国中间的一块地界。她命人在这里修了一座行宫，为兄妹幽会大开方便之门。

时人实在看不惯这种明目张胆的放浪，作《敝笱》一诗：

> 敝笱在梁，其鱼鲂鳏。齐子归止，其从如云。
> 敝笱在梁，其鱼鲂鱮。齐子归止，其从如雨。

在他们眼中，文姜就是一个破鱼篓，敞开着破洞，任男子像鱼儿一样自由出入。

光与影的纠缠，至死方休。

这场逆天而行的不伦之恋，终于以哥哥齐襄公被国人暴乱杀掉而告终。

此时的文姜，不得不随儿子回到了鲁国。

彼时，她已年过四十。

我不知道该怎么评说这场孽缘。我也不知道，女人心如海底针，这个女人内心到底怎样幽微曲折。或许，在这场不伦之恋中，她爱的不是哥哥这个人。而是她自己的尊严，她的任性，她的疯狂，有一个人毫无芥蒂地接纳之、宣泄之。在这个世界里，她仍然是自己的女王，是他的女王，是他的公主，是他心头的不忍。这种感觉，真好。好得足可以让她无视人间法，自由行走在感觉的丛林里。

舜华，又叫朝生暮死花。

她积攒了平生的力，平生的美，在短短的时间里绽放，旋即凋零。

有一种不管不顾，任性而又悲情的美。

这点，真像文姜。

诗经小站

郑风·有女同车

有女同车，颜如舜华。将翱将翔，佩玉琼琚。彼美孟姜，洵美且都。

有女同行，颜如舜英。将翱将翔，佩玉将将。彼美孟姜，德音不忘。

有位姑娘坐在车上，脸儿好像木槿花开放。跑啊跑啊似在飞行，身佩着的美玉晶莹闪亮。美丽的姑娘不寻常，实在是美丽又漂亮。

有位姑娘坐在车上，脸儿像木槿花水灵灵。跑啊跑啊似在飞翔，身上的玉佩锵锵地碰撞。美丽的姑娘真多情，美好品德我记心上。

萍之生

这首诗的女主角是文姜的妹妹、齐国的小公主——宣姜。

这对齐国的姐妹花，在春秋历史中高张艳帜，猎猎舞动，妖艳夺目。

如果说姐姐文姜生如舜华，在激情燃烧中度过了自己的一生。妹妹宣姜则生如浮萍，在随波逐流中度过了自己的一生。

一样曲折的情路，前者有着强烈的个人意志，流芳千古也好，遗臭万年也好，都是她自己心甘情愿的选择。

后者则全然没有自我。如逐水的漂萍，没有根基，没有主见，任人摆布自己的命运，走到哪里算哪里。

新台有泚，河水浼浼。

新台照眼明，让沉浸在"燕婉之求"之美梦中的新娘子——宣姜，更加眩晕。幸福地晕眩。

河水满又平，恰似她狂跳不已、被幸福满溢得几乎要决了堤的心。太子伋，是个白衣胜雪的翩翩美少年，还是个温润如玉的谦谦君子？

一切美梦在她的红盖头被揭开的瞬间冻结了：燕婉之求，得此戚施！这分明是一个又老又丑的癞蛤蟆！

此刻，她才明白，打着为太子迎娶的旗号，干着"扒灰"勾当的卫宣公——她的

公爹，才是她的新郎。

这是卫宣公精心策划的"偷梁换柱"。对一个色欲熏了心、迷了眼的人来说，这种事做起来，驾轻就熟。要知道，本来应该作宣姜新郎的太子伋就是他与父亲的宠妾夷姜私通后留下的种。既然能偷了父亲的女人，再抢了儿子的女人，又何妨？

在卫宣公那里，没有伦理，只有情欲。没有天理，只有人欲。

嫁错了郎的宣姜，选择了认命。

被夺了妻的太子，选择了忍气吞声。一个连自己尚且不能保护的人，又怎么捍卫得了自己的爱情？

她不像姐姐文姜一样，十八年如一日地等，十八年如一日地身在鲁营心在齐。她像浮萍一样，随着命运之水流动，从太子的新娘换位为太子的母亲。这个母亲，还相继为太子添了两个弟弟。

如果她安于自己的命运，不听小儿子的离间，她也会在波澜不惊中度过一生。

可"祸从姜起"，这个愚蠢的女人，身不由己地让卫国陷入一场祸乱当中。她在卫宣公的耳边吹着枕边风，卫宣公终于下决心要除掉太子伋，让宣姜的小儿子继君位。

可怜的女人，先是被丈夫欺骗，接着被居心不良的小儿子欺骗，一生逃不开被欺骗的命运。

宣姜的大儿子寿偏偏和太子伋关系极好，宅心仁厚的他要李代桃僵，代太子伋死掉。

结果是，两人一起被卫宣公派的宫廷杀手杀掉了。

一念之差，她不但失去了一个亲生儿子，也失去了一个曾经要娶她为妻的梦中情人。

卫国自此陷入夺权的混战中。

她的小儿子最终在齐国的帮助下做了国君，即卫惠公。

为了答谢齐国，卫惠公同意了齐襄公的提议——让已故太子伋的弟弟昭伯，再娶宣姜，以圆哥哥未竟的心愿，同时平卫国国人的民愤。

就这样，本来应为太子之妻结果成了太子之母的宣姜，又成了太子弟弟的妻子。

真是一路混乱走来，无序至极。

这个女人，在痛失爱子和太子的情形下，本可以选择一死了之。

可她没有死，她又接受了另一个更为不堪的角色，另一种诡异命运。

> 墙有茨，不可埽也。中冓之言，不可道也。所可道也，言之丑也。
> 墙有茨，不可襄也。中冓之言，不可详也。所可详也，言之长也。
> 墙有茨，不可束也。中冓之言，不可读也。所可读也，言之辱也。

这乱七八糟的关系，实在不可道也！所可道也，言之丑也。所可详也，言之长也。所可读也，言之辱也。

局外人，连谈起来也觉得是种侮辱，局内人，需要怎样一颗心，才能安然接受这种命运？

她没有反抗，誓将浮萍做到底。她安然地接受命运的安排，安然地躺卧在命运为她铺设的床上，繁衍生息，接二连三地为昭伯生了五个孩子。

她是一个内心强大的女人，如萍一样，遇水而生，不择地点，不择对象，只要生存下来就行？抑或是一个根本没有心的空心人，如萍一样，随波逐流，将死缠烂打的依赖进行到底？

又或者是，她是身不由己地任男人摆布的一颗棋，含垢忍耻地活着，像息夫人一样，"看花满眼泪，不共楚王语"？

因为无能为力所以随遇而安，因为心无所属所以顺其自然。

萍之生。

或许，在她"燕婉之求"的美梦被惊破的那一刻，她的心，早已碎了一地。

邶风·新台

新台有泚，河水瀰瀰。燕婉之求，籧篨不鲜。
新台有洒，河水浼浼。燕婉之求，籧篨不殄。
鱼网之设，鸿则离之。燕婉之求，得此戚施。

河上新台照眼明，河水溜溜满又平。只道嫁个称心汉，缩脖子虾蟆真恶心。
新台高高黄河边，黄河平平水接天。只道嫁个称心汉，癞皮疙瘩讨人嫌。
下网拿鱼落了空，拿了个虾蟆在网中。只道嫁个称心汉，嫁着个缩脖子丑老公。

蔽芾甘棠，勿翦勿伐，召伯
所茇。

蔽芾甘棠，勿翦勿败，召伯
所憩。

蔽芾甘棠，勿翦勿拜，召伯
所说。

——《召南·甘棠》

蔽芾甘棠，勿翦勿伐。

蔽芾甘棠，勿翦勿败。

蔽芾甘棠，勿翦勿拜。

这是一棵什么样的棠梨树，得人如此叮咛再三，倍加呵护？一树婆娑的绿叶，承载着满满的情，在风中摇曳。像是窃窃私语，又像是在向某一个高贵的灵魂致敬。

这个高贵的灵魂，就是召伯。他是周文王的儿子，春秋时期有名的贤臣。朱熹《诗集传》云："召伯循行南国，以布文王之政，或舍甘棠之下。其后人思其德，故爱其树而不忍伤也。"

为了不扰民，召伯以甘棠树为家，在这里居住停歇。

一棵树，一个人。树给了人庇护，人给了树灵魂。

历史长河中，被人记得住的人寥如辰星。而被人以一棵树的形象记住的，就更少了。

以一棵树的姿势，站成永恒。一半沐浴着阳光，一半在风中飞扬。一半接受着后人的膜拜，一半在漫长的时光中繁衍生长，只向着无穷远的未来。

甘棠树，就是棠梨树。此树所结的果子，不及梨的十分之一大，果实成串，小而

287

圆，食之味涩、酸、略带点甜。小时候，乡野的孩子特别贪吃，五月时分，除了樱桃已熟过，杏子、李子尚在青涩当中，青涩的还有棠梨。忍不住的馋，还是会将挂在树上尚带着青涩的杏子、李子、棠梨，一一摘下来品尝。一样的酸，一样的涩，酸得眼睛眯成了一条缝，舌头麻麻的，仿佛伸也伸不直。可是，依旧乐此不疲。

尽管它们很酸，它们很涩，可那是乡野里孩子的美食，还有寄托在这美食当中无穷无尽的乐趣。一群野孩子，自由、无拘，在远离大人的视线下撒野，嬉戏。

回想起来，还是想问候一声：你好，旧时光！

可是，我们再也回不去。

我十分理解怀念甘棠树者的心情。甘棠果并不好吃，和其他能贡献出美味果食的树比起来，它太微不足道，所以总有人会动砍它、伐它的心思。可是，谁在乎呢？我们依旧爱惜它，怀念它。因为我们怀念的是过去那段在树下无忧无拘、自由轻灵的美好时光，我们怀念的是在时光深处渐行渐远、再也无法回去的青葱童年。

唱《甘棠》之歌的先民怀念的也是召伯治下的太平、和熙，还有如羲皇上人的安恬。

年复一年，我不能停止怀念，怀念你，怀念从前。

怀念的时候，我们就会走到这棵甘棠树下。

甘棠无言，下自成蹊。

历史上，被人以树的名义永远怀念的还有一个人：佛陀。

这棵树，是毕钵罗树，又名菩提树。

佛陀，在没有成佛前，是印度太子乔达摩·悉达多。

太子在花团锦簇的皇宫中，被花团锦簇地呵护着，可他并不快乐。

为了解闷，太子欲往城外园林散闷。

太子出东门，见到一个头白如雪、衰弱疲惫的老者，他问随从的人，"是他一人会老，还是所有的人都会呢？"

随从答曰："人生在世，概不能免。贫富贵贱，终须老去。我们此刻，也正在一步步走向衰老。"

太子于南门，见一垂危病人，卧于道旁，呻吟不止。便问："这人为何变成这样？"

随从答曰："此是病人。凡人有病，皆由嗜欲，体内失调，转变成病。人吃五谷，都会生病。"

太子至西门，见一行人众，抬着一个寂然不动、身体僵直的人，后随男男女女，悲痛啼哭。便问："此是何人？"

答曰："此人已无知觉。命终之后，犹如草木，恩情好恶，不复相关。生是开始，死是结局。为人在世，都不能免。"

太子目睹老、病、死，心中恻然，欲入苦行林，求得解脱之道。

太子苦行六年，效果不大。烦恼妄想，不能断灭；情欲生死，不能解脱。

直到他独自一人渡过尼连禅河，走到伽耶山麓，见到一棵毕钵罗树。此树枝叶繁茂，树下有一金刚座。他即于路边拾取柔软的树叶，铺于座上，一心正念，结跏趺坐，并发下大誓愿："我今如不证到无上大觉，宁可此身粉碎，终不起此座。"

最终，太子于毕钵罗树下，摆脱了种种色想行识之累，求得正觉，得见菩提，立地成佛。

自此后，毕钵罗树就成了"菩提树"。

树下，天雨妙花，纷纷飘落。

黄昏将树影拉得再长，也离不开树根。

你走得再远，也走不出我们的心。

以树的形式，怀念仁者。以树的名义，奉上衷心，祝福千串。

召南·甘棠

蔽芾甘棠，勿翦勿伐，召伯所茇。
蔽芾甘棠，勿翦勿败，召伯所憩。
蔽芾甘棠，勿翦勿拜，召伯所说。

郁郁葱葱棠梨树，不剪不砍细养护，曾是召伯居住处。
郁郁葱葱棠梨树，不剪不毁细养护，曾是召伯休息处。
郁郁葱葱棠梨树，不剪不折细养护，曾是召伯停歇处。

知我者谓我心忧，
不知我者谓我何求

彼黍离离，彼稷之苗。行迈靡靡，中心摇摇。知我者谓我心忧，不知我者谓我何求。悠悠苍天！此何人哉？

彼黍离离，彼稷之穗。行迈靡靡，中心如醉。知我者谓我心忧，不知我者谓我何求。悠悠苍天！此何人哉？

——《王风·黍离》

有关这首诗歌的起因，《毛诗序》云："周大夫行役至于宗周，过故宗庙宫室，尽为禾黍，悯周室之颠覆，彷徨不忍去，而作是诗也。"曾经庄重神圣的宗庙，在丛生的禾苗中已憔悴混沌，社稷半残，江山流落，旧日君臣能不怆然？

《王风·黍离》，一直被视为凭吊故国之诗。

黍这种作物，亦称"稷"、"糜子"，几千年前开始就是中国人钟爱的食物。《过故人庄》里就描述："故人具鸡黍，邀我至田家。"有肉有饭，想着就倍觉温暖。

沉甸甸的谷穗，黄澄澄自田里割下，经过扬弃，去皮余肉，煮熟了香喷喷地端上来，这就是民生。

——风调雨顺、国泰民安。

然而民生并不可靠，一场战乱就销毁殆尽。

诸侯国个个长大，不奉周室、想一统江湖，又如何？当初的割据为了相互掣肘，末了被连绵的反叛吞噬。

老百姓逢乱世，不外东躲西藏，等风雨过去，另一个君王定了天下，照旧下到田里，一模一样种他的社稷。

黍还是黍，并没有更香，也没有更难以下咽。

而士大夫，身陷其中，要忠君，要爱国，要维持道统，便不能举重若轻。

291

当初被赐予富贵，一旦面临失却，便要拿出无尽责任来捍卫。

循了周礼，齐、楚、燕、韩、赵、魏、秦，都是别枝。

余晖下的旧宗庙，祭奠的全是旧荣光，如今，已全部被周遭离离生长的黍掩映到沧桑。

"易得凋零，更多少、无情风雨。愁苦，问院落凄凉，几番春暮?"

黍离之悲，代表的是亡国之痛。

荒草湮灭了辉煌。

也有评论认为，纵观全诗，这首《王风·黍离》，并未明确宣告凭吊故国的深意。

更有可能，"中心摇摇"者，不过是怀抱忧郁、自叹身世的羁旅之人而已。

说到旅程，一生一世，大约每个人都是旅人。我们皆是这滚滚尘世的过客。来此一趟，追名，逐利，绞尽脑汁，殚精竭虑，马蹄达达，犯下一些美丽的错误。

我们披挂上阵，拼命厮杀，只剩下秋叶一般斑驳的心，所有心情都藏在深深浅浅的痕迹里。

难免厌倦，于是，我们停了下来，想要倾诉。

"知我者谓我心忧，不知我者谓我何求。"

我们生在和平年代，也许没有尝试过身为丧家之犬，那样的仓皇于我们，淡漠而遥远。我们想倾诉的，最多不过，是在漆黑的夜里，无家可归的心境。

然而，谁能停止花花世界里的追逐呢?

旁观者都会劝诫：富贵如浮云。

然而，"知我者谓我心忧，不知我者谓我何求。"

身为人子，必要出人头地，才能对得住父母含辛茹苦；

既为官僚，总须造福一方百姓，方可毫无愧疚面对衣食利禄。

每个人都有他不得的理由。身在红尘中，天生七情六欲，有所求，必有所忧。

人皆如此，"悠悠苍天! 此何人哉?"　　　　(何灏)

王风·黍离

彼黍离离，彼稷之苗。行迈靡靡，中心摇摇。知我者谓我心忧，不知我者谓我何求。悠悠苍天！此何人哉？

彼黍离离，彼稷之穗。行迈靡靡，中心如醉。知我者谓我心忧，不知我者谓我何求。悠悠苍天！此何人哉？

彼黍离离，彼稷之实。行迈靡靡，中心如噎。知我者谓我心忧，不知我者谓我何求。悠悠苍天！此何人哉？

黍子齐齐整整，高粱一片新苗。步儿慢慢腾腾，心儿晃晃摇摇。知道我的说我心烦恼，不知道的问我把谁找。苍天苍天你在上啊！是谁害得我这个样啊？

黍子排成了队，高粱长出了穗。步儿慢慢腾腾，心里好像酒醉。知道我的说我心烦恼，不知道的问我把谁找。苍天苍天你在上啊！是谁害得我这个样啊？

黍子整整齐齐，高粱长足了米。步儿慢慢腾腾，心里像是噎着气。知道我的说我心烦恼，不知道的问我把谁找。苍天苍天你在上啊！是谁害得我这个样啊？

悠然一境人外，都不许尘侵

考槃在涧，硕人之宽。独寐寤
言，永矢弗谖。
考槃在阿，硕人之薖。独寐寤
歌，永矢弗过。
考槃在陆，硕人之轴。独寐寤
宿，永矢弗告。
——《卫风·考槃》

　　《诗经》中的风，大多数写的是尘市之境，尘市中人，有朴素生活底子。

　　这首《考槃》，是个例外，它写了一个脱离尘俗的隐士。

　　程俊英说，隐逸诗自六朝始盛，至渊明始大，然推其始，则在《考槃》。这首诗创造了一个清淡闲适的意境，文字省净，词兴婉惬，趣味幽洁，读之觉山月窥人，涧芳袭袂，一种怡然自得之趣，流于字间。

　　这个隐士隐于野，而不是像陶渊明一样"结庐在人境"。

　　考槃在涧、考槃在阿、考槃在陆，他像闲云野鹤般，时而在涧，时而在坡，时而在岗。都是尘市烟火侵袭不到的地方。

　　这个隐士胸怀博大、疏放，山川日月足以见其志。

　　硕人之宽、硕人之薖、硕人之轴，重章叠唱。诗中用"硕人"两个简略的字为他的外在形貌画像，但我想，这个"硕"，不是指其形，而是指其神，指其胸襟气象。他一定是疏瀹五藏、藻雪精神，他一定是海纳百川、空纳万静。

　　这个隐士有着强大而饱满的内心世界。

　　独来独往于天地之间，不改初衷，自得其乐。独寐、独言、独歌，哪怕不被天下人理解，他也不会面露伧夫俗子之色，急于呼告辩解什么。

294

我时时在心中勾勒这个隐士的形象：是宽袍广袖，衣袂飘飘，独立山阿山冈？还是粗葛麻衣、布袜青鞋独卧涧边林泉？

　　可惜这首诗没有告诉我们，只留下无所不在的广袤精神，充盈在宇宙间。任由后来无数紫陌红尘中的人，雕塑着他的形象。

　　他是陶渊明，抱朴含真，守拙归田园。既有"晨兴理荒秽，戴月荷锄归"的泥土气息，也有"采菊东篱下，悠然见南山"的高标超逸。只要心远，地自然偏。要紧的是，那颗乐陶陶一派天真的心。

　　他是元人笔下那个"避虎狼，盟鸥鹭"的渔夫。月底花间酒壶，水边林下茅庐。蓑笠纶竿今古，一任他斜风细雨。

　　他是纳兰性德心中那个"何日得投簪，布袜青鞋约"的知音。"悠然一境人外，都不许尘侵"是他的活动天地。著几两屐，云中锡、溪头钓、涧边琴，是他的生活写照。

　　或者，他无须像闲云野鹤，也不需远离人境。只要戳破了世态人情，红尘三千，哪里都是道场，哪里都可证悟菩提。

　　一个声音从远古传来，从每个渴望明心见性的内心里传来：隐。

　　三千年读史，不外功名利禄；九万里悟道，终归诗酒田园。

　　暮鼓晨钟惊醒世间名利客，经声佛火唤回苦海迷航人。

　　在名利权欲，声望地位的苦海中挣扎，迷失了自我，迷失了方向，辜负了韶华，失去了自由与本真的人，又岂止一个？

　　"九陌缁尘，抵死遮云壑。"九陌借指繁华热闹的街道，缁尘借指世俗污秽。人世间的名与利，权与位，荣与贵，抵死遮云壑，遮住了僻静的隐居之所，遮住了一颗清静本真的赤子之心。有多少人终其一生，不是在名利场与桃源居的两极徘徊？

　　仕与隐，是中国古代文人逃避不开的两种情结，是一个永远无法求解的难题。高明的人，亦不过是在两者之间求得平衡而已。或以隐求仕，将隐作为求仕的终南捷径。或边仕边隐，伺机而动。或仕而后隐，在阅尽人世之后，选择一片真正安放心灵的净土。

　　或者他是叶芝笔下茵纳斯弗利岛的主人：

我就要动身走了，去茵纳斯弗利岛，／搭起一个小屋子，筑起篱笆房；／支起九行云豆架，一排蜜蜂巢，／独个儿住着，荫阴下听蜂群歌唱。

　　我就会得到安宁，它徐徐下降，／从朝雾落到蟋蟀歌唱的地方；／午夜是一片闪亮，正午是一片紫光，／傍晚到处飞舞着红雀的翅膀。

　　我就要动身走了，因为我听到那水声日日夜夜轻拍着湖滨；／不管我站在车行道或灰暗的人行道，／都在我心灵的深处听见这声音。

　　茵纳斯弗利岛，是一个传说，是诗人心目中的一方净土，就像中国诗人心中的桃花源。

　　在这里，人们可以远离尘世喧嚣，倾听自然的声音，倾听内心深处的声音，返璞归真。

　　身为现代人的我们，不需要刻意求隐，刻意求逸，但心中要时时安放这样一个茵纳斯弗利岛，让欲望填塞的心得到片刻安宁，让灵魂跟得上走得太快的步伐。

　　就像一首歌唱的：

　　有多久没有注意阳光照在身上的感受了，温暖，那最最单纯的温暖，我们都有的。

　　有多久没有注意枝条初绿瞬间的喜悦了，欣喜，那最最感动的欣喜，我们都有的。

　　不是只有华丽的衣服穿在身上才会温暖的，纯朴，那毫不在意的纯朴，自由自在的。

　　我们都需要一个安静之地，让身心舒展。

　　我们都需要一段安静的时刻，了解春天的价值，数天上的星辰，观赏紫罗兰的生长，学习小鸟的纯真，倾听一朵花开的声音，看露珠在夜晚悄然降临。

　　生命，在静中盛放。

卫风·考槃

考槃在涧，硕人之宽。独寐寤言，永矢弗谖。
考槃在阿，硕人之薖。独寐寤歌，永矢弗过。
考盘在陆，硕人之轴。独寐寤宿，永矢弗告。

　　远离尘嚣隐居到山涧之畔，伟岸的形象啊心怀宽广。即使独身孤零零地度日，誓不违背隐居的高洁理想。

　　远离世俗隐居到山岗之上，伟岸的形象啊心神疏朗。即使独身冷清清地度日，誓不忘记隐居的欢乐舒畅。

　　远离喧闹隐居到黄土高丘，伟岸的形象啊心志豪放。即使独身静悄悄地度日，誓不到处哀告不改变衷肠。

行迈靡靡，中心如醉

出自北门，忧心殷殷。终窭且
贫，莫知我艰。已焉哉！天实为
之，谓之何哉！
王事适我，政事一埤益我。我
入自外，室人交徧谪我。
天实为之，谓之何哉！已焉哉！
——《邶风·北门》

这首诗里，我看到了一个出自北门的男人的眼泪。只是，他的眼泪流在心里。

到底是男儿有泪不轻弹，就算要哭，也只给自己看。

东门，是有故事的地方，上演着男男女女千回百转的爱恋。《东门之池》《东门之杨》《东门之枌》《东门之墠》《出其东门》，无一不在东门。

北门，却是一个伤心地。一个孤身只影的人，忧心殷殷地徘徊在北门之外，不知何去何从。

　　行迈靡靡，中心如醉。

　　行迈靡靡，中心如噎。

心思恍惚、混沌，像是有什么东西堵在胸口，上不来，也下不去，让人窒息。这种感觉，像极了《黍离》中的那位在歧路上徘徊的男子。

"知我者，谓我心忧；不知我者，谓我何求。"《黍离》中的男子比他幸运，至少还有聊聊几个"知我者"。《北门》外的男子，"惊起却回头，有恨无人省"，茫茫宇宙，映照着他瑟缩卑微的身影。

他像是一头老牛，套着不堪重负的生活之轭，艰难地行进在崎路之上。

298

有苦无处诉，有话不能说，生活的鞭子狠狠抽打着他，他无力挣脱，只好认命，只好周而复始日复一日疲惫地拉着犁，至死方休。

一个心力交瘁的男人，一个内忧外患的男人，一个"终窭且贫，莫知我艰"的男人。

男人这棵树，事业是他的根基，女人则是挂在枝头的果实，那是他用来证明自我并向世人炫耀自我的凭证。

缺了这两样，便是无根之木、无本之木，如何能在这天地间立足？

而他偏偏两样都占全了。

他事业不顺，顶多也只是个小小的公务人员。

"王事适我，政事一埤益我""王事敦我，政事一埤遗我"。像是一枚棋子，因了各种差役杂事，被人差来差去，呵来唤去，没有停息，没有尊严。

没有成就，男人的腰杆就不会挺得太直。成功或是事业之于男人，有着魔幻般的效力，它让一个丑陋的男人变得魅力无穷。让一个木讷的男人变得口若悬河；让一个迟暮的男人焕发出青春的活力。

他手中没有如春药的权力，有的只是贫穷和身不由己。无休无止的事务烦心也许还在其次，更要命的还是那无处不在的关系压力，也许他人一个小小的喷嚏，足以让他受惊至死。

他家庭不睦，没有一个知冷知热、知情知义的贤妻。

我入自外，室人交徧谪我。

我入自外，室人交徧摧我。

一个大男人，征服了世界，就征服了女人。一个女人，征服了男人，就征服了世界。

他注定做不了大男人，自然也无法奢望征服女人。顶多，他只能算是一个小男人。

一个小男人，也许心里最渴望的是一个如小鸟依人般的温柔贤惠的小女人。哪怕没有相敬如宾、举案齐眉的雅致，哪怕没有"琴瑟在御，莫不静好"的浪漫，只要她知冷知热，知道体恤人，在他劳累了一天之后，给他一杯热茶，一桌子热饭，等着他就足够了。

在他风尘仆仆的时候，一个善意人解的微笑就行；在他失意沮丧的时候，一句安慰的话语就行。或者，连话语也不需要，默默地疼惜着他，像疼着一个需要安慰的孩子。

事实是，当他从外面走进门，等着他的是冷眼，是指责，是唠叨，是抱怨，喋喋不休，摧人心肝，杀人于无形。

一个好女人，能把男人变成快乐的人；一个坏女人，能把男人变成哲学家。

他没有成为哲学家，却开始思索如此不堪的生活，到底是为什么。

他没有找到，或是他找到了，也没有告诉我们。像无数被命运拨弄的平凡普通人一样，他只能选择把这一切归结为命。

已焉哉！天实为之，谓之何哉！

上天如此安排，命运如此安排，人岂能奈何？也只有这样，才能说服自己，安慰自己受伤的心。运命唯所遇，循环不可求。虽然消极，却也给了芸芸众生多少力量？

人世错违，都是命运的安排。既如此，又何必强求？

做个男人其实也不易。古来如此，现在也如此。

当天塌下来的时候，大男人要高高地站着，顶着，不惜折断自己的脊梁。因为，他们的名字是强者。

他们内要修身、齐家，外要治国、平天下。

要立德、立功、立言，最不济也要将自己立起来。如果他倒下了，何以为家呢？

他们要以坚强和自信面对世界，面对家人。脆弱要伪装起来，受伤了自己舔。

只是，终有一天，我们触摸到了他们的真实的眼泪，真实的软弱。就像这首诗中的男子一样。

在我年少的时候 / 身边的人说不可以流泪 / 在我成熟了以后 / 对镜子说我不可以后悔 / 在一个范围不停地徘徊 / 心在生命线上不断地轮回

人在日日夜夜撑着面具睡 / 我心力交瘁 / 明明流泪的时候 / 却忘了眼睛怎样去流泪 / 明明后悔的时候 / 却忘了心里怎样去后悔 / 无形的压力压得我好累 / 开始觉得呼吸有一点难为 / 开始慢慢卸下防卫慢慢后悔慢慢流泪

男人，哭吧哭吧不是罪，就算下雨也是一种美。

诗经小站

邶风·北门

出自北门，忧心殷殷。终窭且贫，莫知我艰。已焉哉！天实为之，谓之何哉！

王事适我，政事一埤益我。我入自外，室人交徧谪我。已焉哉！天实为之，谓之何哉！

王事敦我，政事一埤遗我。我入自外，室人交徧摧我。已焉哉！天实为之，谓之何哉！

我从北门出，忧心深重重。生活贫且窘，无人知我辛。唉，老天此安排，让人怎么说！

王爷差遣重，公府事更多。忙完家中去，家人多斥呵。唉，老天此安排，让人怎么说！

王事做不完，府上差役重。做完家中去，家人斥责多。唉，老天此安排，让人怎么说！